BIANCA PALMA

Römische Ermittlungen

Über die Autorin

Bianca Palma studierte Musik und arbeitete als Dolmetscherin in Rom. Zeitweise lebte sie auch in Sizilien und einem sturmumwehten Bergdorf in Umbrien. Heute verbringt sie die Sommermonate in Italien, den Rest des Jahres lebt sie mit ihrem Jack Russel in Deutschland. Sie liebt Verdi, Wagner und die internationale Filmszene.

BIANCA PALMA

Römische Ermittlungen

Ein Fall für Commissario Caselli

Kriminalroman

be THRILLED

beTHRILLED

Vollständige ePub-to-Print-Ausgabe des in der Bastei Lübbe AG erschienenen eBooks »Römische Ermittlungen« von Bianca Palma

beTHRILLED by Bastei Entertainment in der Bastei Lübbe AG

Textredaktion: Beke Ritgen
Lektorat/Projektmanagement: Stephan Trinius
Covergestaltung: Christin Wilhelm, www.grafic4u.de
Unter Verwendung von Motiven von © shutterstock/gyn9037 © istockphoto/sborisov
Satz: 3w+p GmbH, Ochsenfurt
Druck: Books on Demand GmbH, Norderstedt

ISBN 978-3-7413-0045-5

Bei diesem ePub2Print handelt es sich um eine überarbeitete Neuauflage des bereits unter dem Titel »Römisches Requiem – Commissario Caselli hört Musik« erschienen Werks.

www.be-ebooks.de

www.lesejury.de

für Daisy Nathan-Margadonna

Prolog

Agadir. Ein junger Mann bog um eine weiße Häuserecke in eine Gasse. Durch eine blaue Tür verschwand er in einem schmalen Eingang und durchquerte den schattigen Innenhof, in dem ein Springbrunnen plätscherte und ein kühler Lufthauch feine Fontänen auf den Mosaikfußboden sprühte. Palmenblätter wogten im leichten Wind. An langen Büscheln leuchteten Datteln in der Abendsonne. Er roch die Meeresbrise und den zart betörenden Duft arabischen Jasmins, der üppig am unbehauenen Stein der Hauswand emporrankte.

Gezackte, kräftig grüne Pfefferminzblätter schwammen in einer geschnörkelten Kanne aus getriebenem Metall. Eine Berberfrau goss heißes Wasser nach, schüttete den Teeaufguss in zwei Gläser und gleich darauf wieder zurück in die Kanne. Sie wiederholte die Prozedur, dann gab sie einige Löffel weißen Zucker dazu und rührte um. Ihre Hände waren mit Silberringen und Ornamentzeichen geschmückt. Neben ihr brannte ein Windlicht. Sie hockte in der Mitte des Raums auf einem Teppich und winkte den jungen Mann zu sich heran. Er setzte sich. Sie nahm seine Hand und legte einen Elfenbeinring hinein. Dann umschloss sie seine Finger, lächelte und reichte ihm den heißen, süßen Minzetee. Sie saßen schweigend, bis aus den Lautsprechern des Minaretts die Stimme des Muezzins ertönte.

Er klomm die Stufen zum Turm und trat aus dem kuppelförmigen Torbogen auf das Dachplateau des Hauses, das nur von dreieckigen gekalkten Zinnen begrenzt wurde. Er stellte sich an den äußersten Rand und blickte auf das Meer. Kein Mensch, kein Schiff nur endloses Wasser bis zum Horizont. Lilablau, fast wie Lavendel, von atemberaubender Intensität. Sein weißer Kaftan flatterte im Wind. Er blieb stehen, bis das erste Abendrot den Horizont aprikosenfarben färbte und Venus neben der Mondsichel aufging. Er nahm Abschied. Morgen würde er zurück nach Europa reisen und ein neues Leben beginnen.

1

Einige Jahre später. Es war ein ganz normaler Arbeitstag. Caselli würde am Vormittag in sein Büro in der römischen Questura gehen und einen Aktenstapel auf seinem Schreibtisch vorfinden. Jede Woche kamen ein, zwei Fälle hinzu, meistens eine Messerstecherei an der Stazione Termini oder ein Delikt, begangen in den kahlen Betonburgen Prima Valle am Stadtrand. Nun war sein Vorgesetzter seit Längerem krank, und Casellis sorgfältig verfasste Berichte blieben in der Ablage liegen. Die römische Polizei war überlastet, litt an chronischem Personalmangel. Niemand hatte eine Vertretung für Vice-Questore Ruggiero Di Verdacchiano geschickt. Caselli war später dran als sonst. Man hatte ihn mitten in der Nacht wegen eines Routinefalls aus dem Bett geholt; deshalb hatte er sich erlaubt, länger zu schlafen. Er hätte auch den Tag ganz freinehmen können, aber das ließ sein Pflichtgefühl nicht zu. Caselli wischte sich mit einem Handtuch die Rasierschaumreste vom Kinn und schraubte das Rasierwasser auf. Er schüttete ein paar ordentliche Spritzer in die hohle Hand und klopfte die Handflächen auf seine gereizte Haut. Dann ging er ins Schlafzimmer, zog ein weißes Hemd über und schlug den Kragen hoch, um die Krawatte zu binden. Im Ankleidespiegel entdeckte er seine Knie und die knochigen, etwas krummen Schienbeine. Wie Christus am Kreuz, hatte seine Mutter immer gesagt. Er zog die Kniestrümpfe höher und freute sich am weichen, elastischen Garn. Er hatte sie bei seinem Herrenausstatter in der Via del

Gambero gekauft. Teuer waren sie gewesen, aber er legte Wert auf Qualität und eine gepflegte Erscheinung. Was man von seinem Sergente nicht behaupten konnte. Caselli hob eine Augenbraue. Raffaele Scurzi sah doch stets aus, als hätte er zwei Nächte lang nicht geschlafen. Wann hatte er ihn überhaupt das letzte Mal gesehen? Scurzi erschien eher sporadisch zum Dienst. Ein typischer Fall von Vetternwirtschaft. Sein Onkel kannte den Polizeipräsidenten, und schon war alles geregelt. Scurzi erhielt ein gesichertes Einkommen und machte, was er wollte. Caselli hatte diesbezüglich gegenüber seinem Vorgesetzten eine Bemerkung fallen lassen und sich anhören müssen, er solle etwas sozialer denken. Es gäbe auch Polizeibeamte, die mit ihrem Gehalt eine mehrköpfige Familie ernähren müssten, dazu gehöre Scurzi. Schließlich habe es nicht jeder so schön wie er und könne sein Junggesellendasein in vollen Zügen genießen, oder gebe es etwa eine gebrechliche Mutter zu unterstützen? Nein, selbst damit konnte Caselli nicht dienen. Er nahm seine Hose vom Herrendiener. Er war allein, und Di Verdacchiano beneidete ihn anscheinend darum, obwohl es Casellis Meinung nach nichts gab, worum er zu beneiden gewesen wäre. Er hätte gern eine Familie gehabt. Caselli setzte sich aufs Bett, um seine Schnürsenkel zu binden. Die Bemerkung des Vice-Questore hatte ihm klargemacht, wie die Dinge lagen, daher verlor er kein Wort mehr über Scurzis Dienstauffassung. Und eigentlich tat er ja eine ganze Menge, der arme Junge. Soweit Caselli wusste, arbeitete er morgens ein paar Stunden bei der städtischen Müllabfuhr in der Verwaltung und schaute dann später in der Bar seiner Cousins an der Piazza Cavour vorbei, um ein bisschen auszuhelfen, zwischen zehn und elf, wenn das Heer römischer Angestellter en bloc aus Büros, Behörden und Ministerien strömte, um sich mit *caffé & cornetto* zu stärken. Nach elf hatte Caselli gute Chancen, seinen Assistenten per Handy zu erwischen, wenn es denn sein musste. Dann kam die Mittagspause, und am Nachmittag saß Scurzi immer pünktlich hinter seinem Schreibtisch in der Questura mit schuldbewusstem Gesicht und den besten Absichten, seinen Dienst zu tun.

Das alles ging ihm durch den Kopf, während er sich mit besonderer Sorgfalt fertig machte. Heute Abend würde er nur kurz nach Hause kommen, um sein Jackett zu wechseln. Er wollte ein Konzert in der Philharmonie besuchen. Es war nicht leicht, an Konzertkarten für das Orchester Santa Cecilia zu kommen, und diesmal war es besonders schwer gewesen. Die Gastsolistin, eine junge Deutsche, hatte im letzten Jahr die Aufmerksamkeit der Presse auf sich gezogen. Man bescheinigte ihr eine große Begabung, und Caselli freute sich auf den Abend. Zuletzt schlüpfte er in seine dunkelblaue Barbourjacke mit braunem Kordkragen, verließ seine Wohnung und schloss die Tür ab.

*

Als er mit seinem Wagen im Verkehrschaos auf der Piazza Venezia steckte, klingelte sein Mobiltelefon. Er drückte eine Taste, die Verbindung war schlecht. »Scurzi«, verstand er, »Autounfall« und »Villa Medici«.

Zwanzig Minuten später fuhr Caselli mit seinem Fiat Punto, dank Passierschein, der rechts unter der Windschutzscheibe klebte, die Via Gregoriana hinauf. Vor dem Hotel Hassler, oberhalb der Spanischen Treppe, schnellte ein silbergrauer Jaguar heran und nahm ihm die Vorfahrt. Caselli trat ruckartig auf die Bremse und betätigte energisch den elektrischen Fensterheber. Hinter dem Steuer des Jaguars saß ein Mann mit klassischem Profil und dunklen Haaren. Caselli erkannte ihn. Es war der Dirigent David Franceschini. Man sah den Dirigenten öfter in Rom. Er bewohnte mit seiner Familie eine luxuriöse Villa auf dem Aventin. Caselli kannte ihn aus Konzerten in Santa Cecilia. Auch heute Abend würde er dirigieren. Caselli ließ die Seitenscheibe wieder hochfahren. Franceschini hob die Hand. Er hatte bemerkt, dass er Casellis Wagen geschnitten hatte und entschuldigte sich. Caselli nickte und fuhr weiter. Kurz darauf erreichte er die Villa Medici und sah Scurzi. Er stand neben dem Kanonenkugelbrunnen unter einer Pinie und machte ein sorgenvolles Gesicht. Ein Stück weiter zog ein Abschleppwagen der Straßenwacht einen uralten Fiat Panda auf die Rampe. Caselli fuhr rechts ran und stieß die Beifahrertür auf. Scurzi überquerte die Straße.

»Was ist denn passiert? Verletzt sind Sie nicht, oder?« Er sah seinen Assistenten prüfend an.

Scurzi beugte sich zu ihm. »Mir ist ein Touristenbus hinten draufgefahren. Blechschaden, ausgerechnet jetzt, wo Marcella doch dauernd zu den Voruntersuchungen muss!«

Wie Caselli wusste, erwartete Scurzis Frau ihr viertes Kind.

»Über eine Stunde hat mich der Abschleppdienst warten lassen, aber jetzt ist alles geregelt.« Scurzi setzte sich auf den Beifahrersitz. »Deshalb habe ich Sie angerufen, um Bescheid zu geben, dass es später wird …«, meinte er. Er zog die Wagentür zu und griff nach dem Sicherheitsgurt.

»Sind Sie sicher, dass ich Sie nicht ins nächste Krankenhaus bringen soll? Vielleicht haben Sie eine Gehirnerschütterung.«

»Nein, mir geht's gut. Nichts passiert. Gott sei Dank. Ich war ja angeschnallt.« Scurzi lehnte sich in den Sitz zurück.

»Piazza Cavour liegt aber nicht auf meinem Weg«, sagte Caselli knapp und blickte nach hinten, um sich in den Verkehr einzufädeln. Nach dem Anruf des Sergente hatte er sich große Sorgen gemacht. Er war gleich zum Unfallort gefahren und hatte erleichtert aufgeatmet, als er Scurzi heil unter der Pinie hatte stehen sehen. Doch ihn bei seiner Nebenverdienststelle abzusetzen, das ging zu weit.

»Ich fahre gleich mit ins Präsidium«, sagte Scurzi und hantierte mit dem Gurt.

»So?« Caselli sah den Sergente überrascht an.

»Heute ist doch Mittwoch«, sagte Scurzi mit gedämpfter Stimme.

»Ah, ja, natürlich, *riposo settimanale*«, erinnerte sich Caselli. Die Bar von Scurzis Cousin hatte Ruhetag.

2

Geraldine entdeckte den Assistenten des Dirigenten durch die Glasscheibe vor der Absperrung und winkte. Ihre Maschine hatte eine Stunde Verspätung gehabt, und Jean sah aus, als hätte er diese Stunde mit verschränkten Armen auf einem unbequemen Metallsitz verbracht, in den Monitor starrend und inständig hoffend, das rote Lämpchen der Flugnummer LH 3506 würde auf Grün springen.

»Na, endlich«, seufzte er, als sie durch die Absperrung kam, und stand auf. Der Metallsitz hatte ein Gittermuster auf seiner beigen Kordhose hinterlassen. Er nahm ihr die Kleiderhülle ab und küsste flüchtig ihre Wangen. »Was war denn los?«

»Nebel in Mailand, tut mir leid.«

Jean streckte die Hand aus. »Soll ich das auch nehmen?«

»Ja, danke.« Geraldine klemmte den Geigenkasten unter den Arm und gab Jean ihre Reisetasche.

»Wie läuft es? Wie waren die Orchesterproben?«, fragte sie, während sie die Flughalle durchquerten.

»David ist recht zufrieden.«

Sie suchte seinen Blick. »Geht es ihm gut?«

»Er vermisst dich«, sagte Jean, und ein Lächeln huschte über ihr Gesicht. »Tja, euer Konzert in Neapel ist schon wieder eine Weile her. Ich habe gehört, du hast in Paris gespielt?«

»Ja, Brahms, die Kritiken waren gut.«

Jean hielt ihr die Schwingtür auf. »Und? Hast du dir ein paar schicke Abendkleider gekauft?«

Sie lachte. »Was ist mit dir?«, fragte sie dann. »Hat David dich was dirigieren lassen?«

Jean deutete auf einen Wagen. »Der da vorne, na ja, ein paar kleinere Sachen, nächsten Monat soll ich eine Bruckner-Sinfonie in Genua übernehmen.«

»Ist doch prima, oder?«

»Ja, schon ... David hat die Probe für elf Uhr angesetzt. Am besten, wir fahren gleich in den Konzertsaal, oder möchtest du vorher noch ins Hotel?«

Geraldine rutschte auf den Rücksitz der Limousine, und Jean stieg neben ihr ein. »Muss nicht sein«, antwortete sie.

»Via della Conciliazione«, rief Jean dem Fahrer zu.

»Was macht seine Gesundheit?«

»Eher schlechter. Er schluckt eine ganze Menge Zeug.«

Geraldine hielt den Blick starr auf die am Straßenrand vorbeiziehenden Pinien gerichtet. »Weiß es seine Frau immer noch nicht?«, fragte sie schließlich.

»Nein. Er will es ihr nicht sagen. Das Kind, du verstehst schon. Es soll alles so lange wie möglich weiterlaufen, wie gehabt.« Er blickte sie von der Seite an und drückte kurz ihre Hand. Ihr Gesicht zeigte keine Regung.

*

Der Geigenkasten lag offen auf einem Stuhl, sie nahm den Bogen heraus, spannte ihn durch Drehbewegungen am silbernen Frosch und öffnete den Lederbeutel mit dem Kolophonium. Die Musiker tuschelten. Maestro Franceschini war eingetroffen. Sie legte den Bogen zurück, griff nach dem Plastikbecher mit Kaffee, der neben ihrem Geigenkasten auf dem Stuhl stand und trank einen Schluck. Ein kleiner, blonder Junge machte sich von der Hand seiner Mutter los und rannte durch die Sitzreihen. Der Intendant Fernandetti begrüßte das Ehepaar herzlich. Franceschini schüttelte Hände und rief seinem alten Freund Fernandetti eine scherzhafte Bemerkung zu.

»Ah! Da ist sie ja!« David Franceschini schwang sich mit Elan auf das Podium und hängte seinen Pullover über das Geländer des Dirigentenpults. »Buon giorno!«, sagte er gut gelaunt und drückte Geraldines Hand. »Giulia, das ist Geraldine Dvorsky. Sie spielt heute Abend Mendelssohn. Alles in Ordnung?«, setzte er hinzu. Er sah sie an.

»Ja, sicher«, antwortete Geraldine und ging zur Rampe, um Franceschinis Frau die Hand zu geben.

»Freut mich, Sie kennenzulernen.« Giulia streckte ihr die Hand entgegen.

Geraldine schob den Ärmel ihres weinroten Rippenstrickpullis zurück und hielt den Becher schief. Ein kräftiger Schwall Kaffee kippte aufs Parkett.

»Entschuldigung!«, sagte Geraldine sofort.

Giulia Franceschini betrachtete ihre ruinierten Wildlederschuhe. »Ach, die paar Spritzer!«, lächelte sie gezwungen. »Es war ja keine Absicht.« Sie sah auf. Ihr Sohn tobte auf dem Podium herum. »David, nicht, dass er wieder …!«

Franceschini sprach mit Jean und schlug gerade die Partitur auf.

»Na, wie heißt du denn?«, fragte die Flötistin.

»Mannimiliano«, antwortete der kleine Junge prompt und flitzte davon. Jean ging nach hinten.

»Das S klappt noch nicht so ganz!«, rief der Dirigent und lächelte. Er blätterte in der Partitur bis zum dritten Satz, mit dem er beginnen wollte. Sein Sohn stand bei den Celli.

»David!« Giulia hastete zum seitlichen Treppenaufgang. »Untersteh dich, Maxi, hörst du!«

Franceschini blickte irritiert auf.

»Aua!« Der Cellist am ersten Pult rieb sich das Schienbein.

»Na, Tozzi, nicht viel Erfahrung mit Kindern, was?«, meinte Franceschini ungerührt. »Nehmen Sie's nicht persönlich, mein Sohn hat eine ausgeprägte Abneigung gegen Celli«, fügte er hinzu und strich die Partitur glatt. »Ich werde mal die Kindergartenpsychologin ansprechen, um zu erfahren, was es damit auf sich hat … nun, Hauptsache Ihr schönes Instrument ist noch heil, nicht wahr?«

Tozzi hatte seine Socke heruntergeschoben und kontrollierte den blauen Fleck.

»Hm, jetzt übertreibt er aber …«, murmelte Franceschini amüsiert und verschränkte die Arme vor der Brust. Im Orchester wurde locker gelacht. Giulia schritt über das Podium und nahm ihren Sohn auf den Arm. »Entschuldigen Sie bitte!«, sagte sie mit einem freundlichen Lächeln und trug ihren kleinen Jungen die Stufen hinunter. Massimiliano begann zu brüllen.

Giulia Franceschini war Antiquitätenhändlerin. Nonchalant hingruppierte Chinoiserien, schwere Silberjardinieren auf bauchigen Holzmöbeln, teure niederländische Meister an den Wänden. So stellte sich Geraldine das Geschäft in der noblen Via del Babbuino vor, während sie ihr düster nachblickte. Und Mutter war sie auch. *Le gemme di Cornelia.*

»Der wird bestimmt mal Tenor, bei der kräftigen Stimme und dem Dickkopf!«, kommentierte Tozzi und erntete Zurufe aus den Orchesterreihen.

Franceschini klopfte mit dem Taktstock auf das Pult. »Können wir dann?«

Der Oboist gab das A.

*

»Den Übergang von Takt 128 zur Kadenz solltest du dir noch mal ansehen.« Jean klopfte mit dem Finger auf eine Notenzeile.

»Ja, ich weiß schon«, sagte Geraldine gereizt und klemmte ihre Geige unter den Arm. »Wie lange ist Pause?«, fragte sie angespannt und griff nach dem Plastikbecher auf dem Stuhl.

»Zwanzig Minuten«, antwortete Jean.

Der Becher war leer, sie stellte ihn wieder ab, und blickte abrupt zu Franceschini. Er küsste gerade seine Frau. Die Musiker standen auf. Intendant und Techniker verließen den Zuschauerraum.

Jean klappte die Partitur zu. »Darf ich fragen, welche Farbe dein Kleid hat? Wegen der Blumenarrangements …«

»Meerblau«, antwortete Geraldine muffig. Sie stimmte gerade ihre Geige durch.

»Giulia kommt in letzter Zeit oft zu den Proben«, bemerkte Jean beiläufig.

»So?« Geraldine konzentrierte sich auf ihr E und intonierte dann forsch die ersten Takte eines Paganini-Capriccios.

»Hast du schon einen Termin beim Friseur?« Jean betrachtete kritisch ihre Haare.

»Die haben sicher einen im Hotel.« Geraldine setzte die Geige ab. Jean verstaute die Partitur in seiner Notentasche. In den letzten Monaten, in denen sie nun mit Franceschini spielte, hatte sie Jeans bestimmte, aber immer freundliche Art schätzen gelernt. Sie mochte ihn und wusste, dass man sich in jeder Situation auf ihn verlassen konnte.

»Brauchst du noch etwas?«, fragte er. Geraldine schüttelte den Kopf. »Übrigens, der zweite Satz war wunderbar.«

»Danke, Jean. Schön, dass du das sagst«, antwortete sie, ohne ihn anzusehen.

3

»Jean!« Franceschini stand vor seinem Garderobenspiegel, die Arme auf die Stuhllehne gestützt, den Kopf gesenkt.

»Ja?« Sein Assistent wandte sich ihm zu.

»Könntest du …« Der Dirigent richtete sich auf. »Könntest du mir noch mal einen Gefallen tun?« Er wartete. »Hier, du kannst den Jaguar haben, wir gehen zu Sabbatini essen; da nehme ich ein Taxi, das Zentrum ist eh gesperrt.« Er warf Jean die Autoschlüssel zu.

Jean fing sie auf und machte ein skeptisches Gesicht. »David, du weißt, ich … du hast letztes Mal gesagt, es wäre Schluss damit«, sagte er tonlos.

Franceschini nahm sein Jackett von der Stuhllehne und durchsuchte die Taschen. »Es ist reine Zeitverschwendung, darüber zu diskutieren, Jean. Du weißt doch Bescheid. Für Geraldine ist das Konzert heute Abend wichtig. Es muss ein Erfolg werden, und ich fühle mich nicht gut, also bitte!« Er nahm einige Hundert-Euro-Scheine aus der Innentasche seines Jacketts und drückte sie Jean in die Hand. »Der Rest ist für dich«, sagte er und legte Jean die Hand auf die Schulter. »Ich kann mich auf dich verlassen?«

Sein Assistent blickte ihn an, dann nickte er. »Natürlich, David.«

Franceschini drückte kurz seinen Arm. »Danke.« Dann wandte er sich ab und vergrub die Hände in den Hosentaschen. »Und, das Konzert in Genua, das läuft wie besprochen, ich gebe Forfait, und du springst ein …

also dann, etwa um vier Uhr bei mir, ja? Du bringst mir die *Partitur.*«

Jean nickte und steckte das Geld weg.

Der Dirigent wartete, bis Jean den Raum verlassen hatte, dann nahm er einige Tabletten aus einem Röhrchen und schluckte sie mit einem Glas Wasser. Er wischte sich mit dem Handtuch den Schweiß von der Stirn und sah in den Spiegel.

»Pech gehabt, mein Junge«, sagte er zu sich selbst, »wen die Götter lieben.«

4

Als Geraldine ihr Hotelzimmer betrat, sah sie sofort die roten Rosen. Das Zimmermädchen hatte den Strauß in eine satinierte Glasvase auf die Konsole gestellt, das Billett lag daneben. Geraldine griff zum Hörer. Die Nummer des Dirigenten war belegt. Sie ging ins Bad und drehte den Duschhahn auf. Ein blasses Gesicht blickte ihr aus dem Spiegel entgegen. Ich sollte mich ausruhen und noch mal die Kadenz im dritten Satz durchgehen, dachte sie. Der Morgen hatte ein schales Gefühl hinterlassen. Nach den Proben war sie ziellos durch die Stadt gelaufen, ohne viel von der herbstlichen Schönheit des Tages wahrzunehmen. Inmitten des Gewimmels der flanierenden Menschen, die sich rufend und lachend durch Roms verwinkelte Gassen schoben, hatte sie sich nur noch einsamer gefühlt.

Als das Telefon läutete, zuckte sie zusammen. »*Maestro Franceschini desidera parlarLe*«, meldete der Portier. »Soll ich durchstellen?«

»David!«, sagte sie atemlos.

»Giulia wollte unbedingt mit zur Probe. Ich war heute Morgen im Hassler, aber dein Flug hatte Verspätung. Es tut mir leid, ich musste dann weg … ich wäre gern mit dir essen gegangen, nach der Probe, aber … wo warst du denn die ganze Zeit?«, fragte er ungeduldig. »Ich habe ein paarmal angerufen. Du solltest dich vor dem Konzert ausruhen.«

Geraldine setzte sich in einen Sessel und zog die Knie an.

»Danke für die Rosen, David.«

»Ich liebe dich«, seine Stimme klang matt.

»Ich dich auch. Wie geht es dir?« Ihre Stimme wurde sanft.

»Unverändert, ich habe jetzt einen Arzt, der nicht lange rumredet. Ludovica hat ihn mir genannt. Es geht schon. Und es gibt ja auch andere Kanäle.« Franceschini brach ab und wechselte das Thema. »Geraldine, ich muss morgen früh nach Florenz. Wir sind mit der Brahms-Einspielung nicht fertig geworden. Ich muss noch mal ins Tonstudio. Es tut mir sehr leid, ich hätte gern den Tag mit dir verbracht.«

Geraldine seufzte.

»Aber am Abend gibt Schwiegermamà eine Dinnerparty in ihrer Stadtwohnung. Ludovica kommt auch. Natürlich ist Giulia da, aber wir können uns zumindest sehen. Du weißt ja, ich habe der Familie meiner Frau gegenüber Verpflichtungen und kann nicht absagen. Nimm ein Taxi, Via Girolamo 1, 5. Stock, Carla Castelli, um neun. Du kommst doch?«, vergewisserte er sich.

Sie sagte zu.

*

Caselli hatte bereits den Knauf seiner Bürotür in der Hand, als das Telefon auf seinem Schreibtisch klingelte. Er zögerte, dann siegte das Pflichtgefühl. Er ging noch einmal zurück und nahm den Hörer ab. »Pronto?«, fragte er und rechnete mit dem Schlimmsten. Kurz darauf wurde seine Vorahnung bestätigt. Man hatte die Leiche eines jungen Mannes gefunden, auf der Isola Tiberina. Der geplante Konzertbesuch fiel somit ins Wasser. Caselli sagte, er werde sofort hinfahren, und legte auf. Er dachte einen Moment daran, wann er Gelegenheit haben würde, das neue federleichte Kaschmirjackett mit dem gestickten Emblem auf der Brusttasche anzuziehen, das er sich extra für die Herbstkonzerte zugelegt hatte. Bisher war zweimal etwas dazwischengekommen. Dann schob er den Gedanken beiseite; er war sich seiner Eitelkeit durchaus bewusst und genierte sich ein wenig dafür. Seine Mutter hatte das als unmännlich abgetan. Dieser Meinung war er nicht. Sie zensierte eben gern, und zwar alles, was ihn betraf, von der Auswahl seiner Hemden bis zum Liebesleben. Zum Glück lebte er in Rom und sie in Deutschland. Und das war das Maximum erträglicher Nähe, fand Caselli.

*

Er steuerte seinen Fiat Punto durch den dichten Vorabendverkehr des Lungotevere und steckte geraume Zeit im Stau. In der vagen Hoffnung, vielleicht wenigstens noch den zweiten Teil des Konzerts hören zu können, setzte Caselli schließlich die blaue Sirene auf das Wagendach. Als er den Tatort erreichte, war es Viertel vor neun. Er stieg aus und blickte sich um. Scurzi war nicht da. Stattdessen kam ein Mann in Carabinieri-Uniform auf ihn zu. »*Buona sera, Commissario Caselli*«, sagte er und salutierte. »*Rocca Antonio, Capitano*«, gab er an.

Caselli nickte. Sie hatten miteinander telefoniert. »*Buona sera*«, antwortete er und schloss seinen Fiat ab, wobei ihm bewusst wurde, dass das bei dem Polizeiaufgebot wohl übertriebene Vorsicht war. »Der Tote liegt unten am Kai, beim Ponte Vecchio«, rapportierte Rocca. »Wenn Sie gestatten, gehe ich vor!«

Caselli folgte ihm die steilen Travertin-Stufen hinunter. Sofort stieg ihm der beißende Geruch von Urin und modrigem Wasser entgegen, und er fragte sich, warum wohl die Obdachlosen, die nachts unter den Brückenbögen der Tiberinsel auf Kartons schliefen, nicht das Vespasian aufsuchten, das unweit der Piazza aufgestellt worden war und seit Jahren unbenutzt vor sich hin rostete.

Der Tote lag noch so da, wie man ihn gefunden hatte. Die Spurensicherung war bereits fertig, und der diensthabende Arzt war gegangen. So hielt sich Caselli an den Carabiniere.

»Meiner Meinung nach Tod durch Überdosis«, gab dieser Auskunft. »Und dann hat ihm noch jemand diesen Stein auf den Schädel geschlagen«, fügte er hinzu und deutete auf einen blutverschmierten Steinquader. »Sieht nicht danach aus, als sei die Kopfverletzung die Todesursache. Auszuschließen ist es aber nicht, deshalb hielt ich es für ratsam, die Mordkommission hinzuzuziehen.«

Caselli nickte.

Der Capitano nahm kurz seine Dienstmütze ab und fuhr sich über die Stirn. »Ich nehme an, einer hat ihn da liegen sehen mit der Spritze im Arm, und der wollte auf Nummer sicher gehen, bevor er ihn ausraubte.«

»Weiß man, wer er ist?« Caselli sah sich den jungen Mann genauer an.

»Er heißt Riccardo Vismara. Ein verkrachter Musiker, drogenabhängig. Er hatte seinen Ausweis und ein Adressbuch dabei«, erläuterte Rocca und ruckte die Mütze gerade, kaum dass er sie sich wieder aufgesetzt hatte. »Sein nächster Anverwandter hier in Rom ist sein Bruder, Vismara Angelo. Wir haben ihn angerufen. Die Putzfrau war am Apparat. Vismara ist Bratscher im Orchester Santa Cecilia und hat heute Abend Dienst. Jemand sollte hinfahren und ihn verständigen.«

»Ja, Capitano«, sagte Caselli, und ein Strahlen ging über sein Gesicht. »Ich übernehme das!«

Der Carabiniere sah ihn befremdet an. Normalerweise waren die Polizeibeamten schockiert, wenn sie einen Toten sahen, noch dazu, wenn er zugerichtet war wie der hier. Caselli bemerkte es und setzte eine ernste Miene auf. »Sonst noch was?«, fragte er im Verhörton, und Rocca spurte wieder.

»Das haben wir in seiner Jackentasche gefunden.« Er deutete auf ein verschlossenes Plastiktütchen, das bei den Metallkoffern der Spurensicherung lag. Caselli sah ein gefaltetes Papierquadrat mit einem roten Stempelaufdruck. Er zeigte eine Galeone mit Rudern, die in die Wellen tauchten. Darüber stand ein spanisches Wort. Caselli nahm das Tütchen und notierte das Wort unter den Ruderblättern in sein Notizbuch, dann gab er es Rocca zurück. »Gute Arbeit, Capitano«, sagte er anerkennend, und der Carabiniere salutierte wieder.

5

»Also, ich gehe mich schon mal einspielen. Carmelina, machen Sie mir bitte die Tür auf, ich komme mit dem Kleid nicht klar, und Sie holen mich in einer halben Stunde, ja? Und den Pfefferminztee, den vergessen Sie doch nicht?«

Fünf Minuten später rannte sie den Gang zurück. »Signor Pedretti!«

»Antonio«, rief die Garderobiere ungehalten, »da kommt die Dvorsky, hast du den Tee geholt?«

»Carmelina!«

»Passen Sie doch auf ihr Kleid auf! Halten Sie es nicht so gerafft. Es ist ja schon ganz zerknittert«, schimpfte die Garderobiere ungehalten, während der Inspizient den Teebeutel aus der Tasse nahm und mit zwei Fingern sorgfältig ausdrückte. »*Mamma mia,* wie sehen Sie denn aus, Sie sind ja völlig aufgelöst!«

»Antonio, mir ist beim Stimmen die E-Saite gerissen! Was mache ich denn jetzt?«

Antonio tätschelte ihr beruhigend den Arm. »Nur mit der Ruhe, die haben gerade erst mit der Ouvertüre angefangen, bis Sie dran sind, zieh ich Ihnen fünf neue auf.«

»Aber ich habe keine mehr! Es ist einfach keine mehr im Kasten. Das ist mir noch nie passiert.«

»Wenn das Ihre einzige Sorge ist, draußen sitzen dreißig Streicher, da wird doch wohl einer irgendeine Ersatzsaite dabeihaben.«

»Ich brauche nicht irgendeine, ich brauche eine Kaplan-Gold, 5/20 Millimeter, höchstens sieben.«

Jean tauchte auf. »Bitte nicht so laut! Was ist denn los?«

»Sie braucht eine Kaplan-Gold-E.«

»Was?«

»Eine Spezialstärke auch noch, nicht wahr, Signorina?«, nörgelte Antonio.

»Das Krokoetui, wo das Foulard liegt, vielleicht hat Signora Françoise, die Konzertmeisterin, diese Marke, sehen Sie doch bitte mal nach«, meinte Jean ruhig. Antonio öffnete das Plexiröhrchen mit den Ersatzsaiten. »Und?«

»Pirastro.«

»Ach!« Geraldine ließ sich auf den Hocker vor dem Spiegel fallen.

»Aufstehen, Sie zerknittern den Stoff!«, fauchte Carmelina und zog sie unsanft am Arm hoch, »und dann heißt es wieder, ich hätte nicht ordentlich gebügelt!«

»Wie weit ist er?« Jean hörte dem Orchester zu.

»Egmont, fast zu Ende«, sagte Geraldine und schüttelte die Garderobiere ab.

»Gut«, entschied Jean. »Nach der Ouvertüre gebe ich einen Laufzettel durch die Pulte. Geraldine, bitte reiß dich zusammen. Zur Not nimmst du eben Pirastro.«

»Das geht nicht, versteh doch, Kaplan gibt einen völlig anderen Klang und dann die Doppelgriffe in der Kadenz, unmöglich!«, sagte sie und schnäuzte sich.

»Antonio«, rief Jean kurz entschlossen im Kommandoton. »Trommeln Sie Bühnenarbeiter und Putzkolonne zusammen. Sie sollen alle Kästen nach E-Saiten abklappern!«

»Ich bin doch nicht verrückt. Die wissen doch gar nicht, wie eine Saite ausschaut, geschweige denn eine E, außerdem ist das Hausfriedensbruch. Ich kann doch nicht einfach die Kästen aller Musiker öffnen lassen, wo kommen wir denn da hin. Da sind doch auch persönliche Sachen drin, wenn dann was fehlt!«

»Ach, ich muss mich doch noch einspielen!«, schniefte Geraldine.

»Jetzt machen Sie schon!«, rief Jean.

»Sie haben mir überhaupt nichts zu sagen, *capito*! Da ist doch eine E-Saite, soll sie die doch nehmen. Wenn Signora Françoise damit spielt, kann sie so schlecht nicht sein. Damals, 1944, wären wir froh gewesen, wenn wir wenigstens eine Darmsaite aufgetrieben hätten.«

»Signor Pedretti, so kommen wir wirklich nicht weiter.« Jean seufzte. Ein hysterischer Aufschrei, Jean wandte sich um. »Geraldine, denk an dein Make-up. Signora Facetti, sehen Sie denn nicht, die Maskara läuft!«

Die Garderobiere eilte mit Tissue und Puderpinsel heran.

»Aua, da nicht!«

»Mein Gott, unterm Kinn, da ist ja alles wund, wie wollen Sie denn so spielen, das tut doch weh.«

»Lassen Sie nur, ich habe nur viel geübt in den letzten Tagen für die Plattenaufnahmen nächsten Monat.«

»Aber das geht doch nicht, das sieht ja furchtbar aus, Antonio hol mal ein Heftpflaster!«

»Carmelina, hören Sie auf, Sie machen mich noch nervöser. Ich sage Ihnen doch, es ist alles in Ordnung.«

»Das sehen Sie doch nicht zum ersten Mal. Man könnte meinen, Sie sind erst seit gestern Garderobiere«, blaffte der Assistent.

Die kräftigen Arme in die Hüften gestemmt, baute sich Carmelina vor ihm auf, und ihre schwarzen Augenbrauen zogen sich bedrohlich zusammen.

»Also, hören Sie mal, Sie Grünschnabel, gut zwanzig Jahre bin ich hier beschäftigt. Die größten Künstler habe ich betreut, und alle waren sie zufrieden. Picobello habe ich sie rausgeschickt, vor die Leute. ›Carmelina, was würde wir ohne dich nur machen‹, haben sie gesagt und mir sogar die Hand gegeben beim Abschied, aber so ein zerschundenes Kinn, wie die Signorina da hat … ich hole ein Heftpflaster.«

»Herrgott noch mal!« Jean platzte der Kragen. »Signora Facetti, jetzt kümmern Sie sich lieber mal um die Frisur von Signorina Dvorsky. Da hinten muss eine Nadel rein. Es kommen die Locken runter!«

Man hörte Schlussakkorde und Applaus. Jean schrieb etwas auf einen Zettel und ging hinaus. Es klopfte. Franceschini kam herein und griff nach einem Handtuch.

»Und, nervös?«, fragte er Geraldine und wischte sich über die Stirn. »Lass dich anschauen! Ah, was für ein Blau!«

»Wollen Sie ihr Frackhemd wechseln, Herr Franceschini?« Carmelina hielt schon eins bereit. Er winkte ab und flüsterte Geraldine etwas ins Ohr, dann drückte er ihre Hand und ging wieder hinaus. Das Publikum applaudierte noch.

Jean blickte auf den Zettel, der die Runde gemacht hatte. »So, *Medium tension,* geht das?«

Geraldine nickte heftig.

»Na, wer sagt's denn, Tuveri, Ablage dreiundzwanzig.« Er reichte Geraldine das quadratische weiße Kuvert. Geraldine stieß einen Stoßseufzer der Erleichterung aus. Der Inspizient hatte mittlerweile den Geigenkasten aus ihrer Garderobe geholt. Geraldine nahm ihre Geige heraus. Sie zog die Saite durch die kleinen Löcher in den Wirbeln und drehte sie fest, während Carmelina sich bemühte, widerspenstige Locken mit Schildpattnadeln zu bändigen.

»Toi, toi, toi«, sagte Jean und lächelte aufmunternd. »Wird schon schiefgehen.«

Geraldine nickte und atmete tief durch.

*

Als Caselli in das Konzertgebäude kam, hörte er noch die letzten Takte des Violinkonzerts, dann brach der Schlussapplaus los. Er nahm zwei Stufen auf einmal, zeigte seinen Dienstausweis und nannte seinen Namen. Man ließ ihn ohne weitere Fragen ein, die Türen wurden sowieso gerade geöffnet. Er stand neben dem Ausgang, das Publikum jubelte, die Orchestermusiker standen auf, und der Dirigent verbeugte sich. Jemand überreichte der Geigerin einen Blumenstrauß. Caselli betrachtete die junge Frau auf der Bühne. Sie war hübsch, zweifellos. Das Publikum applaudierte frenetisch, Einzelne standen auf, dann immer mehr. Signorina Dvorsky lächelte ein wenig verlegen und hielt ihre Geige sehr fest. Eine Gruppe japanischer Touristen und ein Ehepaar mittleren Alters standen auf, drängten an Caselli vorbei und gingen zur Garderobe. Schließlich verließen Dirigent und Solistin das Podium und gingen durch das Orchester nach hinten. Der Dirigent neigte sich ihr zu und sagte etwas. Sie lächelte. Der Applaus verstummte. Nun drängte alles zu den Ausgängen.

Caselli beorderte einen Saaldiener, ihn zum Orchesterraum zu führen. Dort würde er einem der Musiker sagen müssen, dass sein Bruder nicht mehr am Leben war.

6

Caselli hatte einen langen, arbeitsreichen Tag hinter sich. Nachdem Scurzi um fünf gegangen war, hatte er sich in seinem Büro Akten vorgenommen und einen überfälligen Bericht geschrieben, den, wie es aussah, in nächster Zeit niemand lesen würde, aber er hielt sich, was das anging, gern an die Dienstvorschrift. Dann hatte er den PC heruntergefahren. Doch statt zu gehen, ging er geistig noch einmal den neuen Fall durch und rekapitulierte, was er und der Sergente bislang herausgefunden hatten.

Der Tote war ein Berufsmusiker, Bratscher, dreißig Jahre alt. Begabte Familie, hatte Scurzi ihm mitgeteilt, die Mutter spiele im La Fenice in Venedig. Vismara sei drogenabhängig gewesen und habe früher im selben Orchester wie sein Bruder gespielt.

»Er hat im Santa Cecilia gespielt?«, hatte Caselli überrascht eingeworfen.

»Ja, er war dort Bratscher, bis vor einem Jahr.« Scurzi hatte ehrlich betrübt ausgesehen.

Der Angehörige des Toten, Angelo Vismara, hatte merkwürdig reagiert, als Caselli ihm die Todesnachricht überbracht hatte. Er übte die traurige Pflicht natürlich nicht zum ersten Mal aus. Selten aber hatte er in den Augen eines Menschen, der vom Tod eines ihm Nahestehenden erfuhr, einen so undeutbaren, fremden Ausdruck gesehen. Caselli hatte so viel Taktgefühl besessen, seine Fragen zurückzuhalten. Er hatte Vismara in der Obhut des Assistenten des Dirigenten zurückgelassen, eines sehr taktvollen jungen Mannes, der ihm versprochen hatte, sich um Vismara zu kümmern.

Caselli lehnte sich in seinen Schreibtischstuhl zurück und zupfte sich nachdenklich einen Fussel von der Hose. Was ihm bei diesem Fall außerdem zu denken gab, war das quadratische Briefchen mit dem Galeonen-Aufdruck und dem Wort ›*Abóbada*‹. Er könnte es googlen, aber dann müsste er den PC wieder hochfahren. Er beschloss, das habe Zeit bis morgen. Diese Galeone war ihm schon einmal begegnet, im Fall der fünfzehnjährigen Drogensüchtigen, Lucia Magnani. Ein Mädchen aus gutem Hause, der Vater Anwalt, die Mutter Psychologin. Sie war drogenabhängig gewesen, seit sie dreizehn war. Die Familie hatte alles versucht. Ärzte. Entzug. Auslandsaufenthalt. Es hatte nichts gebracht. Vor ein paar Monaten hatte man die Kleine tot aufgefunden, die Spritze noch im Arm. Neben ihr lag dieses quadratische Briefchen mit dem roten Stempelaufdruck. Caselli hatte dem damals keine Bedeutung zugemessen. Lucia war ein Drogenopfer, bedauerlich jung zwar, aber doch nur eine von jenen Dutzenden, die jährlich in Rom an einer Überdosis starben. Der Fall war schnell zu den Akten gekommen. Caselli schnaufte. Er hoffe, dass die Galeone in nächster Zeit nicht häufiger auftauchte. Die römische *Polizia* war den Machenschaften eines international operierenden Drogenrings nur schwerlich gewachsen.

*

Kurz nach acht verließ Caselli das Präsidium und machte sich auf zur Trattoria Dal Galletto. Er hatte das Glück gehabt, nach seiner Versetzung aus Sizilien eine gute Trattoria unweit seiner Wohnung zu finden, in die er regelmäßig Essen gehen konnte. Giovanni, der Wirt, war eine Seele von Mensch und ein ausgezeichneter Koch. Hier verbrachte Caselli den Abend in netter Gesellschaft und verfolgte am Fernseher, mehr unfreiwillig, meist irgendein Fußballspiel. In die Trattoria kamen vor allem die Handwerker aus dem Viertel um die Piazza Farnese. Die Gegend war nicht die feinste. Die Nachbarschaft in der Via dei Cappellari bestand eher aus Leuten, die mit der Polizei nichts am Hut hatten. Kleine Diebe, Taschenspieler, Freudenmädchen, einfache Leute, die sich mit dem Nötigsten behalfen. In diesen Kreisen war ein Commissario nicht gern gesehen. Aber im Laufe der eineinhalb Jahre, die er nun schon hier wohnte, hatten sie verstanden, dass er sie unbehelligt ließ. Ihre Geschäfte interessierten ihn nicht, solange niemand dabei sein Leben ließ. Er hatte sich sogar Freunde gemacht. Dazu gehörten Tiberio, ein Restaurator, seine *Bottega* lag am Ende der Straße, dann natürlich Giovanni, den Wirt der Trattoria Dal Galletto, und Claudio, von Beruf Kinderarzt im Fate-Bene-Fratelli-Hospital auf der Tiberinsel. Mit ihnen spielte Caselli Karten und trank Rotwein. Manchmal kam noch Fulvio hinzu, Sportjournalist bei der renommierten römischen Tageszeitung *Messagero.* Er wohnte woanders, im feinen Stadtviertel Parioli. Irgendwann einmal war er in zwielichtiger Begleitung, leicht angetrunken, in Giovannis Trattoria gelandet. Die Freunde waren ihm behilflich, die Dame ohne viel Aufheben loszuwerden, und im Überschwang hatte Fulvio allen vier für das nächste Heimspiel von Lazio Roma Karten auf der überdachten Ehrentribüne versprochen – und Wort gehalten. Seither war er zweifellos einer von ihnen.

Gegen neun parkte Caselli auf der Piazza Farnese. Er stieg aus, schloss seinen Wagen ab und warf einen Blick auf die angestrahlte Fassade des Palazzo. Dann lief er den Vicolo dei Venti hinunter, bog zweimal ab und erreichte die Gasse, in der sich die Trattoria befand. Caselli drückte die Schwingtür auf und spürte die angenehme Wärme, die das Holzofenfeuer ausstrahlte. Tiberio war schon da und begrüßte ihn mit Handschlag. Caselli zog seine Jacke aus und setzte sich zu ihm.

Aus der Küche drang ein köstlicher Duft. Caselli war neugierig, was Giovanni ihm heute empfehlen würde. Der Wirt kochte selbst, und seine bodenständige, italienische Küche überraschte mit immer neuen Varianten. Tiberio schenkte ihm ein Glas Rotwein ein, und Caselli nahm einen tiefen Schluck. Der angenehme Teil des Tages konnte beginnen.

*

»Ecco, ci siamo, Signorina.« Sie reichte dem Fahrer einen Schein. Ein modernes fünfstöckiges Wohnhaus. Geraldine überquerte die Eingangshalle und stieg in einen der Lifts. Die Türen schlossen sich klackend, und sie lehnte sich an die kühle, metallene Wand. Der letzte Abend hatte sie erschöpft. Das Konzert war ein Erfolg gewesen. Anschließend waren sie zum Feiern in das schicke Restaurant Aurora an der Via Veneto gegangen. Der Name Riccardo Vismara war nur ein einziges Mal gefallen. Aber sogleich waren die Gespräche verstummt, und betretenes Schweigen hatte sich unter den Musikern ausgebreitet. Geraldine war durch den Kopf gegangen, dass einige von ihnen sicher zu seinen Freunden gezählt hatten. Zu Geraldines Erleichterung hatte sich Giulia Franceschini nicht allzu spät verabschiedet. Sie, David, Jean und noch ein paar Musiker hatten bis zum frühen Morgen durchgehalten, eine Flasche Champagner nach der anderen geleert. Dann hatte David sie ins Hotel gebracht. Er war in ihrem Hotelzimmer ungestüm über sie hergefallen, und sie hatten sich hastig geliebt.

Der Fahrstuhl hielt mit einem Ruck. Sie öffnete die Augen. Die Türen gingen vor einer massiven Tür mit Messingklopfer auf. Laute Bläserfanfaren drangen nach draußen. Offenbar hörte niemand die Klingel. Sie versuchte es noch einmal.

»*Arrivo, eccomi!*«, rief eine Kinderstimme und ein etwa achtjähriges Mädchen im Nachthemd öffnete die Tür.

»Ciao, ich bin Jacopa. Die sind im Salon.«

»Ciao«, sagte Geraldine zögernd. »Tut mir leid, ich habe dich geweckt, hm?«

»Nö, die sind viel zu laut!« Das Mädchen stand barfuß neben einer mit Briefen, Zeitungen und sonstiger Post überladenen Konsole, die aussah, als würde dort seit Wochen nachlässig alles hingeworfen, was der Briefträger so brachte.

»Du bekommst kalte Füße«, meinte Geraldine.

»Ja, weiß ich.« Jacopa schloss die Tür. »Magst du meine Schlümpfe sehen? Ich habe vierundzwanzig und *Grande Puffo*!«

»Ach …«, sagte Geraldine ausweichend.

Aber der Kinderblick siegte. Sie stand in einem eleganten Schlafzimmer und begutachtete vor der Terrassentür aufgereihte Plastikfiguren. »Das ist ja ein richtiges Schlumpfdorf«, zeigte sich Geraldine beeindruckt und freute sich über das Strahlen, das über Jacopas sommersprossiges Gesicht ging.

»Weiß du, mir fehlt bloß *Quattrocchi*, der Schlumpf mit der Brille, aber vielleicht kauft ihn mir Mama am Flughafen.«

»Na, bestimmt«, meinte Geraldine. Sie fühlte sich etwas befangen. Im Zimmer waren Spielsachen verstreut. Auf dem Nachttisch brannte eine Lampe. Die Steppdecke auf dem französischen Bett war aufgeschlagen, der

Teddy neben dem Kissen hatte eine rot karierte Schleife um den Hals. Im angrenzenden Bad hingen Akte von Klimt, und auf einem Empirehocker lag nachlässig hingeworfen ein cremefarbener Seidenmorgenmantel. »Jacopa, das ist doch das Schlafzimmer deiner Mutter, ich glaube nicht, dass sie es gern sieht, dass ich hier reinplatze.«

»Meins auch!«, verteidigte sich Jacopa. »Ich schlafe hier bei Mama. Papa wohnt im Esszimmer.«

»Hm, ich gehe jetzt aber trotzdem lieber, ja?«

»Na gut, wie heißt du denn?«

»Geraldine.«

»Und was machst du?«

»Ich spiele Geige.«

»Dann magst du auch Musik, so wie mein Bruder, Federico. Weiß du, er schreibt für den *Messagero,* genauso wie Papa ... bloß über was anderes. Er kritisiert Konzerte. Und Onkel David ist ganz berühmt, dem gehört sogar ein Orchester.«

»Aha«, sagte Geraldine und lächelte.

»Ciao, du bist nett.« Jacopa kletterte wieder ins französische Bett.

»Schlaf gut«, sagte Geraldine und hätte ihr gern über den brauen Lockenkopf gestrichen.

*

»Pertile ... kein Vergleich mit heutigen Startenören, das ganze Starsystem ... die Presse jubelt sie hoch.

„Aber Federico, bei aller Liebe und deiner Kompetenz als Musikwissenschaftler, fang doch nicht immer in der Steinzeit an. Pertile sang 1937 an der Scala. Ich weiß nicht, ob man den jetzt wirklich mit Kaufmann oder Alvarez ...", begann ein älterer Herr mit Brille.

„Da muss ich Ihnen widersprechen, Giacomo. Haben Sie denn die Entwicklung nicht verfolgt? Auch in den letzten zwanzig, dreißig Jahren lag das Starsystem in der Hand der großen Plattenfirmen. Hochgejubelt wurde nur, wer dort unter Vertrag war. Sang etwa Martinucci schlechter als Domingo? Oder nehmen Sie Bonisolli, der kam einfach nie zum Zug!«

»Nun ja, seine Gioconda damals in Verona war nun nicht gerade umwerfend, lieber Federico«, meinte eine aggressiv auftretende Mitfünfzigerin.

»Aber Franca«, kommentierte ein eleganter älterer Herr, »was willst du denn, mit Ponchielli war selbst in den Achtzigern, als wir beide oft in Verona waren, kein Staat mehr zu machen. Total verstaubt, das reißt die Arie *O cielo, o mar* auch nicht heraus.«

»Ponchielli?« Eine Dame mit dickem Goldkollier, ein Sektglas in der Hand, mischte sich ein. »Gioconda? Moment mal, gehört da nicht der Tanz der Stunden hinein, dada dada, dada dadaaa …?«

David Franceschini winkte ihr aus dem Durchgang zur Dachterrasse zu. Er sprach mit einer weißhaarigen Signora. Geraldine durchquerte den Salon.

Als die alte Dame sich zu ihr umwandte, leuchtete ihr Gesicht auf. »Geraldine, Liebes! Wie schön, dass du hier bist.« Sie umarmte sie herzlich.

»Ludovica …«, lächelte Geraldine.

»Du warst ganz exquisit gestern Abend. Ich habe Mendelssohn noch nie so gehört. Sie ist einfach göttlich, nicht wahr, David?«

»Ja, und sie sieht auch aus wie eine Göttin«, sagte Franceschini. Geraldine entdeckte das Glitzern in seinen Augen, und ihr schoss das Blut in den Kopf. Sie hörte nur noch halb, was Ludovica von den guten Kritiken erzählte, die sie gelesen habe. Sie atmete auf, als die Gastgeberin, Davids Schwiegermutter, Contessa Castelli, auf sie zurauschte, Geraldine begrüßte und sie charmant bat, Ludovica zu einem gemeinsamen alten Freund entführen zu dürfen, der gerade angekommen war. »*Mi scusi, cara, vero?*«

»Na«, meinte David, als sie allein waren, und drückte ihr ein Glas Sekt in die Hand, »wie fühlst du dich?«

Sein Gesicht war markant, die Kinnpartie vielleicht etwas zu hart. Er war groß und schlank, wirkte positiv und voller Energie. Man sieht ihm nicht an, wie krank er ist, dachte Geraldine.

»Etwas müde, aber sonst prima«, sagte sie nicht ganz überzeugt. »Schön, dich zu sehen«, setzte sie verhalten hinzu. Er lächelte und lehnte sich nah neben sie. Geraldine beugte sich über das Terrassengeländer, als wäre sie am unten vorbeitosenden Verkehrsgeschehen interessiert.

»Richard McFairshield ist übrigens auch hier«, sagte David unvermittelt. Geraldine schwieg. Sie spürte, wie er sie forschend von der Seite ansah. »Und er verfolgt dich mit Blicken.«

Geraldine überhörte es. Sie drehte sich um. »Wo ist eigentlich deine Frau?«

»Steht da drüben, bei Freunden von uns«, antwortete Franceschini und richtete, mit einer ihr atemberaubend gewagt erscheinenden Geste, ihren verrutschten Abendkleidträger.

Aus dem Salon ertönte Gelächter. David blickte irritiert hinüber. Geraldine tat es ihm gleich. Ein paar Gäste hatten sich um den jungen Mann gruppiert, den sie bei ihrem Eintreffen schon bemerkt hatte. Er sprach unablässig, gestikulierte und schien die ganze Gesellschaft zu unterhalten. Er strahlte eine Selbstsicherheit aus, die Geraldine arrogant fand, und er war sich seiner Wirkung nur zu bewusst. Jede seiner Handbewegungen war nonchalant, aber wohlgesetzt, und er hielt den Kopf sehr gerade. Seine Stimme war wohltönend und eine Spur zu laut.

»Ah, Federico … ich werde ihn dir nachher vorstellen«, sagte David. »Kam heute Nachmittag aus Neapel. Der *Messagero* bringt morgen seinen Artikel über die Spielzeiteröffnung im San Carlo. Ich rechne mit dem Schlimmsten. Sein rasanter Erfolg als Musikkritiker ist ihm zu Kopf gestiegen, totale Hybris.«

»Hmhm«, antwortete Geraldine und nippte am Sekt.

Es wurde geläutet. Die Tafel im Esszimmer fasste zwölf Gedecke. An der Rückwand stand eine wuchtige, mit dunkelblauem Samt überzogene Chaiselongue. Ein tief hängender Kristalllüster funkelte über den Köpfen der Gäste.

*

»Farinelli war der umjubeltste Kastrat seiner Zeit«, hob Federico Stronchetti an und kaute schwer am Tintenfischsalat, den er selbst, wie er betonte, mit viel Petersilie und Knoblauch angemacht hatte. »Carlo Broschi, so hieß er eigentlich, sang über dreieinhalb Oktaven! Ein göttliches Klanggebilde! Da kommt ein Countertenor nicht ran, bei Weitem nicht.«

Die Dame mit dem Goldkollier wagte einen Vorstoß. »Ja, wie war das denn, ich meine, nun ja, konnten die denn noch, wo sie doch …« Ihre Gesichtsfarbe stieg zunehmend ins Hummerrot, und sie kam ins Stocken. Im kleinen Kreis der Tischrunde gab es lockeres Gelächter.

Der ältere Herr neben ihr schmunzelte. »Aber, meine Liebe, was für eine Frage!«

Federico Stronchetti blieb ungerührt. »*Ma certo*, Signora, sie waren sogar die besten Liebhaber überhaupt und alles ohne Risiko«, parlierte er und erntete die erwartete Erheiterung. Er hob sein Glas und trank zufrieden einen Schluck Wasser. »Aber, um auf das Thema zurückzukommen … im 18. Jahrhundert wurden Opern fast nur mit Kastraten besetzt. Frauen waren von der Bühne verbannt. Sie durften nicht gemeinsam mit Männern auftreten. Mit Papst Sixtus V. nahm alles seinen Lauf, 1588, in der Sixtinischen Kapelle, um genau zu sein. Er erließ das erste Verbot. Der Stein kam ins Rollen und involvierte dann auch die Oper, die damals noch in den Kinderschuhen steckte. Kurzum, ein paar Jahrhunderte lang war die Musik reine Männersache, formidable Regelung!« Er schob noch ein paar rosa Tintenfischstückchen mit kleinen Saugnäpfen in den vollen Mund und schwang kräftig sein Messer. »Das schwache Geschlecht bringt es in der Kunst doch sowieso nicht weit. Gut, lassen wir mal die großen Primadonnen außen vor. Aber sonst? Nennen Sie mir eine herausragende Komponistin, Dirigentin, Solistin, abgesehen von Martha Argerich, natürlich … und Clara Schumann, der Armen. Na ja, vielleicht noch Jane Glover, der wir die grandios überflüssige Wiederentdeckung der Opern Cavallis zu verdanken haben.« Er wischte sich mit der Serviette über den Mund und kam zum eigentlichen Punkt. »Es ist eine Frage des Kopfes«, sagte er und tippte sich an die Schläfe. »Es gibt da nun mal Unterschiede in Aufbau und Funktion des männlichen und des weiblichen Gehirns. Beim Mann existiert in der rechten Hirnhälfte ein hochspezialisiertes Zentrum für alles, was abstraktes Denken betrifft. Und das Zusammenspiel zwischen den Gehirnhälften, rechts und links, das macht's … darauf kommt es an. Übrigens, alles wissenschaftlich bewiesen!«, sagte er und griff nach einer Scheibe Brot. »Der Damenwelt geht die Voraussetzung für das Raumdenken ab, von Natur aus, sozusagen.« Er hob entschuldigend die Hand. »Tja, in dieser Beziehung tut sich schlichtweg nichts in der weiblichen rechten Hirnhälfte. Frauen sollten sich also besser darauf konzentrieren, was sie mit ihrer linken Hirnhälfte zustande bekommen, und das sind doch lauter entzückende Sachen, nicht wahr? Glauben Sie mir, die Natur lässt nicht mit sich spaßen! Sehen Sie sich die ganzen heutigen Solistinnen doch an: kein Biss, keine Kraft, keine Ausstrahlung ... jede Menge Gefühle, ja, ja, doch die höhere Warte, der Blick für das Ganze, der fehlt ihnen. Zuckergussinterpretinnen nenne ich sie. Und sie können noch so heftig in die Tasten schlagen, denn im betreffenden Sektor ihrer rechten Hirnhälfte herrscht gähnende Leere. Na ja, Frauen haben andere Qualitäten, und ich wünschte, sie würden es dabei belassen«, sagte er und seufzte.

Geraldine presste ihre Serviette an den Mund und warf Franceschini einen entsetzten Blick zu. Die Contessa fing ihn auf und fasste sich nervös an ihre doppelreihige Perlenkette. Nach kurzem Räuspern sagte sie mit einem Lächeln, das ihre Augen nicht erreichte: »Federico, *ti prego.* Du weißt, wir sind da so gar nicht deiner Meinung, außerdem haben wir einen ganz besonderen Gast, *la nostra carissima* Geraldine Dvorsky, die gestern Abend alle mit ihrer Interpretation von Mendelssohn hingerissen hat. Wir fühlen uns sehr geehrt, dass sie heute bei uns ist!« Sie hob ihr Glas, um Geraldine zuzuprosten, und die Gäste taten es ihr nach. Geraldine war verwirrt, unversehens im Mittelpunkt zu stehen, und lächelte beklommen. Als sie in die Runde schaute, begegnete sie dem Blick des Mannes, den sie den ganzen Abend ängstlich gemieden hatte, und sie schlug erschrocken die Augen nieder. Sie hatte einmal geglaubt, ohne Richard McFairshield nicht leben zu können, bis sie mit David zusammengekommen war. Zusammengekommen, dachte sie mutlos. Sie sehnte sich plötzlich heftig danach, Davids Hand um ihre zu spüren, warm und ruhig. Aber David Franceschini saß ihr gegenüber neben seiner Ehefrau, die an diesem Abend unbestreitbar schön aussah in ihrem engen schwarzen Cocktailkleid, zum Berühren nah und unendlich weit weg.

*

»Na, Alessandro, heute wieder ein paar Mörder hinter Schloss und Riegel gebracht?« Giovanni servierte Caselli gekonnt einen Teller dampfender *Pasta alla carbonara.*

»Hm, das riecht aber gut«, schnupperte Caselli und schwang anerkennend die Hand durch die Luft.

»Du Glücklicher, für dich kocht Giovanni. Ich muss essen, was mir meine Frau vorsetzt«, sagte Tiberio, der Restaurator, zerknirscht und drehte sein Weinglas hin und her.

»Na, was gab es denn Gutes?«, fragte Caselli. »Warte mal, heute ist Donnerstag ...«, er blickte Giovanni an, beide sagten, wie aus einem Munde, *»giovedi, gnocchi!«* und lachten schallend. In jeder ordentlichen römischen Familie kamen donnerstags Gnocchi auf den Tisch. Caselli war Sizilianer, doch seit er in Rom lebte, kannte auch er dieses Synonym geregelter Essgewohnheiten. Die Tür ging auf, und Claudio kam herein, im Schlepptau den Journalisten Fulvio.

»*Ciao, tutti,* schaut mal, wen ich draußen getroffen habe«, rief er bester Laune und legte seinen Freunden die Arme auf die Schultern.

»Lass das doch!«, wehrte sich Caselli. »Hast du dich denn überhaupt desinfiziert, bevor du dein Insellazarett verlassen hast?« Er schob seinen Stuhl zurück.

»Commissario Caselli auf der Flucht vor Bakterien! Warte, gleich spucke ich dir in die Pasta!«, lachte der Arzt. »Damit dein Immunsystem mal so richtig auf Touren kommt.«

»Also wirklich, du verdirbst mir ja den Appetit«, nörgelte Caselli.

»Und was verschafft uns die Ehre, Signor Sportjournalist vom *Messagero*?«, fragte Tiberio und rückte mit seinem Stuhl ein Stück weiter, damit die beiden Neuankömmlinge noch am Tisch Platz fänden. »Hat dich die kleine rothaarige Volontärin versetzt, oder … «, er hob eine Gabel, und die Runde skandierte einstimmig im Männerchor: »… ist deine Schwiegermutter wieder da?«

Fulvio zog sich einen Stuhl heran. »Wer den Schaden hat …«, schmunzelte er, holte seine Pfeife aus dem Jackett und klopfte sie auf den Aschenbecher. »Es findet ein Dinner statt, natürlich im Esszimmer, und da steht bekanntlich meine blaue Chaiselongue.«

»Warum zieht ihr nicht endlich um?«, fragte Caselli, obwohl er sich die Antwort selbst geben konnte. Er hatte bemerkt, dass Fulvio genau das Jackett aus englischem Wollstoff anhatte, das er sich gerne gekauft hätte bei seinem Herrenausstatter in der Via del Gambero. Ein Blick auf das Preisschild aber hatte ihm genügt. Es kostete gut drei Monatsgehälter seines Sergente. Fulvio hatte keinen Sinn für Profanes wie … Mieten. Das Apartment an der Via Flaminia gehörte seiner Frau.

»Ja genau, das ist doch auf Dauer kein Zustand«, warf Tiberio ein und dachte an die unbequeme Fernsehcouch, auf der er manchmal schlafen musste, wenn er mit Giuseppina Krach hatte.

»Es gibt immer Vorteile und Nachteile«, bemerkte Fulvio souverän und zündete sich seine Pfeife an. »Man muss flexibel sein.«

Caselli stieg würziger Tabakgeruch in die Nase.

»Ach, Alessandro, du bist beim Essen … ich hatte das gar nicht bemerkt.« Fulvio ging höflich daran, seine Pfeife auszumachen.

Caselli winkte ab. »Bin eh gleich fertig.«

»Wo hast du denn eigentlich deinen neuen Sportwagen gelassen? Du bist doch eben aus einem Taxi gestiegen«, fragte Claudio und nahm sich eine Scheibe Brot aus dem Korb.

»La fortuna non mi ha baciata«, antwortete Fulvio ruhig.

»Sag bloß …« Die Männer sahen ihn perplex an und lachten ein wenig betreten. Caselli wusste, warum. Es war Fulvios Standardzitat, wenn er beim Poker mit Highsociety-Freunden im römischen Golfclub kein Glück gehabt hatte.

*

»Lassen Sie die *Mousse au chocolat* lieber stehen, die habe ich verbrochen!« Giulia Franceschini stand am Kuchenbüfett.

»Sie sind bestimmt auch eine perfekte Köchin«, sagte Geraldine und löffelte ihren Nachtisch, der hervorragend schmeckte. »Ich habe vorhin mit Jacopa Freundschaft geschlossen«, trug sie zur Konversation bei.

»Ah, der kleine Schatz!« Giulia verschränkte die Arme vor der Brust. »Sie ist die Jüngste meiner Schwester Carla. Mutter hat Carla und meinem Schwager Fulvio das Apartment hier überlassen. Sie wohnt jetzt außerhalb, in Sacrofano, aber hin und wieder gibt sie gern ein Dinner für ihre alten Freunde. Und dafür ist dieses Apartment einfach ideal. Es liegt wunderbar zentral, nach Sacrofano fährt man ja, wenn viel Verkehr ist, fast eine Stunde«, sagte sie und setzte plötzlich hinzu: »Sie sprechen sehr gut Italienisch.«

»Ich war ein Jahr am Konservatorium hier in Rom, ich hatte den Förderpreis gewonnen.«

»Ah ja, der Förderpreis. Mein Mann engagiert sich in letzter Zeit sehr bei der Förderung junger Künstler.«

Stimmen drangen aus dem Salon. »Ach, lassen Sie sich doch nicht bitten! Dürfen wir hoffen?«

»Oje, er wird singen«, sagte Giulia und hakte sich bei Geraldine unter. »Mögen Sie Opern? Ich hoffe, Sie stehen es durch, mein Neffe Federico wäre zu gern Tenor geworden.«

Die Anfangsklänge eines Werks von Boito setzten ein. Es war eine Instrumentalaufnahme, bei der die Arie dazugesungen wurde. Ein marineblaues Jackett mit Emblem auf der Brusttasche, schwarze Slipper mit Fransen und Quasten: Federico Stronchetti sah aus, als käme er gerade vom College. Seine Krawatte hatte er gelockert, damit er besser Luft bekam. Er wartete auf seinen Einsatz und nestelte an der linken Manschette. Giulia wurde von Ihrer Mutter aufgehalten und entschuldigte sich. Geraldine ging zu Franceschini hinüber. Der Dirigent machte ein skeptisch gequältes Gesicht.

»Und, was sagst du?«, begann sie.

»Immer das Gleiche, ich kann es nicht mehr hören«, kommentierte er lapidar. »Außerdem ist das Orchester miserabel. Wer macht schon solche Einspielungen.« Er trank einen Schluck Whisky.

»Stimmt es, dass er für den *Messagero* schreibt?«, fragte Geraldine. Franceschini nickte. »Er ist kaum älter als ich, wie kann er da schon Kritiker sein? Die sind doch alle über vierzig, und das hat auch seine Berechtigung«, fügte sie gereizt hinzu.

»Federico ist ein *Enfant prodige*, hoch begabt, arrogant, selbstgefällig bis zur Naivität. Aber er versteht was von

Musik und ist ein exzellenter Opernkenner. Das kann ich ihm nicht absprechen, aber sonst ist er ein Idiot«, antwortete David mürrisch und nahm noch einen Schluck aus seinem Glas.

»Jeder denkt, mein Schwager habe ein wenig nachgeholfen, Fulvio ist Sportjournalist beim *Messagero*«, warf Giulia ein, die nun zu ihnen stieß. »Das stimmt aber nicht. Federico hat es allein geschafft. Er ist einfach brillant. Und Federico hat auch schon einen Bildband publiziert: ›Große Dirigenten unserer Zeit‹.«

»So?« fragte Geraldine interessiert. »Und was schreibt er über Maestro Franceschini?«

David ließ ein abfälliges »Päh!« hören.

»Er hat ihn nicht hineingenommen«, lachte Giulia und legte ihrem Mann liebevoll die Hand auf die Schulter.

Franceschini bemühte sich, gleichgültig zu erscheinen, dann lachte er gedämpft. »So ein Idiot.«

7

Der Laufbursche der Bar an der Ecke balancierte das große Metalltablett fachmännisch auf einer Hand.

»*Servizio Bar!*«, rief er unnötigerweise und zu laut, als er durch die Tür trat, die Scurzi ihm aufhielt. Caselli sah von seinem Schreibtisch auf, nickte Scurzi zu und schob ein paar Akten beiseite, damit der Teller mit den Sandwiches Platz fände.

»*Grazie, quant'è?*«, fragte er, obgleich er genau wusste, dass es fünfzehn Euro machte, schließlich bestellte er sich diesen Mittagsimbiss dreimal die Woche. Er reichte dem Jungen einige Scheine und legte noch ein großzügiges Trinkgeld drauf. Die Römer liebten es bequem, und in dieser Hinsicht schloss sich Caselli gern seinen römischen Kollegen an. Warum den Weg um die Ecke auf sich nehmen, wenn die Bar netterweise ins Polizeipräsidium lieferte? Der Junge lachte breit, nahm Tassen und Gläser vom Vortag mit und verschwand. Caselli bot Scurzi ein Tramezzino an, pro forma, denn Scurzi schüttelte wie immer dankend den Kopf, dann nahm er sich selbst eins. Er lehnte sich zurück, trank einen Schluck Espresso und wartete auf Scurzis Zusammenfassung, was er an dem für ihn bereits langen Arbeitstag so alles erlebt hatte, am Morgen in der Verwaltung bei der städtischen Müllabfuhr und danach in der Bar seiner Cousins an der Piazza Cavour. Stattdessen zog Scurzi das ordnungsgemäß in einer Plastikhülle verstaute Papierchen mit der Galeone aus seiner Jacketttasche und legte es mit Bedacht vor Caselli auf den Schreibtisch.

»Portugiesisch!«, verkündete er triumphierend, zog sein Jackett aus und hängte es über einen Bügel.

Caselli fragte sich, wie Scurzis Jackett derart verknautscht aussehen könne, wo er sich doch extra die Mühe machte, es jedes Mal ordentlich auf einen Kleiderbügel zu hängen, während Casellis eigenes Jackett meist nachlässig über seiner Stuhllehne hing und kein einziges Fältchen zeigte.

»Sie meinen, das Wort ist Portugiesisch, nicht Spanisch?«, fasste Caselli zusammen und biss nochmals in sein Sandwich, bevor er nach dem Plastiktütchen griff und seinen Inhalt hin und her wendete. Er hatte es ja schon am Tatort in Augenschein genommen: *Abóbada* besagte der verwischte, aber noch gut leserliche Stempelaufdruck in roter Tinte.

Der Sergente nickte. »Das heißt ›Gewölbe‹«, berichtete er stolz. »Die Carabinieri haben der Mordkommission nun alle Unterlagen und Beweisstücke überstellt. Ich habe das Wort gleich zu Hause am Laptop gegoogelt. Mein Ältester hat schon einen, den haben wir ihm zu Weihnachten gekauft, vorab. Für die Schule brauchen die den ja auch mittlerweile. Er geht auf eine gute Schule, da haben wir darauf geachtet, müssen Sie wissen.«

Caselli war nicht der Meinung, dass er dies wissen müsse, raffte sich aber zu einem Lob auf. »Sehr schön, Scurzi! Somit wissen wir, was auf dem Papier steht, das das Rauschgift enthielt. Auch wenn uns das im Moment noch nicht weiterbringt. Haben Sie schon beim entsprechenden Dezernat nachgefragt, ob die etwas damit anfangen können?«, fragte er halbherzig.

»Ja, habe ich«, antwortete Scurzi.

»Und?«

»Die haben schon eine ganze Sammlung davon, können sie aber nicht zuordnen. Es steht immer etwas anderes darauf. Zum Beispiel haben sie ein paar mit der Aufschrift ›*Pombo*‹, also Taube, und andere auf denen steht ›Gitter‹, ich weiß jetzt nicht mehr das portugiesische Wort dafür«, meinte Scurzi und überlegte angestrengt. »Ich glaube, es war ›*Grehla*‹. Sie sind vor ungefähr einem Jahr zum ersten Mal aufgetaucht, bei Razzien in Edeldiskotheken, aber keiner weiß was damit anzufangen.«

»Hmhm«, antwortete Caselli und trank seinen Espresso aus.

Die Tür ging auf, und Signorina Flavia, die Sekretärin von Vice-Questore Ruggiero Di Verdacchiano, schwenkte herein. Caselli und Scurzi bemerkten jeder sofort den rasant kurzen Rock und versuchten, jeder so gut er konnte, Contenance zu wahren. Flavia war sich ihres atemberaubenden Auftritts bewusst.

Sie kam auf Caselli zu und legte ihm schwungvoll eine Akte auf den Tisch. »Der Autopsie-Bericht Vismara, der Drogentote auf der Isola Tiberina. Die Kopfverletzung war nicht tödlich. Er ist wohl gestürzt und mit dem Hinterkopf auf den Stein aufgeschlagen. Aber der Tod ist auch nicht durch Überdosis eingetreten, sondern …«, gab sie kund und fühlte sich wohl in ihrer Eigenschaft als Sekretärin des direkten Vorgesetzten Casellis dazu ermächtigt, »durch eine Substanz, die dem Heroin beigemischt war. Der Stoff war verschnitten, Commissario!«, sagte sie und stützte sich vornübergeneigt auf seiner Schreibtischplatte ab.

Caselli schlug die Augen nieder und rückte seinen Stuhl zurück. »Ich werde mir den Bericht ansehen«, meinte er kühl und stand auf. »*Grazie,* Signorina.« Was so viel hieß wie: Sie können gehen. Und das tat sie auch, nicht ohne einen atemberaubenden Hüftschwung beim Durchschreiten der Bürotür.

Scurzi ging hinaus, und Caselli begann den Bericht durchzusehen, der ihm gerade hereingereicht worden war.

Signorina Flavia behielt recht. Die Todesursache stand fest: Das Heroin war mit einer Substanz gestreckt worden, deren synthetische Herkunft noch nicht eindeutig geklärt war, und hatte zu einem Herzstillstand geführt. Caselli runzelte die Stirn. Er sah wieder den zugedeckten Körper auf der Tiberinsel vor sich. Arme und Füße von Nadeln zerstochen, stand in der Akte. Wie konnte ein talentierter Musiker sich nur so zugrunde richten? Caselli lehnte sich zurück und starrte in die Luft. Er sah Angelo Vismaras Gesicht vor sich, als dieser vom Tod seines Bruders erfahren hatte. Vismara war bereits befragt worden. Scheinbar hatten die Brüder in den letzten Monaten nicht mehr viel miteinander zu tun gehabt, und seine Aussage war wenig hilfreich gewesen. Caselli trommelte mit den Fingern auf den Pappdeckel der Akte und überlegte lange. Schließlich beschloss er, heute einmal pünktlich aus dem Büro zu gehen und Angelo Vismara einen Besuch abzustatten.

8

Die Nachmittagssonne strahlte auf den Palazzo Farnese, die französische Flagge wehte leicht im Wind. Angelo Vismaras Haus lag in einer Seitenstraße der Piazza Campo di Fiori, die Haustür stand offen. Caselli stieg das klamme und dunkle Treppenhaus hinauf. Ein Hund bellte unablässig. Als Caselli endlich im obersten Stockwerk ankam, war er außer Atem. Er klingelte, auf der anderen Seite der Tür waren Schritte zu hören, dann ein mürrisches: »Wer ist da?«

Caselli nannte mit fester Stimme seinen Namen und die Tür öffnete sich. Angelo Vismara hatte Ringe unter den Augen, und das schwarze, strähnig nach hinten gekämmte Haar ließ sein Gesicht noch bleicher erscheinen. Als er Caselli sah, verzogen sich seine Mundwinkel fast unmerklich nach unten.

»Der Commissario selbst, welche Ehre. Kommen Sie rein.«

Er führte Caselli durch eine unaufgeräumte Wohnung. Die schräg durch die Dachfenster einfallenden Strahlen der späten Nachmittagssonne tauchten den Raum in ein warmes Licht. Überall waren Notenblätter verstreut, standen halb volle Aschenbecher, verkrümelte Teller und Kaffeetassen herum. Ein Notenständer stand seltsam verrenkt mit abgeknickten Armen unter dem Dachfenster. Missbilligend bemerkte Caselli, dass Vismaras Hemd hinten aus der Hose hing, doch dann rief er sich streng zur Räson. Es gab hier anderes für ihn zu konstatieren als ein nachlässiges Äußeres, das hoffte er wenigstens.

Auf der Dachterrasse standen rosafarbene Oleander in Terracotta-Kübeln; ein Liegestuhl wartete aufgeklappt unter dem Dachvorsprung. Um einen zugeklappten, schmuddeligen Sonnenschirm herum standen ein paar Gartenmöbel aus Plastik.

»Nehmen Sie Platz, Commissario, ich bin gleich wieder da«, sagte Vismara.

Caselli setzte sich auf einen Plastikstuhl und blickte über die römischen Dächer.

Angelo Vismara brachte ein Tablett heraus. Zwei Tassen und eine chinesisch anmutende Zuckerdose ohne Deckel, in der ein zuckerverkrusteter Silberlöffel steckte.

»Gibt es etwas Neues?«, wollte er wissen, während er Tee ausschenkte. Dann sah er Caselli scharf an.

Caselli, der sein Gesicht dösend den letzten schwachen Sonnenstrahlen entgegengereckt hatte, fühlte sich ertappt und ärgerte sich darüber. »Leider noch nichts«, sagte er gezwungen. »Es tut mir leid, aber … gerade in diesem Milieu, sehen Sie, in der Drogenszene, ist es nicht einfach. Wir haben das Umfeld abgeklopft, einige seiner Freunde vernommen …«

»Welche Freunde denn?«, fiel ihm Vismara ins Wort. »Riccardo hatte zuletzt keine Freunde mehr. Sie meinen wohl eher die Leute, deren Nummern er in seinem Adressbuch vermerkt hatte.«

Caselli wusste seinen Ton nicht recht zu deuten. Vismaras Gesicht verriet nichts. »Es gibt keine anderen Anhaltspunkte, die wir verfolgen könnten. Wir tun unser Bestes, das versichere ich Ihnen, aber wir bräuchten eine konkrete Spur.«

Vismara fixierte ihn. »Und wie kann ich Ihnen da helfen?«

»Nun, wir haben eine Reihe von Leuten aus dem Santa Cecilia befragt, mit denen er Umgang zu haben schien, bis vor einem Jahr wenigstens.«

Angelo nickte langsam, ohne ihn anzusehen. »Und?«

»Vor einem Jahr ist Riccardo aus dem Santa Cecilia … ausgeschieden. Danach scheint er nicht mehr viel Kontakt zu seinen alten Bekannten gehabt zu haben.«

Vismara starrte in seine Teetasse, die er sacht in den Händen schwenkte. »Und, wundert Sie das?« Es klang gelangweilt.

»Wissen Sie«, sagte Caselli, »wir haben herausgefunden, dass Ihr Bruder vor vier Jahren begonnen hat, Kokain zu nehmen, und vor etwa zwei Jahren zu Heroin übergegangen ist. Was mich dabei wundert …«, er zögerte. »Ein Berufsmusiker, der auf seine Hände angewiesen ist, müsste doch eigentlich wissen, was er aufs Spiel setzt, wenn er sich auf Drogen einlässt, ja, Signor Vismara?«

Vismara rührte langsam Zucker in seinen Tee. Caselli wartete geduldig. Endlich legte Vismara den Löffel ab und schaute auf.

»Riccardo hatte alle Trümpfe in der Hand,« sagte er fest. »Aber er war ein verdammter Idiot, der alles wegwarf, was sein Leben lebenswert machte. Er brauchte niemanden, der ihn erst hätte über die Klippe stürzen müssen.« Bei den letzten Worten war sein Ton zynisch geworden. Vismara griff nach der Zigarettenpackung und nahm eine heraus. Sein Gesicht wirkte immer noch versteinert, aber Caselli bemerkte, dass seine Finger zitterten. Fahrig zündete er sich eine Zigarette an und inhalierte tief. Nach einigen Zügen fuhr er ruhiger fort: »Riccardo war schon immer labil, und ihn hat nur gereizt, was gefährlich war.«

»Sie meinen, Ihr Bruder war ein …«, Caselli überlegte, »Grenzgänger?«

Vismara starrte ihn an.

Caselli wusste, dass er keine Antworten mehr erhalten würde. Er erhob sich, und Vismara begleitete ihn zur Tür.

»Für alle Fälle lasse ich Ihnen meine Karte hier«, sagte Caselli. Vismara warf einen kurzen Blick darauf und nickte. Die Tür fiel schon hinter ihm ins Schloss, da fiel Caselli noch etwas ein. »Bitte, Signor Vismara ...«

Die Tür öffnete sich wieder einen Spaltbreit.

»Gibt es im Orchester Santa Cecilia eigentlich noch mehr Personen, die gern ... *va banque* spielen?«

Vismara hatte sich gut im Griff, aber Caselli registrierte, wie seine Pupillen eine Spur dunkler wurden und sich seine Finger einen Moment lang um den Türrahmen krampften, bevor er mit normaler Stimme sagte: »Aber was denken Sie sich, Commissario. In einem Orchester wie dem Santa Cecilia? Das können sich in unserer Branche nur die Leute leisten, die den Kopf *über* dem Orchestergraben haben.«

Die Tür schloss sich, und Caselli starrte noch ein paar Sekunden verdutzt auf den weißen Lack. Während er langsam die Treppe hinunterging, beschloss er, seinen Bericht morgen zu Ende zu bringen und den Fall an das Drogendezernat weiterzureichen.

9

Die Vorhänge waren nicht zugezogen, und die morgendlichen Strahlen der Herbstsonne schienen warm in das Hotelzimmer. Geraldine fasste schlaftrunken nach dem Hörer. Von ihrem Bett aus konnte sie die Terracotta-Töpfe auf der Brüstung der Spanischen Treppe sehen, in denen die letzten Boleanderrosen blühten. Der Portier meldete, Signor Stronchetti sei nun da. Geraldine tastete nach ihrer Uhr.

»Sagen Sie ihm bitte, er soll schon mal frühstücken, ich komme gleich!«

Sie schlug die Bettdecke zurück und ging ins Bad. Das Interview mit Federico Stronchetti hätte sie beinah vergessen. Sie dachte an seine gewagte Tischrede am Dinnerabend bei Franceschinis Familie und war immer noch ein wenig verärgert. Das Mendelssohn-Konzert lag nur ein paar Tage zurück. Franceschini hatte gleich darauf mit den Proben zu dem Konzert Nr. 2 in d-Moll von Max Bruch begonnen, das für Januar angesetzt war. Geraldine drehte den Duschhahn auf und schlang fröstelnd die Arme um sich. Sie gähnte. Was sie brauchte, war ein starker Kaffee. Abends fiel sie todmüde ins Bett und schlief auf der Stelle ein. David Franceschini war ein Perfektionist. Er forderte viel von seinen Musikern und alles von seinen Solisten. Geraldine drehte den Duschhahn zu und fasste nach dem großen, weißen Badehandtuch. Viel mehr als ein paar flüchtige Umarmungen in ihrem Hotelzimmer hatte sie in der letzten Zeit nicht von David gehabt.

*

Federico Stronchetti tunkte gerade ein Cornetto in seinen Cappuccino und blickte vom Roof-Garden des Hotel Hassler auf die Spanische Treppe und das Dächermeer Roms.

»*Buon giorno!*«

»*Buon giorno!*« Er stand auf. Der Blick aus sehr blauen Augen, mit dem er ihr entgegensah, war unverhohlen neugierig. Er lächelte strahlend und strich sich mit einer ungeduldigen Geste das Haar aus dem Gesicht, das ihm in einem wirren Schopf in die Stirn fiel.

»Tut mir leid, dass Sie warten mussten, ich habe verschlafen!« Geraldine reichte ihm die Hand.

»Aber, ich bitte Sie«, erwiderte Stronchetti. »Ich habe gehört, Sie proben im Moment für die Studioeinspielung, da ist es völlig verständlich, dass …« Er brach ab, sein Lächeln war nicht mehr ganz so selbstsicher.

»Ich hoffe, ich habe Sie nicht zu sehr gelangweilt beim Dinner, das Großmama bei uns zu Hause veranstaltet hat«, fügte er hinzu und wusste nicht, wohin mit seiner gestärkten Stoffserviette. Schließlich legte er sie in den Brotkorb.

»Wollen wir nicht einfach du sagen?«, fragte Geraldine lächelnd.

»Ja, warum nicht«, antwortete Stronchetti erfreut. »Nennen Sie mich Federico.«

Sie nahm Platz, und er hantierte am Aufnahmegerät.

»Prima, dass Sie … äh, du dir Zeit für ein Interview nimmst, ich hätte verstanden, wenn du …«, Federico blickte sie an. Er war jetzt aufrichtig verlegen. »Ich möchte mich noch mal entschuldigen. Es lag nicht in meiner Absicht, dich zu brüskieren, es hatte niemand erwähnt, dass …« Er stockte.

»Schon gut, solange du meine Konzerte nicht wegen deiner Vorurteile verreißt.«

»Also, ich …« Federico lächelte. »Schade, dass ich bei deinem Mendelssohn-Konzert gerade in Neapel war.«

Der Kellner kam, und Geraldine bestellte Orangensaft, Tee und Schwarzbrot.

»Schwarzbrot …«, Federico strahlte. »Das habe ich immer in Wien gegessen. Als ich Gesang studiert habe. Stunden habe ich in der Warteschlange vor der Opernkasse zugebracht mit einem *Hockerl*«, flocht er wienerisch ein. »Für Stehplätze, ganz oben, in der *Piccionaia*, wie wir auf Italienisch sagen, im Taubenschläger!«

»Taubenschlag«, sagte Geraldine und verfolgte, wie er versonnen sein Butterhörnchen zerpflückte.

»Ah ja …« Federico seufzte, holte seine Serviette aus dem Brotkorb und verstreute die Brösel über den gesamten Tisch. Dann kippte er den Grapefruitsaft um. Erschrocken blickte er auf das Desaster.

Geraldine drückte rasch ihre Serviette auf das Tischtuch. »So was passiert mir auch dauernd«, sagte sie munter. »Stell dir vor, Davids Frau hatte, als ich sie kennenlernte, ein Paar schrecklich teure Schuhe an, aus hellem Wildleder, wie du sie nur bei Beltrami in der Via Condotti bekommst, und als ich …«

»Warte«, sagte Federico, »ich schalte das Aufnahmegerät erst mal wieder aus.

Als kleiner Junge hatte ich eine Kinderfrau aus Österreich, Fräulein Christel, weißt du …«, erzählte er dann.

»Du auch?« Geraldine atmete tief durch. »Meine kam aus der Schweiz. War deine auch so streng?«

»Es war fürchterlich«, sagte Federico und sah richtig betroffen aus.

Sie merkte erst im letzten Moment, dass David auf ihren Tisch zusteuerte. Im Rollkragenpullover, den Kamelhaarmantel über dem Arm, wirkte er größer als sonst. Sein Blick war düster.

»Na, ihr scheint euch ja prächtig zu unterhalten.«

»*Ciao*, David«, antwortete Federico, »wir machen ein Interview.«

»Tatsächlich …« Der Dirigent warf Geraldine einen missbilligenden Blick zu. »Ich wollte dich abholen, um halb zwölf ist Probe …«, sagte er, wobei eine Mischung aus Enttäuschung und Entrüstung darüber, dass er sie nicht allein angetroffen hatte, unverhohlen mitschwang.

»Setz dich doch zu uns«, bot Geraldine an und sah Hilfe suchend zu Federico hinüber.

»Fräulein Christel …«, flüsterte er hinter vorgehaltener Hand und prustete los. Und Geraldine musste an sich halten, um nicht mit einzustimmen. Davids Ton klang wirklich ganz schön streng.

»Wir sollten aufbrechen …«, sagte Franceschini kühl. »Es ist nach zehn, und wenn du dich noch einspielen willst …«

Geraldine legte ihre Serviette auf den Tisch. »Aber natürlich, David. Wir verschieben das Interview, nicht wahr, Federico?«

Stronchetti schob seinen Stuhl zurück und stand ebenfalls auf. »*Arrivederci*«, sagte er und hielt ihre Hand einen Moment länger fest, als es nötig gewesen wäre. »Ich ruf dich an. Wir machen einen neuen Termin aus.« Er zwinkerte ihr zu, und sie fand sein Grinsen beinah ebenso entwaffnend wie unverschämt.

Franceschini zog sie am Arm nach draußen.

»Federico ist ein Opportunist, ein verzogener Fratz, ein miserabler Charakter. Lass dich nicht auf ihn ein, versprich mir das!«, herrschte er sie an.

»David, wir haben lediglich ein wenig herumgealbert.« Geraldine suchte seinen Blick. »Alles in Ordnung mit dir?« Er zuckte mit den Schultern, und sie gingen den Hotelgang entlang. »Ich muss noch meine Geige holen«, sagte Geraldine mit dem Augenaufschlag, der bisher immer gewirkt hatte. »Kommst du mit?«

Franceschini lächelte, schob sie ins Zimmer und machte die Tür hinter ihnen zu.

10

Caselli war schlechter Stimmung. Am Morgen war er mit einem dumpfen Schmerz im Hinterkopf aufgewacht. Giovanni hatte gestern mit *Spaghetti alle Vongole* aufgewartet, und während Caselli gegessen hatte, waren noch Tiberio und Claudio erschienen. Man hatte sich über das letzte Spiel von Lazio unterhalten, über neue Spieler und unfähige Trainer, und die kleine Runde war immer lebhafter geworden. Giovanni hatte die Weinkaraffe immer wieder aufgefüllt, bis man den Abend schließlich mit ein paar Gläschen Grappa ausklingen ließ. Als Caselli an diesem Morgen etwas angeschlagen sein Büro betrat, hatte er einmal mehr festgestellt, wie muffig und beengt die Räumlichkeiten waren, in denen er seiner Arbeit nachging. Scurzis Schreibtisch stand recht nah, sodass sie sich praktisch gegenübersaßen und Casellis Geduld zuweilen strapaziert wurde.

Der Tag zog sich, und Caselli war nervös. Es war sein letzter Arbeitstag vor seinem Urlaub. Er musste endlich seinen Resturlaub nehmen, ob er wollte oder nicht. Zudem erwartete ihn ein Klavierkonzert in der Philharmonie. Er hatte noch eine Karte bekommen, ganz unverhofft. Und er hatte wirklich keine Lust, das im letzten Moment wieder etwas dazwischenkäme.

Gegen Mittag kam Scurzi. Caselli sah ihn schon durch die Glasfront seines Büros.

»Ach, Signorina Flavia?« Die Tür hatte sich geöffnet, und Di Verdacchianos Sekretärin war hereingekommen, um einen Verteiler auf Casellis Schreibtisch zu legen. Sie schickte sich gerade an, wieder hinauszugehen. »Ja?« Sie blieb stehen und wandte sich Caselli zu.

»Was ist eigentlich mit dem Antrag?«

Flavia hob fragend die Augenbrauen.

»Der Laser-Drucker für unsere Abteilung«, erläuterte Caselli. »Hat sich da schon was getan?«

»Den muss Signor Di Verdacchiano unterschreiben. Sie waren doch bei ihm, in der Woche, als er den Herzinfarkt hatte«, sagte Flavia. »Erinnern Sie sich nicht?«

Caselli erinnerte sich sehr wohl. Seit seiner Ankunft, vor achtzehn Monaten, hatte er mit Nachdruck neue Systemtechnik angefordert. Die PCs waren bereits ausgetauscht worden, aber das mit dem Drucker zog sich. Caselli konnte darüber hinwegsehen, dass in seinem Büro noch Mobiliar mit dem Siegel der Faschisten stand, aber er war fest entschlossen, so lange zu insistieren, bis alles, was er an modernstem technischem Gerät benötigte, genehmigt war. Di Verdacchiano hatte ihn vertröstet. »Wozu brauchen Sie so was denn, Caselli«, hatte er gesagt und der alte Drucker sei ja schließlich nicht kaputt. Man müsse sparen. Der italienische Staat habe gut 2150 Milliarden Euro Schulden. Wo sollten da Mittel für Investitionen herkommen? Vor drei Wochen hatte Caselli dem Vice-Questore dann das ausgefüllte Antragsformular auf den Schreibtisch gelegt und dazu einen vom Ministerium im Staatsanzeiger veröffentlichten Artikel, der besagte, dass umfangreiche Sondermittel für die weitere, schrittweise EDV-Aufrüstung der Dezernate bereitgestellt würden. Das entsprechende Sonderformular hatte Caselli gleich beigefügt, und Di Verdacchiano hatte kommentarlos zugestimmt. »Er wollte den Antrag durchsehen und Ihnen geben, zur Weiterleitung«, erklärte Caselli.

»Hat er aber nicht«, antwortete Signorina Flavia. »Da müssen Sie warten, bis er aus der Rekonvaleszenz zurück ist. Drei bis sechs Wochen wird das schon dauern. So dringend ist das ja nun nicht. Sie haben doch jetzt erst einmal Urlaub, nicht wahr?«, setzte sie schnippisch hinzu und schloss die Tür.

»Vielleicht kommt er ja überhaupt nicht mehr und geht in Frührente …«, meinte Scurzi, der hinter Signorina Flavia eingetreten war und nun an seinem Platz saß.

»So?« Caselli nahm den Verteiler vom Schreibtisch und blickte auf.

»Auf den Gängen wird einiges gemunkelt«, erläuterte der Sergente.

»Hmhm«, machte Caselli und vertiefte sich wieder in seinen Bericht.

Gegen fünf Uhr fragte Scurzi höflich, ob er noch gebraucht werde, was Caselli anständigerweise verneinte. Er wollte ihm nicht unnötig das Leben schwer machen, wo er doch wusste, dass er spätestens um halb sechs Uhr seine Frau in der Pförtnerloge des eleganten *Residence*-Palazzos in der Via Paisiello ablösen musste. Da kamen die Kinder aus dem Hort. Zwei Jungs und ein Mädchen, die musste Scurzi durchbringen. Mit seinem Gehalt und dem, was seine Frau dazuverdiente, war das nicht zu machen. Also ging der Sergente, wie viele Italiener, mehreren Beschäftigungen nach. Ganz legal war das nicht, aber was sollte er machen. Caselli schnaufte. »Also Sergente, in drei Wochen bin ich wieder da. Halten Sie die Stellung!«

»Mache ich, Commissario«, versicherte ihm Scurzi.

Caselli brachte seinen Bericht zu Ende und brach pünktlich auf, um vor dem Konzert noch irgendwo eine Kleinigkeit zu essen. Er schlüpfte in seinen Mantel, warf einen letzten Blick auf seinen Schreibtisch, der komplett aufgeräumt war und jetzt schon ungewöhnlich verwaist wirkte, und verließ sein Büro.

11

Caselli stand auf der Piazza San Lorenzo in Lucina vor seinem geparkten Wagen und fühlte sich angeschlagen. Er hatte eine geschwollene Backe und eine taube Unterlippe. Zwei Stunden hatte er auf dem Behandlungsstuhl gesessen. Was als Routineuntersuchung begonnen hatte, stellte sich als Martyrium heraus. Eine junge Dame hatte geduldig mittels Stahlklammer seinen Mund offen gehalten und den Speichelabsaugschlauch sachkundig hin und her geschoben, während der Zahnarzt akribisch den Fünfer, unten rechts, abschliff. Caselli brauchte eine Krone. Das war am Vormittag gewesen. Jetzt war es Mittag, und die Kirchenglocken begannen zu läuten. Caselli sah unschlüssig auf seinen Autoschlüssel. Eigentlich hatte er vorgehabt, nach diesem Zahnarzttermin in die Questura zu fahren, aber es gab keine besonderen Vorkommnisse, somit … und Scurzi hielt ja die Stellung. Waren es tatsächlich sechs Wochen, die er jetzt dort fehlte? Erst dieser vertane Resturlaub, den er hatte nehmen müssen … das ganze Jahr hatte er mit jedem freien Tag gegeizt. Selbst in der Augusthitze war er in der Questura gesessen, um ja keinen dieser kostbaren Tage zu vergeuden. Er hatte seinen Urlaub aufgespart für den Fall, dass Dora sich unverhofft melden würde und nach Rom käme. Denn dann müsste er ja unbedingt Zeit für sie haben. Er konnte nicht glauben, dass es zwischen ihnen aus sein sollte. Aber Dora hatte sich nicht gemeldet. Sie blieb in Sizilien, und sie blieb stur. Seinen Urlaub hatte er sich vergebens aufgespart. Und das war es nun gewesen: drei Wochen im November bei nasskaltem Wetter. Zu allem Überfluss war er in der letzten Urlauswoche erkrankt, hatte eine Woche mit einer schweren Grippe im Bett gelegen und dann in seiner Wohnung herumgehustet. Der Arzt, den er dann doch hatte kommen lassen, weil es ihm einfach nicht besser gehen wollte, hatte eine beginnende Lungenentzündung diagnostiziert und zwei Wochen strikte Bettruhe verordnet. Wo hatte er sich dieses Virus nur eingefangen? Caselli hatte die Zahnarztpraxis in Verdacht. Wartezimmer. Türklinken. Da wimmelte es doch nur so vor resistenten Erregern. Und wurde dieser Speicherabsaugschlauch eigentlich regelmäßig desinfiziert? Das hohe Fieber ging los, nachdem er den jährlichen Zahnarzttermin wahrgenommen hatte …

Sechs Wochen. Caselli konnte es kaum fassen. So lange war dem Dienst noch nie ferngeblieben, in seiner ganzen Berufslaufbahn noch nicht. Der November war nun vorbei. Sergente Scurzi, das musste er ihm lassen, hatte ihn ausgezeichnet vertreten und mit regelmäßigen Anrufen auf dem Laufenden gehalten. Zwei Mordfälle waren dazugekommen, eher Routine. Ein Mord unter Eheleuten im Affekt, den der Ehemann bei Eintreffen der Polizei gestand, und eine Schießerei im Außenbezirk Quartiere Magliana. Der Täter konnte anhand von DNA-Spuren identifiziert werden. Scurzi hatte die Ermittlungen allein geführt. Caselli konstatierte: Es ging auch ohne ihn. Er fühlte sich leicht deprimiert und ihn fröstelte. Unter der Barbour-Jacke trug er zwar ein Tweedjackett, aber als er am Morgen nach seinem Kaschmirpullover gegriffen hatte, musste er feststellen, dass dieser gut zwei Nummern eingelaufen war. Im Geiste sah Caselli seine Zugehfrau Concetta die Waschmaschine auf neunzig Grad einstellen und schnaufte. Nun, während er krank war, hatte sie ihm Hühnersuppe gebracht und die Einkäufe erledigt. Da konnte er ihr jetzt wegen eines falschen Waschprogramms wohl kaum mit Vorhaltungen kommen. Aber es schmerzte ihn schon. Der Pullover war ein Geschenk von Dora gewesen, und er hatte sehr daran gehangen. Nun, sich zu grämen machte das Ganze nicht besser. Er brauchte einen Pullover, und den würde er sich jetzt zulegen. Egal, was sein Kontostand sagte.

Caselli ließ seinen Fiat Punto stehen und überquerte die Via del Corso. Es musste ja keiner aus hundert Prozent Kaschmir sein. Kaschmiranteil tat es doch auch. Dazu lieber ein, zwei neue Oberhemden. Als Caselli beim Zahnarzt gesessen hatte, mit dem Gefühl, verkrampfter könne man kaum sein, war er im Geiste die Regale seines Herrenausstatters durchgegangen, um sich abzulenken. Und da er nun schon mitten im Zentrum war, würde er das Ergebnis seiner geistigen Vorarbeit gleich in die Tat umsetzen. Caselli wickelte seinen Schal um den Hals und bemerkte, dass sein Stimmungstief sich bereits ein wenig besserte. Also, er brauche auf jeden Fall zwei Hemden mit Button-down-Kragen … und er würde über die Stränge schlagen: hellblau statt des ewig klassischen Weiß. Fulvio trug sogar rosé gestreift mit weißem Kragen, aber ganz so weit war er noch nicht. Hellblau, als Anfang, war mehr als ausreichend für einen gebürtigen Sizilianer. Caselli nickte vor sich hin, nahm die Via Frattina und bog dann in die Via del Gambero. Auf dem Gehsteig kreuzte ein junger Mann eilends seinen Weg und steuerte geradewegs auf den Herrenausstatter zu. Caselli erkannte ihn. Es war der Musikkritiker Federico Stronchetti. Caselli las seine Kritiken im Feuilleton des *Messagero.* Die Tosca-Neuinszenierung an der römischen Oper hatte er komplett verrissen, besonders den englischen Bassbariton Richard McFairshield.

Der junge Mann drückte die Schwingtür des Geschäfts auf, und Caselli sah ihm nachdenklich hinterher. Fulvios Sohn war Ende Oktober selbst in die Schlagzeilen der Presse geraten. Sein Sportwagen kam bei einem waghalsigen Überholmanöver von der Fahrbahn ab und stürzte eine dreißig Meter tiefe Böschung hinab. Federico war außer ein paar Platzwunden nichts passiert, aber er war nicht alleine im Auto gewesen. Er hatte eine Violinistin dabei gehabt, mit der er seit Kurzem liiert gewesen war, Geraldine Dvorsky. Caselli sah noch, wie sie sich verbeugt hatte. Den Schlussapplaus ihres Konzerts hatte er ja mitbekommen. Das Konzert selbst hatte er verpasst, da am selben Abend die Leiche des drogenabhängigen Riccardo Vismara auf der Tiberinsel gefunden worden war. Den Fall des ehemaligen Bratschers aus dem Orchester Santa Cecilia hatte er an das Drogendezernat weitergegeben. Die Geigerin war lebend aus dem Wrack geborgen worden, aber sie war verletzt worden. Es hieß, ihr linkes Handgelenk sei mehrmals gebrochen. Sie würde wahrscheinlich nie wieder auftreten können. Ihre Karriere und alles, was ihr Leben bislang ausgemacht hatte, waren vorbei. Sicher war sie am Boden zerstört. Caselli konnte das nachfühlen. Die von oben zu seiner Sicherheit angeordnete Versetzung hatte ja schließlich auch mit einem Schlag alles verändert. Seine Laufbahn im gehobenen Staatsdienst hatte er vergessen können, und seine Heiratspläne waren Schnee von gestern. Und dass der Schmerz über ein verlorenes Leben alles andere als schnell vorüberging, erfuhr er jeden Tag am eigenen Leib. Caselli überquerte die Straße. Er würde warten, bis Federico seine Einkäufe erledigt hätte. Durch die Scheibe sah er, dass den jungen Stronchetti der Verkäufer bediente, von dem er sich selbst gern beraten ließ. Er würde sich noch etwas die Beine vertreten und dann wieder herkommen.

Im Zentrum waren Touristen und Römer gleichermaßen auf den Straßen unterwegs. Caselli beschloss, in die Via della Vite, eine ruhige Seitengasse, abzubiegen. Der Palazzo am Eck hatte sich das schöne Ocker bewahrt. Die Farbgebung von Ockerbraun und warmen Pastelltönen hatte das Stadtbild geprägt, bevor die Stadtverwaltung auf die Idee gekommen war, ganz Rom, nach vermeintlich antikem Vorbild, in Cremeweiß anstreichen zu lassen. An der Mauer stand ein Zeitungsstand, und Caselli kaufte den *Messagero*. Er sah die Sonnenstrahlen auf dem Pflaster und freute sich. War eine Weile her, dass er Zeit für einen Spaziergang im Zentrum gehabt hatte. Er nahm einen tiefen Atemzug und genoss den Moment. Auf den einen freien Nachmittag kam es nun auch nicht mehr an, und bis Montag war er schließlich noch im Krankenstand.

12

Ein Kerzenständer, zwei Reihen rostiger Eisenklemmen im Halbrund, darüber ein Fresko, Mariä Himmelfahrt, die Farben rauchgeschwärzt, abgesprungener Putz, von offen liegenden elektrischen Leitungen durchzogen, glänzende Blattpflanzen in Tontöpfen mit verkrusteten, geblichen Kalkrändern auf dem Seitenaltar. Flackernde Kerzen warfen Schatten an die Wand. Sie stand auf, steckte eine der dünnen Kerzen für dreißig Cent auf und setzte sich wieder. Vor ihr saß eine schwarz gekleidete alte Frau. Der selbst gestrickte Wollschal schützte gegen die allgegenwärtige Zugluft, ein Rosenkranz rann durch gichtgeplagte Finger. Schritte kamen näher. Aus der schmalen Seitenpforte, schmutzig abgegriffen vom Festhalten beim Hinunter- und Hinaufsteigen der zwei Stufen, trat eine schmächtige, grauhaarige Frau. Maria Concetta, die Haushälterin des Pfarrers, um die fünfzig, unverheiratet. So werde ich auch enden, dachte Geraldine und vergrub ihre kalten Hände in den Manteltaschen. Einsam und verlassen in einem zugigen Bergdorf. Concetta nickte ihr zu, sie nickte zurück. Die alte Frau in der Bankreihe vor ihr summte die Gesetze des schmerzensreichen Rosenkranzes. »*Santa Maria Vergine …*«, murmelte sie, und beim Luftholen rasselten die Bronchien. Vor dem nächsten Vers würde sie wieder ein *Pater noster* einschieben. Die Haushälterin des Pfarrers bekreuzigte sich vor dem Hochaltar und knipste den Lichtschalter an. Neon blendete grell, und Geraldine kniff die Augen zusammen. Sie wartete, bis Maria Concetta in der Sakristei verschwunden war, dann stand sie auf, tunkte die Hand in das Weihwasserbecken und verließ die Kirche. Auf den Stufen blieb sie stehen und holte Luft.

Immer wieder holten die Bilder sie ein: das quälende Warten im Autowrack, der Anblick Federicos, weinend am Straßenrand. Ihre Panik, als der Knochen spitz aus ihrem Handgelenk ragte. Die Angst, das Blaulicht. Sie hatte bereits gewusst, dass es das Ende war. Sie hörte den Applaus, sah die lächerlichen Quasten auf Federicos Schuhen, die Polizeifotos mischten sich mit blitzartigen Bildsequenzen vom Frühstück auf dem Dachgarten des Hassler.

Geraldine lief Steintreppen hinab, durch das Gewirr der schmalen Gassen zum Stadttor und dann die piniengesäumte Straße hinunter.

Sie lehnte sich an die Brüstung und überblickte das Tal. Der Tiber schlängelte sich durch Ackerland. In der Ferne sah sie die schneebedeckten Gipfel der Ciminer Berge. Unter der Markise der Bar saßen alte Männer an kleinen Metalltischen und spielten Karten. Am emporragenden Hang des Monte Soratte, im dichten Grün der Macchia, stand ein verlassenes Haus mit hohlen Fenstern. Auf den Wiesen am Fuß des Hanges weideten Schafe.

Geraldines Weg führte am Waschhaus vorbei, enorme Steinzuber, geschützt von einem Holzdach aus massivem Gebälk. Frauen in gemusterten Wickelschürzen tauschten Dorftratsch aus. Vor den Häusern standen Tontöpfe mit verblühten Hortensien.

Als Geraldine ihre Wohnungstür aufschloss, läutete das Telefon. Der Raum war dunkel. Sie stolperte über den Putzeimer. Am Morgen hatte sie geduscht. Der Gully im winzigen, gefliesten Bad hinter der Tür neben dem Kamin gurgelte dann hilflos, und Seifenwasser schwappte über den Steinfußboden.

»Pronto.«

»Geraldine, wie geht's dir, Kind? Du lässt nichts von dir hören!«

»Geht schon«, antwortete sie unfreundlich. Sie konnte sich denken, warum Ludovica sie anrief.

»Ja, weißt du ...«, hörte Geraldine sie vorsichtig sagen, »wir sprachen ja schon darüber, dass die Therapie das Beste für dich ist, nicht wahr, Liebes?«

Geraldine atmete durch und sagte dann mit einiger Mühe: »Du brauchst dich nicht verpflichtet zu fühlen, Ludovica.«

»Das ist es doch nicht, Geraldine. Es geht nicht darum, dass ich Davids Stiefmutter bin und mich um dich kümmern wollte, weil ...« Sie brach ab.

Er es nicht tut, dachte Geraldine den Satz zu Ende.

Ludovicas Stimme bekam einen festen Unterton. »Geraldine, du bist für mich wie eine Tochter, nun ja, vielleicht eher wie eine Enkelin. Ich sorg mich um dich, weil ich dich gern habe. Muss ich dich denn jedes Mal daran erinnern, wenn ich dich anrufe?«, fragte sie leicht gereizt.

»Aber natürlich nicht, Ludovica.«

»Na, siehst du. Und Dr. Friedbaum hat mir erzählt, dass du wieder nicht zum Termin erschienen bist. Du ziehst dich zu sehr zurück. Es ist nicht gut, wenn du so allein bist ... in diesem Bergdorf, da draußen ... mit Schafhirten und Waschfrauen. Was ist denn das für ein Leben!«

»Ludovica, ich bitte dich.« Geraldines Stimme zitterte.

»Deine Nerven sind angegriffen, Kind. Dieser schreckliche Unfall.« Sie brach ab. »Geraldine«, fuhr sie dann mit ruhiger Stimme fort. »Ich habe neue Termine für dich ausgemacht. Und diesmal gehst du hin!«, insistierte sie. »Versprochen?«

Geraldine wischte sich mit dem Pulliärmel über die Nase und griff nach dem Block. »Na gut.«

»Fein. Ich rufe dich bald wieder an, diese Woche habe ich eine Reihe Verpflichtungen, du weißt ja … sie laden mich ein, als Witwe des Regisseurs della Torre oder als Schwester des Metaphysikers Goldberg, beide über dreißig Jahre tot, und trotzdem wollen alle ständig etwas über sie wissen. Eine Retrospektive hier, eine Ausstellungseröffnung da. Ich soll aus meinen Leben plaudern, meine Erinnerungen mit anderen teilen. Manchmal denke ich, ich selbst existiere gar nicht«, sagte sie sinnierend. »Also dann, Liebes, wir sehen uns demnächst zum Lunch, ciao.«

Geraldine legte auf und schaltete den Fernseher ein.

Gegen Mitternacht holte sie sich ein Glas Milch aus der Küche. Sie hörte den Sprecher: »Maestro Franceschini dirigierte in der Mailänder Scala das Requiem von Giuseppe Verdi.« Geraldine hastete vor den Bildschirm. Ein paar Takte des *Dies irae* erklangen. Der Dirigent wurde in Großaufnahme eingeblendet. Geraldine blickte auf den Gips an ihrem linken Unterarm. Ihr Handgelenk würde wahrscheinlich steif bleiben. Sie biss die Kiefer zusammen und warf mit aller Kraft das Glas gegen die Wand.

Die Uhr auf dem Nachttisch zeigte halb drei. Geraldine schlug die Steppdecke zurück und merkte, dass sie noch angezogen war. Sie stand auf und fegte mit der flachen Hand die Erdkrumen fort, die ihre Stiefel auf dem weißen Laken hinterlassen hatten. Ihr war schwindelig, und sie wankte. Sie strich sich über die Stirn und blieb auf der Bettkante sitzen. Dann presste sie die Hand vor den Mund. Niemand sollte ihren verzweifelten Aufschrei hören.

13

Geraldine saß in Dr. Friedbaums Wartezimmer, es war ihre dritte Therapiestunde. Zeit genug hatte sie ja jetzt, Zeit im Überfluss. Und während sie wartete, schien sich jede Minute dieser endlos vor ihr liegenden Zeit noch zu dehnen. Sie war viel zu früh dran. Schon seit einer halben Stunde saß sie hier, hielt eine abgegriffene Vogue in Händen, ohne eine Seite umgeblättert zu haben.

Als sich die Tür des Sprechzimmers öffnete, schaute sie auf. Ein Mann Mitte dreißig trat heraus. Sie nickte ihm zu und senkte den Blick wieder. Sie hatte ihn schon einmal hier gesehen. Er trug er einen auffälligen Trench, der nicht so recht zu seiner virilen Art, sich zu bewegen, passte.

»*Buon giorno*«, sagte er und nahm neben Geraldine Platz.

»*Buon giorno*«, erwiderte sie. Weshalb ging er nicht? Seine Sitzung war doch ganz offensichtlich vorüber. Sie versuchte, sich auf das Hochglanzfoto der Vogue auf ihren Knien zu konzentrieren.

»Sie sind Deutsche und kommen ungern hierher.«

Sie schaute auf. Seine Augen waren tiefbraun, und sie konnte nicht die leiseste Spur von Verlegenheit darin lesen.

»Sieht man das?«, fragte sie verwirrt.

»Sie sind sich nicht sicher, was Sie hier sollen?«, sagte er, ohne auf ihre Frage einzugehen.

»Im Grunde …«

»Da kann ich Ihnen helfen.« Er schwang sich auf eine Sessellehne. »Machen wir ein Assoziationsspiel. Sie fangen an.«

Geraldine starrte ihn an. Um seinen schmalen, sensiblen Mund spielte ein Zug, den sie nicht recht deuten konnte.

»Was soll ich denn sagen?«, fragte sie verunsichert.

»Rodolfo Kowalski«, stellte er sich vor und drehte an dem breiten Ring an seinem Finger, hell und matt glänzend, wie Elfenbein.

»Geraldine Giordano.« Sie wollte ihren richtigen Namen nicht nennen.

»Ah, das klingt Italienisch!«, antwortete er.

»Wir hatten ein Landgut in der Toskana«, hörte sie sich sagen. »Im 17. Jahrhundert.«

»So?« Kowalski zog bedeutungsvoll die Augenbraue hoch.

»Von der Terrasse blickte man auf eine Allee. Ein Adeliger erstach da meine Großtante mütterlicherseits«, fügte sie detailgetreu hinzu und hatte keine Ahnung, wie sie darauf kam.

»Aha, Drang nach Höherem und zur Gewalt!«, kommentierte Kowalski.

»Ihretwegen hat er seinen besten Freund im Duell getötet«, erzählte Geraldine.

»Ah ja, ich sehe ihn richtig vor mir, wie er über den grünen Rasen hastet, um sich an ihrer Großtante zu rächen.« Kowalski stand schwungvoll auf. »Sie hat um ihn gebangt, im Morgengrauen, nun läuft sie ihm entgegen, auf der Allee, doch dann … erkennt sie seine Absicht!«

»Sie flieht, den Abhang hinauf«, rief Geraldine. »Er packt sie an den Kleidern, wirft sie zu Boden …«

Kowalskis Gesicht war nun dicht an ihrem. »Ihre Blicke treffen sich«, flüsterte er nah an ihrer Wange. Geraldine stand abrupt auf.

»Das reicht jetzt«, sagte sie und ging zum Fenster, wandte sich aber gleich wieder nach ihm um.

»Wie Sie möchten«, antwortete Kowalski nüchtern, und drehte seinen Ring. »Angegriffenes Ego, Selbstzerstörungsfantasien, klarer Fall für einen Therapeuten.«

»Was Sie nicht sagen.« Geraldine wusste nicht, ob sie wütend werden sollte. Bevor sie zu einer Entscheidung kam, ging die Tür auf. »Signorina Dvorsky, bitte.«

Sie spürte zu ihrer Überraschung einen Stich Bedauern. Kowalski wies mit einer ironischen Geste zur Tür. Sie zögerte, sein Lächeln war völlig arglos und freundlich. Er nahm Mantel und Schal vom Kleiderständer.

»Arrivederci!«

Erst als er hinaus war, fiel ihr auf, dass sie mit großen Augen auf die Tür starrte, die er mit Schwung hinter sich zugeworfen hatte.

*

Dr. Friedbaum schien in seine Notizen versunken, als sie eintrat. Geraldine murmelte einen Gruß und ging zum Sessel. Dr. Friedbaums Patienten konnten wählen, ob sie sich während der Stunde auf die Corbusier-Liege legten oder Dr. Friedbaum gegenüber Platz nahmen. Geraldine war es wohler zumute, wenn sie den Psychiater nicht im Rücken hatte. Auch wenn es kein Vergnügen war, seine durchdringenden kleinen Augen hinter der Schildpattbrille auf sich gerichtet zu sehen. In seiner Gegenwart fühlte sie sich, als würde sie einen Mann von Geist mit Nichtigkeiten langweilen.

»Ich möchte mich entschuldigen, für Dienstag, aber mir war nicht gut«, begann sie.

»Warum suchen Sie nach Ausreden? Sie müssen sich nicht rechtfertigen. Sie wollten nicht kommen. Wichtig ist, dass Sie jetzt wieder hier sind«, antwortete er sachlich. »Wo waren wir denn stehen geblieben«, er konsultierte seinen Notizblock. »Sie liebten Franceschini, fuhren aber mit Stronchetti nach Bologna. Nach dem Unfall haben Sie ihn nicht wiedergesehen. Er war eifersüchtig auf Franceschini, der sich seinerseits wegen dieser Affäre von Ihnen abwandte. Zur Affäre kam es, fanden wir heraus, weil Sie nicht verkraften konnten, dass Franceschini todkrank war.« Er lehnte sich zurück und nahm seine Brille ab. »Was empfinden Sie ihm gegenüber?«

»Wem?«

»Federico Stronchetti.«

»Hass«, sagte sie kalt.

Dr. Friedbaum schwieg. »Und Franceschini gegenüber?«, fragte er dann.

»Ich habe sein Ego gekränkt. Er hat ein zweites Leben geschenkt bekommen. Für ihn zählt nur noch seine Familie, seit er den Krebs besiegt hat.«

»Ja, ein unglaublicher Heilungserfolg. Sie wissen ja, ich kenne Franceschini seit Langem.« Ein gewisser Stolz schwang in Dr. Friedbaums Stimme mit.

Geraldine wusste, dass Friedbaums Großvater Psychoanalytiker in Triest gewesen war. Ludovica stammte auch aus Triest. Dr. Friedbaum hatte Ludovicas Familie immer mit ärztlichem Rat zur Seite gestanden. Er kannte David von Kindesbeinen an, und er hatte ihm auch die Klinik in der Schweiz empfohlen.

Er räusperte sich. »Sie vermissen ihn?«

»Natürlich, auch wenn wir uns selten sahen.«

»Ja, er hat viel gearbeitet. In den letzten Jahren hat er sich übernommen«, sinnierte Dr. Friedbaum. »Letzte Woche hat er in Mailand dirigiert, in der Scala … haben Sie es im Fernsehen gesehen?«

»Ja«, sagte Geraldine und senkte den Kopf. Tränen liefen ihr über das Gesicht, und sie brachte kein Wort mehr heraus.

»Hmhm«, meinte der Arzt. Er reichte ihr ein Kleenex und wartete, bis sie sich wieder gefasst hatte. »Möchten Sie einen Kaffee?«

»Nein, danke«, schniefte Geraldine. Ihr war sterbenselend zumute.

Dr. Friedbaum schien wieder mit seinen Notizen beschäftigt. Als er aufschaute, lag ein fast leutseliges Lächeln auf seinem Gesicht.

»Was macht eigentlich unsere gute, alte Ludovica? Haben Sie Neuigkeiten?«

»Es geht ihr gut, für ihr Alter«, antwortete Geraldine.

»Sie machen jetzt Übersetzungen, nicht wahr?«

»Ich fasse das eventuell ins Auge.«

»Na, das sind doch Perspektiven, Sie sprechen ja ausgezeichnet Italienisch«, meinte er und zog eine goldene Taschenuhr aus der Westentasche.

»Ja, das ist das Einzige, was ich kann«, sagte Geraldine. »Geige spielen und Italienisch sprechen.«

»Ja«, räusperte sich der Arzt und steckte seine Taschenuhr wieder ein. »Was halten Sie für Ihr dringlichstes Problem?«, fragte er dann.

»Ich komme nicht damit zurecht, dass sich das, was ich mit Musik ausdrücken konnte, in mir … anstaut. Ich kann meine Empfindungen nicht mehr kanalisieren.

»Kanalisieren Sie neu!«

»Wie denn?«

»Auf ein Terrain, das Neuland für Sie ist. Emotional unbesetztes, unberührtes Neuland.«

»Ich habe keine Begabung auf anderen Gebieten.«

»Denken Sie darüber nach, Signorina Dvorsky. Wir sehen uns nächste Woche.«

14

»Ich bitte dich, Alyra!« Franceschini winkte Jean heran, der zur Garderobentür hereinschaute. »Es gibt keinen Grund, mir eine Szene zu machen. Das ist eine Überreaktion, wie immer. Also weißt du … nein, das kann ich wirklich nicht ernst nehmen.« Er wechselte das Handy an das andere Ohr und gab Jean zu verstehen, er sei gleich fertig. »Das ist eine infantile Drohung, du bist viel zu ehrgeizig, meine Liebe … und sei jetzt vernünftig. Ich muss Schluss machen. Ich habe gleich eine Pressekonferenz. Ja, jetzt noch … gut, ich melde mich.«

»Ärger?« Jean reichte ihm die Partitur.

»Sie wird mir lästig«, meinte Franceschini ungehalten. »Eine Szene jagt die Nächste, dabei sollte man meinen, auf der Bühne könnte sie sich genug austoben.«

»So ist sie halt, die Mentalität im Orient«, warf Jean ein. »Alyra hat sich in den Kopf gesetzt, dass du sie heiratest, und ich nehme mal an, sie droht, sie würde sich einen Dolch in die Brust stoßen, wenn du es nicht tust.«

Franceschini sah ihn amüsiert an.

»Gut getroffen, mein Junge. Ja, sie hat … so etwas erwähnt«, antwortete er plötzlich betreten und steckte seine Autoschlüssel ein.

»Mach dir keine Sorgen, reine Taktik … außerdem scheint sie vergessen zu haben, dass sie ebenfalls verheiratet ist.«

»Ich wünschte, ich hätte ihr meine Privatnummer nicht gegeben«, seufzte der Dirigent und zog sein Jackett über.

»Du wirst sie bei Laune halten müssen, bis Neapel vorbei ist«, meinte Jean, »und bis zur Wiederaufnahme von ›Don Carlos‹ sind es noch gut fünf Wochen.«

»Ach was, Mezzos gibt es wie Sand am Meer, und die Eboli ist Repertoire. Ich kann sie jederzeit aus der Produktion nehmen … wenn ich wollte.«

»Sie hat einen Vertrag mit der Oper. Du müsstest schon einen triftigen Grund angeben«, gab Jean zu bedenken.

»Ach was …«, brummte Franceschini.

Jean beobachtete ihn. »Also, gleich im Anschluss an die Pressekonferenz fährst du in die Schweiz?«, wechselte er das Thema.

Franceschinis Gesicht hellte sich auf. »Ja, ich habe morgen einen Termin in der Klinik in Lausanne. Den letzten …«, setzte er hinzu und lächelte.

»Gratuliere, du hast es geschafft!« Jeans Gesicht zeigte offene Freude.

Franceschini atmete tief durch. »Die Therapie hat angeschlagen. Wie es aussieht, habe ich es überstanden. Ich kann es selbst kaum glauben, aber die Befunde sind eindeutig.«

»Giulia wird sehr glücklich darüber sein«, sagte Jean.

»Ja. Ich habe ihr viel zu verdanken.«

Beide schwiegen einen Augenblick.

»Ach, stimmt, bevor ich's vergesse … hier, ich habe noch was für dich«, ergriff Jean dann das Wort und reichte ihm einen großen braunen Umschlag. Der Dirigent sah ihn an.

»Du hast herausgefunden, wo sie wohnt?«

Jean nickte. »Ich habe eine Agentur beauftragt. Du wolltest ja ein wenig mehr wissen.«

Franceschini riss das Kuvert auf. Er nahm die großformatigen Schwarzweißaufnahmen heraus und sah sie durch. »Sie sieht aus wie immer, hm?«, sagte er zu Jean und lächelte unsicher. »Irgendetwas Besonderes? Braucht sie Geld?«, wollte er wissen und blickte kurz auf das Begleitschreiben.

»Soweit ich weiß, hat sie mehr Probleme seelischer Art. Warum fragst du nicht Ludovica, sie sehen sich regelmäßig zum Lunch«, antwortete Jean und suchte ihm ein Foto heraus, auf dem Geraldine in der Via Canova auf die Sprechanlage drückte, einen Rosenstrauß unter dem Arm.

»Es ist mir unangenehm, mit Ludovica darüber zu sprechen«, sagte Franceschini. Zerstreut ging er die Fotos durch. Bei einem stutzte er. »Wer ist der Mann da im Auto vor Ludovicas Palazzo?« Er hielt Jean ein Bild hin. »Ist das nicht … McFairshield?«, fragte er scharf und drehte es um, um zu prüfen, ob auf der Rückseite etwas vermerkt war.

»Ja. Er scheint sich immer noch für sie zu interessieren.«

»Und?«, warf Franceschini ungeduldig ein. »Ist da wieder was?«

»Nein. Sonst würde er wohl kaum im Auto vor dem Haus sitzen, anstatt drinnen bei ihr, oder?« Jean lachte, aber Franceschinis Miene blieb düster.

»Was soll das? Belauert er sie?«

Bevor Jean etwas sagen konnte, klopfte es, und der Hilfsinspizient trat ein.

»Es ist alles vorbereitet. Wenn Signor Franceschini jetzt nach oben kommen würde, die Damen und Herren von der Presse sind versammelt.«

Franceschini griff unmutig nach seiner Mappe. »McFairshield singt in Neapel den Philipp, würde mir gerade noch fehlen, dass …« Er sprach seine Befürchtungen nicht aus.

Als sie den Saal betraten, schlug ihnen ein regelrechtes Blitzlichtgewitter entgegen. Franceschini ging gelassen nach vorn, wo auf einem Podium ein Tisch mit einem Mikrofon aufgebaut war. Er nahm Platz, goss sich aus der bereitstehenden Perrier-Flasche ein Glas Wasser ein, nahm einen tiefen Schluck und ließ dann den Blick über die Reihen der wartenden Journalisten gleiten. Plötzlich wurde sein Gesicht starr. Dann verzerrten sich seine Züge in offen gezeigter Wut. »Er soll auf der Stelle den Saal verlassen!« Er fuhr energisch hoch und deutete mit dem Finger auf einen Journalisten in der ersten Reihe. Seine Stimme überschlug sich beinah. »Wenn er im Raum ist, fehlt mir die Luft zum Atmen. Schaffen Sie ihn raus!«

»Aber Maestro …«, sagte der Presseverantwortliche und blieb sitzen. »Ich verstehe nicht.«

»Raus, habe ich gesagt!«

Jean eilte nach vorn, erklomm das Podium und fasste Franceschini am Arm. »David, ich bitte dich … das Fernsehen ist da. Du machst dich lächerlich.«

Franceschini schüttelte ihn ab und stürmte vom Podium in den Zuschauerraum. Federico Stronchetti war aufgestanden und zog gerade seinen Mantel über. Franceschini stürzte sich auf ihn und packte seine Krawatte. »Gnade dir Gott, wenn du mir noch mal unter die Augen kommst, du miese Ratte!« Sicherheitskräfte drängten dazwischen. Stronchetti ließ sich widerwillig von zwei Herren in dunklen Anzügen hinausbegleiten. Verbat sich, angefasst zu werden. Der Saal war in Aufruhr. Kaum einer saß noch an seinem Platz. Kameras und Mikrofone richteten sich auf Franceschini.

»Was haben Sie gegen den Journalisten vom *Messaggero*?«

»Handelt es sich um berufliche Streitigkeiten? Betrifft es ihr Privatleben?«

»Oder … kommt demnächst ein neuer Bildband von ihm heraus?«, rief eine Journalistin mit Lederjacke von hinten laut dazwischen und löste Heiterkeit unter ihren Kollegen aus. Der Pressereferent ergriff ein Mikro.

»Meine Damen und Herren, wir unterbrechen für eine halbe Stunde. Bitte gehen Sie ins Foyer. Es stehen Erfrischungen für Sie bereit. Ich bin sicher, Maestro Franceschini wird nachher alle Ihre Fragen beantworten. Bitte schalten Sie die Kameras aus.«

Franceschini ließ sich von Jean hinaus und in die Garderobe führen. Dort ließ er sich auf einen Stuhl sinken und lockerte seinen Kragen. Jean reichte ihm ein Glas Wasser und klopfte eine Tablette aus einem Röhrchen.

»Musste das sein?«, fragte er ruhig.

»Wenn ich das Schwein nur sehe, wird mir übel«, murmelte der Dirigent. Er nahm Jean das Glas aus der Hand und schluckte die Tablette. »Gib mir einen Whisky!«

Er blickte in den Garderobenspiegel. »So ein Arschloch ruiniert ein Menschenleben und lebt weiter, als wäre nichts gewesen. Ja, findet sogar Trost und Beistand im Kreis seiner Familie, Giulias Familie, der Familie meiner Frau!«

»David, bitte. Aufregung ist Gift für dich. Lass gut sein«, versuchte Jean auszugleichen. »Meinst du, es geht dann wieder?«

»Hm?«, machte Franceschini und schenkte sich noch einen Whisky ein.

»Die Pressekonferenz.«

»Ach, sag sie ab! Die können mich alle miteinander.«

»Das bauscht das Ganze doch nur auf. Geh raus, mache ein paar lockere Scherze, und die Sache ist vom Tisch. In den Nachrichten bringen Sie es als i-Tüpfelchen, stellen die Konzertreihe in den Vordergrund, und der Sache ist gedient.«

Franceschini atmete tief durch. »Na gut, du hast ja recht.« Er stellte das Whiskyglas auf den Tisch. »Geh schon vor, ich bin in zehn Minuten draußen. Aber … Jean, da ist noch was …« Er stockte, Jean sah ihn wartend an. »Es wäre mir lieb, wenn du Geraldine weiter im Auge behalten und dich … ein wenig um sie kümmern würdest.« Franceschini nahm das Whiskyglas und drehte es nervös zwischen den Händen. »Ihr beiden habt euch doch eigentlich immer gut verstanden.«

Er schaute auf, und Jean erwiderte seinen Blick lange, ohne etwas zu sagen.

*

Die dunkelhaarige junge Frau würdigte den Pförtner in seiner Loge keines Blickes und stöckelte die Stufen zu den Künstlerzimmern des Konzertgebäudes hinauf. Sie ging den Korridor entlang und rauschte in Franceschinis Garderobe.

Er war nicht da. Der Maestro war schon gegangen.

Wütend warf sie die Tür hinter sich zu. Sie setzte sich auf einen Stuhl und rieb ihre schmerzenden Fußknöchel. Dann sah sie in den Garderobespiegel und lächelte. Ja, sie würde ihm eine Nachricht hinterlassen. Sie öffnete ihre Handtasche und kramte nach ihrem blutroten Lippenstift. Als sie ihn nicht gleich fand, stellte sie ihre Tasche auf die Ablage. Ihr Blick fiel auf einen geöffneten Umschlag. Die Ecke eines Fotos lugte hervor. Ohne zu zögern zog sie es heraus. Sie starrte das Bild an. Unbeherrscht kippte sie den ganzen Inhalt des Kuverts auf den Tisch und strich Fotos und Papiere mit beiden Händen auseinander. Sie sah sich die Bilder genau an. Und sie las einen Namen, den sie kannte: Geraldine Dvorsky.

So ist es also, dachte sie außer sich, er will zu ihr zurück! Und mich, mich will er loswerden!

Ihre dunklen Mandelaugen blitzten. Sie stand abrupt auf, steckte Fotos und Papiere wieder in den Umschlag und verließ hastig die Garderobe.

15

Die letzten Müllwagen und Straßenkehrer waren unterwegs. Geraldine überquerte die Piazza del Popolo. Die Wintersonne tauchte Obelisk und wasserspeiende Sphinxe in gleißendes Licht, die Morgenluft war frisch. Lorbeerkübel und schwere Messingketten umrahmten den Platz. Geraldine reckte ihr Gesicht den Sonnenstrahlen entgegen und warf dann einen Blick auf ihre Uhr. Sie war zum Mittagessen bei Ludovica eingeladen. Es war noch reichlich Zeit. Sie lief die Via del Babbuino hinauf und blickte in die Auslagen. Beim *Sileno* nahm sie die Via Vittoria, mied das Konservatorium und wählte eine Seitengasse. Der kleine Obst- und Gemüsemarkt war in vollem Gange. Ein Fischhändler pries seine Ware an. Rote Scampi lagen auf Eis. Die Fontanella wässerte eine Kiste Tintenfische, Zitronen und Petersilie bildeten bunte Farbtupfer. Das »*Diga!*« der Verkäufer mischte sich mit den qualitätsbewussten Ordern der Römerinnen. »*Quattro carciofi, ma belli, eh!*« - »*Ma sono tutti belli, Signora mia, scelga! Scelga lei!*« Geraldine bog um die Ecke und gelangte auf die Via Condotti. Spanische Treppe und Trinità dei Monti lagen im Sonnenschein.

Geraldine drückte die Schwingtür ins Caffè Greco auf. Die Landschaftsbilder aus dem 18. Jahrhundert, die Samtpolster, die Tische mit den runden, dunkelgrünen Marmorplatten, alles war wie immer. Geraldine holte einen Bon und stellte sich im Entree an die Theke. Ein ausladender Spiegel mit schwarzen Zeitflecken und Goldrahmen spiegelte Scotch-Flaschen und Orangenpressen aus Chrom. Die Konturen verschwammen, und Franceschinis Stimme drang aus der Erinnerung zu ihr. Geraldine sah ihn vor sich im Mantel, ein Glas Campari in der Hand, wie er mit ihr sprach, ohne zu bedenken, dass sie vielleicht nicht ertragen könnte, was er ihr sagte: »Ich bin sehr krank und werde nicht mehr lange leben. Du musst mir helfen, ich komme mit dem Gedanken an den Tod nicht zurecht. Ich habe noch so vieles vor, ich will arbeiten, dirigieren, und ich liebe dich!«

Die Schwingtür drehte sich. Das »*Arrivederci*« des Barmanns blieb unerwidert. Er pfiff durch die Zähne und säuberte die Orangenpresse.

*

Geraldine hastete atemlos die Via Condotti entlang, bog zweimal ab und gelangte schließlich in die Via del Gambero. Ihre Unreife, ihre Schwäche hatte sie Davids Liebe gekostet. Sie war vor der Verantwortung, die seine Krankheit ihr auferlegte, zu Federico geflüchtet, für ein Wochenende in Bologna, und hatte alles zerstört. Sie verlangsamte ihren Schritt und nahm den Ärmel ihres Mantels, um sich die Tränen abzuwischen. Schuldgefühle, Reue und Hadern mit dem Schicksal halfen nichts. Sie musste sich zusammenreißen, schließlich ging das Leben weiter hatte zumindest Ludovica gesagt. Aber das konnte sie sich überhaupt nicht vorstellen. Wie sollte es denn weitergehen, ihr Leben, wie denn? Ihr ganzes Dasein war auf Musik ausgerichtet gewesen, seit sie fünf Jahre alt war. Geraldine blieb stehen und schniefte. Sie sah Rosen. Darüber würde Ludovica sich freuen. »*Quanto costano?*«

Die grünbeschürzte Verkäuferin am Blumenstand in der Via del Gambero, Ecke Piazza San Silvestro, zeigte wenig Geschäftssinn. Rosenbunde zu zwanzig Stück, rot, rosa, gelb, lagen aufgetürmt auf einem wackeligen Metalltisch.

»Venti Euro, il mazzo, Signorì …«, antwortete sie ohne von ihrer Zeitung aufzublicken.

Geraldine wählte einen Strauß. *»Tenga!«* Keine Reaktion. *»Senta, scusi …«* Sie wedelte ungeduldig mit der Banknote.

»Geraldine«, sagte eine Männerstimme. Sie drehte sich um und blickte in tiefbraune Augen.

»Oh, ciao …« Vor Schrecken fiel ihr sein Name nicht mehr ein, und sie spürte, wie ihr das Blut in die Wangen schoss. Sie nahm die von der Verkäuferin in grünes Seidenpapier eingeschlagenen Rosen in Empfang.

»Wir geht es Ihnen?«, fragte er.

»Ach …«, erwiderte Geraldine hilflos. Sie mochte seine Stimme. »Ich habe Sie gar nicht mehr gesehen, bei Dr. Friedbaum, meine ich.«

»Stimmt.«

Sie musterten sich einen Augenblick schweigend.

»Und wohin sind Sie unterwegs, wenn ich fragen darf?«

»Sie dürfen«, sagte Geraldine schnippischer, als sie beabsichtigt hatte. »Ich besuche eine alte Freundin in der Via Canova. Sie hat mich zum Mittagessen eingeladen. Und vorher mache ich einen Stadtbummel.«

»Ich würde Sie gerne ein Stück begleiten, wenn es Ihnen nichts ausmacht.«

Sie nickte.

Kowalski hielt den *Messagero* unter dem Arm. Sie liefen eine Weile schweigend nebeneinander her. »Im Palazzo delle Esposizioni wird eine Rubens-Ausstellung gezeigt. Haben Sie Lust, sie sich am Nachmittag mit mir anzusehen?«

»Ja, sehr gern.«

Kowalski reichte ihr die Hand. »Gut. Wo hole ich Sie ab?«

»Viertel nach zwei in der Via Canova 22?«

»Ich komme hin!«

Sie sah ihm nach, wie er mit schnellen Schritten über die belebte Piazza San Silvestro davonging. Trenchcoat, die Zeitung unter dem Arm, das dunkle, im Nacken längere Haar perfekt geschnitten. Nicht sehr groß, nicht schön, aber irgendwie interessant.

Ein merkwürdiger Zufall, ihn so früh morgens in der Via del Gambero zu treffen. Seit ihrer Begegnung in Dr. Friedbaums Wartezimmer hatte sie sich dabei ertappt, wie sie sich besonders sorgfältig zurechtmachte, bevor sie zur Therapiestunde aufbrach und dann seltsam enttäuscht war, wenn sie im Wartezimmer allein war. Schon ein seltsamer Typ, dachte Geraldine. Aber sie merkte, dass sie dabei lächelte.

*

Ein hohes Portal mit Messinggriffen. Geraldine drückte auf Ludovicas Klingelknopf. Der Summer ertönte, und die Tür sprang auf. Geraldine trat in die Kabine, zog das Eisengitter ins Schloss, und der alte Aufzug rumpelte nach oben. Ludovica erwartete sie auf der Türschwelle. Sie küsste Geraldine auf beide Wangen.

»Schön, dich zu sehen! Ach, wundervoll!« Sie schnupperte an den Rosen. »Hat dir dein Stadtbummel Spaß gemacht?«

Geraldine nickte. »Wie geht es dir?«

»Nun, ich gehe noch jeden Tag aus und kaufe die *Repubblica*. Isolina macht den Haushalt. Montag gehe ich mit Cici ins Kino. Du weißt ja, montags bekommen wir alten Leute fünfzig Prozent Rabatt. Ehrlich gesagt, ich liebe diese Montage. Cici hat sich ihren Chauffeur aus den Fünfzigerjahren herübergerettet, als wir alle noch glücklich waren und das Filmgeschäft boomte. Jetzt ist alles anders, lange schon. Der Wagen wartet dann vor dem Kino, das ist sehr bequem. Es macht dir doch nichts aus, dass wir in der Küche essen? Das Esszimmer liegt so weit von der Küche entfernt, und wenn Isolina nicht da ist und serviert …«

Ludovica hatte ihr Familiensilber und das kostbare Familienporzellan mit dem in Goldlettern verschlungenen Monogramm ihrer Mutter aufgelegt.

»Es gefällt dir also noch in diesem Bergdorf?«

»Aber ja, es ist romantisch, und ich habe meine Ruhe«, sagte Geraldine und goss Mineralwasser in ein Glas.

»Du weißt, ich war sehr skeptisch, als Tonino mir von dieser Wohnung erzählte. Es wäre vielleicht doch besser, du kämst mehr unter Leute.«

»Wie geht es ihm denn?« Geraldine trank einen Schluck.

»Wie immer, er putzt die Treppen. Ach, neulich hat er sich aufgeregt, weil im Cortile … nun, solche Spritzen von Drogenabhängigen lagen. Der Zugang wird jetzt vergittert.«

»Natürlich, wer fasst schon gern eine infizierte Spritze an, aber eigentlich ist er ja mehr anderweitig gefährdet«, erwiderte Geraldine.

»Du meinst, weil er homosexuell ist? Du wirst da doch keine Vorurteile haben? Einige meiner besten Freunde in London haben diese Neigung und sind ganz exquisite Menschen. Gerade du müsstest toleranter sein als jeder andere.« Ludovicas Stimme wurde plötzlich schrill. »Ich habe immer noch Angst vor den Deutschen.«

Geraldine aß schweigend ihr Huhn. Sie wusste, dass Ludovicas gesamte Familie während des Krieges von den Nazis deportiert worden war.

»Weißt du noch, wie du damals zu mir kamst?«, fragte die alte Dame unvermittelt.

»Aber ja«, antwortete Geraldine. »Es war Ostern, wir haben Tee getrunken und eine *Colomba* gegessen.«

»Wie lang ist das jetzt schon her?«

»Zwei Jahre, ich habe vor zwei Jahren das Stipendium gewonnen«, sagte Geraldine.

Ludovica ließ versonnen ihren Blick auf ihr ruhen.

»Ich weiß noch wie heute, wie David dich mitbrachte. Du standest vor der Tür mit einem riesigen Rosenstrauß, roséfarben, so wie diese hier.« Sie deutete auf den Strauß, der auf dem Büfett lag und darauf wartete ins Wasser gestellt zu werden. »Immer warst du müde, ordentlich warst du auch nicht. Isolina hat gesagt, dein Zimmer war ein Chaos, aber du warst mir sofort sympathisch. Nein, nein, du bist keine richtige Deutsche.« Sie machte sich daran, die acht verschiedenen Pillen, die vor ihrem Teller aufgereiht lagen, nacheinander mit einem Schluck Mineralwasser einzunehmen.

»Du hast dir aber schon deutsche Eigenschaften bewahrt, Ludovica, deine eiserne Disziplin, zum Beispiel«, sagte Geraldine und fasste nach dem Brotkorb.

»Na, schließlich gehörte Triest bis 1918 zu Österreich!«

»Na, bitte«, lächelte Geraldine. Ludovica, Kosmopolitin *par exellence,* liebte die Stadt, in der sie geboren war, noch immer.

Nun sah die alte Dame sie pikiert an. Geraldine legte sacht die Hand auf Ludovicas Arm. »Ich weiß schon, was du meinst. Meine Generation hat keine Ahnung, was ein Weltkrieg bedeutet. Es sind so viele grauenvolle

Dinge passiert.« Ludovica antwortete nicht. »Aber das ist lange her, und du liebst dein Italien«, versuchte Geraldine sie aufzumuntern. »Und ich bin auch froh, dass ich hierbleiben kann und in die Wohnung ziehen konnte, die Tonino von seiner Tante geerbt hat.«

»Ja, aber musstest du sie gleich kaufen?«, meinte Ludovica ärgerlich. »Eine Reggia kann es ja wohl nicht gerade sein.«

»Nein, das kann man wirklich nicht sagen«, antwortete Geraldine und dachte an ihre Dusche. »Aber ich habe ein Dach über dem Kopf.«

»Nun, im Frühjahr, wenn die Mimosen blühen, komme ich dich eventuell besuchen. Da ist es in der Campagna Romana immer wundervoll«, meinte Ludovica versöhnlich. Sie griff zum Wasserglas und nahm die letzte Tablette. »Aber sag, Liebes«, fragte sie geradeheraus, »du gehst also wieder zu Dr. Friedbaum?«

Geraldine nickte und sägte an einem Hühnchenknochen. »Ja, ich wollte dich nicht enttäuschen. Aber ich brauche keine Therapie. Ich weiß schließlich, warum ich deprimiert bin. Und ich kann mir denken, was so eine Sitzung kostet …«

»Das will ich nicht gehört haben«, rief Ludovica autoritär und stellte ihr Glas so abrupt ab, dass das Wasser nahe an den Rand schwappte. »Über Geld spricht man nicht. Sagtest du nicht, du hattest eine Gouvernante? Bringt man euch Kindern denn nichts mehr bei? Es zählt allein deine Gesundheit. Du gehst da hin, bis Heinz mich informiert, dass es dir besser geht, *basta*!«

Geraldine nahm die Espressomaschine vom Herd.

»Was meint er denn so?« Ludovica inspizierte den Brotkorb.

»Neue Lebensabschnitte bergen neue Möglichkeiten.«

»Klingt einleuchtend.« Sie knabberte an einem Kräkker, Geraldine schenkte den Kaffee ein. »Er hat gefragt, wann ich zuletzt Sex hatte.«

»Oh«, Ludovica strich sich einige Krümel von ihrem Rock. »Sein Großvater war da allerdings etwas diskreter, wenn ich mich recht erinnere.«

»Und es war ein Mann in seinem Wartezimmer«, erzählte Geraldine. Sie setzte sich wieder an den Tisch. »Ich glaube, das war ein Psychopath.« Sie wusste nicht, warum sie das erwähnte. Dass sie nachher mit dem ›Psychopathen‹ in den Palazzo delle Esposizioni gehen würde, verschwieg sie lieber. Ludovica war immer so besorgt um sie. Zu ihrer Erleichterung überging sie ihre Äußerung.

»Hat dich denn David inzwischen einmal angerufen, Liebes?«

Geraldine spürte den schmerzhaften Stich, es traf sie mitten ins Herz, und sie schwieg.

Die alte Dame legte ihr besänftigend die Hand auf den Arm. »Weißt du, er war hier, vor ein paar Tagen. Ab und zu erinnert er sich an mich und kommt nachsehen, ob seine Stiefmutter noch am Leben ist.«

Geraldine raffte ihren ganzen Mut zusammen, doch ihre Stimme klang dünn: »Hat er nach mir gefragt?«

»Nicht direkt, aber ich habe von dir gesprochen. Er ist noch nicht so weit. Dieser Unfall war ein Schock.«

»Der Arme«, sagte Geraldine bitter.

Ludovica sah sie beunruhigt an.

»Es ist entsetzlich für ihn, dass du nicht mehr spielen kannst und dann … diese unschöne Sache mit Stronchetti«, bemerkte sie. »Du weißt, ich billige Davids Verhalten dir gegenüber in keiner Weise. Ich habe einige Male versucht, mit ihm zu reden, aber … nun ja, er ist auch noch sehr angeschlagen von der schweren Krankheit, die er überwunden hat.«

»Es ist wunderbar, dass er es geschafft hat«, sagte Geraldine verhalten.

»Ja, das ist es. Du kannst dir nicht vorstellen, welche Dankbarkeit ich Heinz gegenüber empfinde, dass er uns diese ausgezeichnete Klinik in der Schweiz empfohlen hat.« Nach einer Pause fügte sie hinzu. »Es tut mir so leid für euch, Liebes. Du musst dich sehr allein fühlen.«

Geraldine schluckte. »Manchmal kümmern sich in solchen Situationen Leute um einen, von denen man es nie erwartet hätte.«

»Was meinst du?«

Geraldine zupfte an ihrer Serviette herum. »Richard zum Beispiel. Oder Jean, Davids Assistent. Er hat mich ins Kino eingeladen, danach waren wir Pizza essen. Und nächste Woche wollen wir vielleicht einen kleinen Wald- und Wiesenspaziergang machen.«

Ludovica sah sie irritiert an. »Richard McFairshield?«

Geraldine wurde rot und wünschte sich, sie hätte den Mund gehalten. »Ja, er ist aus der Versenkung aufgetaucht. Ich treffe mich nicht mit ihm, aber er ruft mich seit dem Unfall dauernd an.«

»Nun, das ist doch sehr nett von ihm, oder?«

Geraldine zögerte. »Ich will nicht, dass er sich wieder Hoffnungen macht. Und das würde er sicherlich, wenn ich wieder anfangen würde, ihn zu sehen.«

Ludovica nickte verständnisvoll.

»Ja, schade. Ein Liebhaber, der eifersüchtig ist wie ein gehörnter Sizilianer, ist jetzt wirklich das Letzte, was du brauchst.«

Sie lachten beide. Dann wurde Geraldine wieder ernst.

»Tja, er scheint zu wissen, dass ich moralischen Beistand gebrauchen kann. Wahrscheinlich hat es sich in Windeseile verbreitet, dass weder Federico noch David sich um mich kümmern.«

Ludovica streichelte tröstend über den Gips ihrer linken Hand. »Ach, Liebes …«

Geraldine hatte auf einmal einen Kloß im Hals und schob die Serviette von sich.

»Was machst du Schönes diese Woche? Klappt die Arbeit mit dem Kongressbüro?«, fragte Ludovica.

»Elaine hat mich kontaktiert. Danke, dass du das arrangiert hast … aber es ist noch zu früh. Ich kann noch nicht … ich … muss erst mit mir klarkommen. Das ist alles nicht so einfach.« Sie spürte, dass ihre Stimme zitterte, und brach ab.

Ludovica nickte nur und schwieg.

Geraldine schob ihren Stuhl etwas zurück. »Ich werde mir heute übrigens die Rubens-Ausstellung im Palazzo delle Esposizioni ansehen«, erzählte sie, als sie sich wieder im Griff hatte.

»Wundervoll, Kind, das ist eine gute Idee. Du wirst bestimmt viel Freude haben. Ich war schon drin, bei der Eröffnung.« Dann legte sie ihre Serviette beiseite und stand auf. »So, Zeit für meine Mittagsruhe. In meinem Alter ist eiserne Disziplin alles. Du bleibst, solange du Lust hast. Ruhe dich doch auch ein wenig aus.«

*

Geraldine trat im Salon ans Fenster und sah auf die Straße. Es war niemand zu sehen. Viertel nach zwei Uhr ließ sie die Tür ins Schloss klicken und lief die fünf Stockwerke hinunter. Sie zog das schwere Portal auf. Rodolfo Kowalski stand genau davor. Sie hätte ihn beinahe umgerannt.

»Ciao«, sagte sie außer Atem.

Er lächelte und wies auf ein Taxi, das bereits wartete.

16

Kowalski betrachtete die Medusa. Vipern und Schlangen wanden sich durch Locken. Sein Trenchcoat war offen, etwas zu lang. Er hielt eine Papiertüte in der Hand. Sie stand hinter ihm, so nah, dass sein Eau de Toilette zu riechen war, blumig wie arabischer Jasmin.

»Die kleine grüne, oben rechts, ist besonders widerlich«, bemerkte sie.

»Halten Sie das für eine gelungene Ikonographie?«, antwortete er schneidend, ohne sich umzudrehen. »Über die Gesamtkonzeption, den paradigmatisch allegorischen Charakter der Figur, die Diachronie haben Sie nichts zu sagen?«

Sein Ton überraschte Geraldine. »Ja, also, der goldene Schnitt …«, bluffte sie.

»Aha, die Deutschen und ihr Dürer«, lachte er hämisch. »Und wo wäre der bitte, hm? Da unten vielleicht, neben der abgebrochenen Aster?« Er sah auf seine Armbanduhr. »In einer Stunde in der Cafeteria. Und jetzt lassen Sie mich bitte allein, ich will mir die Bilder in Ruhe ansehen. Sie verstehen das doch, nicht wahr?«

Halb indigniert, halb amüsiert ging Geraldine davon. In der einen Minute noch vollendeter Gentleman, schien Kowalski es in der nächsten geradezu darauf anzulegen, als ein Ausbund an Unhöflichkeit zu erscheinen. Nun, schließlich hatte sie ihn in der Praxis eines Analytikers kennengelernt, und er war zumindest nicht langweilig.

Sie schlenderte noch ein wenig umher. Die dämmrig gediegene Museumsatmosphäre machte sie bald angenehm müde, und sie beschloss, sich den Ausstellungskatalog zu kaufen und sich damit in die Cafeteria zu setzen. Sie mochte die beschauliche und doch lebendige Stimmung dort. Sie saß vor einem Espresso und blätterte im Katalog, als Kowalski sich zu ihr an den Tisch setzte.

»Stehe ich schon in Ihrem Tagebuch?«

»Ich führe keins!« Sie würde sich nicht aus der Ruhe bringen lassen.

»Schreiben Sie nicht mal Ihre Träume auf?« Die Bedienung stand gerade in der Nähe, und er bestellte Pfefferminztee.

»Ach, den trinke ich auch oft«, sagte Geraldine.

»So? Und jetzt sind Sie wohl glücklich, dass Sie eine Gemeinsamkeit zwischen uns beiden entdeckt haben, ja? Wie niederschmetternd kindlich.« Kowalski legte die Papiertüte auf den Nebenstuhl und fixierte Geraldine penetrant. »Wir waren bei Ihren Träumen …«

Geraldine beschloss, diese Provokation zu ignorieren.

»Ich hatte vor zwei Monaten einen Unfall«, setzte sie schüchtern an. Er hob die Hand.

»Behalten Sie ihr persönliches Drama für sich. Es interessiert mich nicht. Sind wir nicht alle irgendwie kaputt? Aber wen juckt es? Ich könnte die Tiefe Ihrer Verletztheit gar nicht nachvollziehen, wollen Sie mir drei banale Sätze geheuchelten Mitgefühls abpressen?«

»Aber nein.« Geraldine starrte ihn an. Kowalski hielt ihrem Blick stand, ohne zu zwinkern. Schließlich schlug sie die Augen nieder, nahm den Löffel und rührte langsam in ihrem Kaffee.

»Was Sie brauchen, ist ein Körper, der Sie davon abhält, die Nächte mit Albträumen zu verbringen.«

Allmählich wurde es Geraldine zu viel. Dennoch schaffte sie es nicht, aufzustehen und zu gehen. Etwas an ihm schlug sie in Bann.

»Da macht meine Libido nicht mit«, antwortete sie so gelassen wie möglich und führte ihre Tasse zum Mund.

»Das sieht man Ihnen an.«

Sie hustete und kramte in ihrer Tasche. »Was?«, brachte sie heraus und schnappte nach Luft. Er warf ein Päckchen Taschentücher über den Tisch.

»Hier, das suchen Sie doch, nicht wahr?«

Geraldine holte sich ein Tempo aus der Packung. Die Bedienung brachte den Tee. Kowalski holte einen Schein aus seiner Manteltasche und wartete, bis das Mädchen kassiert hatte. »Es ist doch eindeutig, sehen Sie sich an, warum versuchen Sie es abzustreiten«, sagte er.

»Was soll ich denn da sehen?«, fragte sie und schnäuzte sich.

Er legte seinen Arm über den Nebenstuhl, seine Hand fiel ungekünstelt in eine klassische Pose.

»Sie sind Mitte zwanzig und sehen unberührt aus wie Venus, die der Muschel entsteigt.«

»Sozusagen eine alte Jungfer?« Geraldine räusperte sich und steckte das zerknüllte Taschentuch in ihre Jeans.

»Sind Sie das nicht?«

»Wie?« Sie starrte ihn an.

»Sie haben ein verklemmtes Verhältnis zum Sex, deshalb suchen Sie sich immer wieder die falschen Männer aus.«

Den Bruchteil einer Sekunde verharrte er in einem selbstzufriedenen Lächeln, dann fügte er sachlich hinzu: »Tja, deshalb klappt es bei Ihnen nicht, was sich wiederum negativ auf Hypophyse, Physis und Superego auswirkt. Ein Endloskreis, und was dabei herauskommt, sieht man ja.«

»Das wäre?«

»Sie sind unbefriedigt und rennen zum Analytiker«, schloss Kowalski. »Gehen wir«, sagte er unvermittelt.

»Ja, ciao!« Geraldine stieß ihren Stuhl zurück und nahm hastig ihre Tasche.

»Geraldine!«

Sie wehrte ihn ab, ihre Maskara hinterließ Spuren auf seinem Trench.

»Lassen Sie mich in Ruhe!« Ihre Stimme war tränenerstickt.

»Es tut mir leid«, sagte Kowalski.

»Lassen Sie mich bloß in Ruhe!« Geraldine rannte die Stufen der steilen marmornen Treppe hinunter, eilte zum Taxistand. Sie zog das fremde Papiertaschentuch aus ihrer Jeans und wischte die Tränen weg. Bevor sie in das Taxi stieg, wandte sie sich kurz um.

Hinter dorischen Säulen verschwammen ein Trenchcoat und dunkelgewellte Haare.

17

»Das ist doch absurd, McFairshield. Sie wollen mir drohen?« Franceschini stand in seiner Garderobe, die Hände in den Hosentaschen. Er trug einen dunkelgrauen Rollkragenpullover und sah den vor Wut bebenden Bariton spöttisch an. Dann drehte er sich um und ging zum Garderobentisch. »Früher oder später musste es wohl so kommen.« Er stützte sich auf die Stuhllehne und starrte sein Spiegelbild düster an. »Im schlimmsten Fall steht Aussage gegen Aussage«, sagte er, die Stimme gedämpft, in den Spiegel. »Sie können mir nichts anhaben.«

»Die Presse interessiert es allemal, dass der Stardirigent Franceschini zig Tausend Euro seines mit Steuergeldern subventionierten Cachets in Kokain und Morphin investiert hat«, antwortete McFairshield.

»Ich war krank … hatte Schmerzen, ich war körperlich sehr angegriffen. Trotzdem habe ich alle Konzerte gegeben, fast alle. Mein Publikum wird es mir nicht übel nehmen, dass ich … zugegeben, zu etwas ungewöhnlichen Mitteln gegriffen habe, greifen musste, um die Sache durchzustehen.«

»Der Staatsanwalt wird anderer Meinung sein. Sehen Sie sich vor, Franceschini. Ich weiß, dass Sie Geraldine beschatten lassen. Sie warten doch nur auf den richtigen Augenblick, um wieder Ihre schmierigen Finger an sie zu legen!«

Franceschini drehte sich erstaunt nach ihm um. Er zog die Augenbrauen hoch und zeigte mit dem Finger auf den Sänger.

»Hören Sie, Richard, ich lasse mich nicht von Ihnen in die Enge treiben! Tun Sie doch, was Sie nicht lassen können.«

Er umfasste wieder mit beiden Händen die Stuhllehne. »Aber ich warne Sie, wem, glauben Sie wohl, haben Sie es zu verdanken, dass Sie in dieser Saison noch ein Engagement haben? Doch nicht Ihrem immer verwascheneren Belcanto!«

Richard McFairshield wurde blass und machte einen Schritt auf Franceschini zu. »Lassen Sie meine Stimme aus dem Spiel, Sie wollen nur ablenken. Geraldine wäre beinahe gestorben. So kommen Sie mir nicht davon!«

»Lassen Sie diese absurden Drohungen, McFairshield!«, rief der Dirigent erbost. »Sie wissen ganz genau, dass ich mit Geraldines Unfall nicht das Geringste zu tun habe.« Er packte Richard McFairshield am Arm.

Ungehalten machte sich McFairshield los. »Sie und dieser Stronchetti, Sie sind doch ein Kaliber. Sie haben sich alle beide bei ihr wie Halunken benommen! Sie ist völlig am Ende. Aber wissen Sie was?« In den Tiefen der melodiösen Stimme des Bassbaritons vibrierte es gefährlich. »Etwas Gutes hat es ja! Jetzt, wo Geraldine weiß, was für ein *asshole* Sie sind, will sie nichts mehr mit Ihnen zu tun haben. Sie braucht jemanden, der sie wirklich liebt. Mich braucht sie jetzt! Ja, das hätten Sie nicht gedacht, was?«

»Ach, halten Sie doch den Mund. Sie haben doch keinen blassen Schimmer, was Geraldine braucht. Sie haben sie noch nie verstanden. Was glauben Sie, warum sie damals zu mir gekommen ist? Und was glauben Sie, wie lange sie diesmal bei Ihnen bleiben würde?«

»Ich werde Sie erledigen, wenn Sie nicht ein für alle Mal Ihre Finger von ihr lassen, Franceschini! Das schwöre ich!«, schrie McFairshield, stürmte hinaus und schlug die Tür hinter sich zu.

18

Geraldine und Jean hatten die Fauteuils nahe an den Kamin herangeschoben, Eichenscheite knackten im Feuer. Neben ihrem Sessel stand ein Tabletttisch mit einer Schale Granatäpfel, einer Flasche *Vino novello* und zwei Gläsern.

»… und dann schrie er: ›Ich werde Sie fertigmachen, wenn Sie die Finger nicht von ihr lassen!‹« Jean fuchtelte dramatisch mit den Armen in der Luft herum und imitierte McFairshields dröhnende Bassstimme.

Geraldine lachte gezwungen. »O Gott«, sagte sie, »das ist ja schrecklich.« Dann wurde sie wieder ernst. »Ach, Jean, ich weiß nicht. Ich habe überhaupt keine Lust, am Samstag in die *Tosca* zu gehen …«, sie umfasste ihr bleiches, schmales Handgelenk, »schon gar nicht, wenn Richard den Scarpia singt.«

Jean saß ihr gegenüber. Sie stand auf, holte ein Messer aus der Küche und gab Jean den Korkenzieher.

»Machst du sie bitte auf?«, fragte sie und lächelte.

Jean entfernte den Plastikverschluss über dem Korken.

Geraldine setzte sich, stützte die Beine gegen den Kaminsims und nahm einen Granatapfel aus der Schale. Sie schnitt ihn mittendurch. Er war reif, die äußere Schale trocken, ockergelb mit karmesinroten Stellen. Die durch weiße, feste Zwischenhäutchen säuberlich getrennten Kernreihen leuchteten wie kleine Rubine. Geraldine bemerkte, dass ihre Stiefel dicke Erdklumpen auf dem Kamin hinterließen, Reste vom Spaziergang über die Felder. Egal. Sie hatte keine Energie sich über etwas Schmutz in der Wohnung aufzuregen.

Jean schenkte die Gläser voll und stellte die Flasche auf den Tisch.

»Wäre besser, wenn du die Stiefel ausziehst, warte, ich helfe dir«, sagte er und winkte sie zu sich heran. Geraldine rutschte tiefer. Er fasste das Leder an der Ferse und zog ihr mit einem Ruck den Stiefel vom Fuß.

»Danke, dass du mich von der Klinik abgeholt hast. Ich kann gar nicht fassen, dass du dir gemerkt hast, wann der Gips abkommt.«

»Hm«, antwortete Jean.

»Also nochmals danke, das war nett von dir, aber ich möchte nicht in die Oper«, beharrte sie.

»Du hast ja eiskalte Füße. Die Wiesen waren viel zu feucht«, unterbrach sie Jean. Dann sah er sie unverwandt an. »Du siehst immer gut aus, ob im Abendkleid im Konzertsaal oder mit Lehmstiefeln in der Campagna Romana.« Geraldine beugte sich nach vorn und zog den zweiten Stiefel selbst aus.

»Mir ist nicht danach, verstehst du? Ich kann keine Musik ertragen, jetzt wo …« Sie schwieg und sah auf ihre Hand. Eigentlich sah die Hand fast normal aus. Bis auf die noch roten Narben. Die letzte Operation war erfolgreich verlaufen. Mehr konnten die Ärzte nicht tun. Der schiefe Knick war weg, nur an der einen Stelle, da fehlte ein Stück Knorpel. Sie würde die Hand leidlich bewegen können, aber die Fingerfertigkeit war verloren, die Präzision der Töne, die Schnelligkeit der Läufe, die Kraft für Doppelgriff-Arpeggien, die Leichtigkeit des Vibrato zur Modulation der Klangfarben: alles unmöglich. Für ein armseliges Ave Maria in der Kirche würde es vielleicht irgendwann wieder reichen, für ein Paganini-Capriccio, für die Violinkonzerte von Brahms, Elgar oder Mozart nicht mehr.

»Hast du keine wärmeren Socken, die hier sind doch nichts für diese Jahreszeit«, Jean rieb ihre Füße warm.

»In der Kommode, erste Schublade, sie klemmt etwas«, antwortete Geraldine und blickte starr ins Feuer. Jean reichte ihr ein Paar Wollsocken. Sie schenkte ihm ein Lächeln und zog sie rasch an.

Der angeschnittene Granatapfel lag auf dem Teller, Jeans Zigaretten daneben. Das Feuerzeug war einfach, wahrscheinlich hatte er es bei einem *Marocchino* an einer Ampel in Rom gekauft, zusammen mit den Blumen, bevor er sie von der Klinik Villa Claudia abholen gekommen war.

»Ach, die Anemonen!« Geraldine stand auf. »Ich habe gar keine Vase«, fiel ihr ein.

»Eine Plastikflasche tut's auch. Wir schneiden einfach den oberen Teil ab.« Jean begleitete sie in die Küche. »Mein Gott, weißt du noch, deine Garderobe nach dem Konzert? Ein richtiges Blumenmeer!«

»Hmhm.« Geraldine goss Wasser in Gläser. Jean fasste nach ihrer Hand, Geraldine zog sie weg, verbarg sie hinter ihrem Rücken.

»Vielleicht wird es ja noch, hm? Ein bisschen Physiotherapie, und wenn du viel übst … kann man nicht noch mal operieren?«

Geraldine schüttelte den Kopf.

»Es ist vorbei, Jean … vorbei.«

*

Auf dem Tabletttisch standen nun zwei leere Flaschen Rotwein. Das Feuer knisterte und warf gedämpftes Licht in den Raum. Sonst brannten nur eine kleine Lampe neben dem Fax auf der Konsole und eine Kerze in einem simplen Gesteck aus Tannenzweigen. Sie hatten sich

über die neue Opernsaison unterhalten, die mit viel beachteten Aufführungen begonnen hatte, und steckten nun tief in einer angeregten Plauderei über ihre gemeinsame Leidenschaft, die Arbeit mit dem Orchester. Wie gut, das Jean hier ist, dachte Geraldine und legte los. »Also, am besten haben es die ersten Geigen. Die haben immer die Melodie … wenn nicht gerade die Celli dran sind. Die Cellisten sind alle arrogant. Weißt du, dass ich noch nie einen Cellisten näher kannte? Immer von einer sphärischen Aura umwallt. Halten sich für das Nonplusultra unter den Musikern, weil sie so ein riesiges Gerät zwischen den Beinen haben. Rollkragenpulli, wallende Haare und dieses Brettchen da … für den Stachel. Wenn einer schon zehn Geräte mitschleppen muss, damit er überhaupt anfangen kann«, sagte Geraldine, das Weinglas in der Hand, tief in den Sessel gerutscht, die Beine von sich gestreckt.
»Die Bläser sind unheimlich wichtig, finde ich. Immer wenn was passiert, der Feind naht, ein Jagdtross vorbeieilt, die Natur gemeint ist oder auf was hingewiesen werden soll, sind die Bläser dran, nicht? Stimmt doch! Tiere sind immer die Fagotte.«

»Also …«, Jean ruckte unruhig auf seinem Sessel hin und her.

»Na ja, manchmal auch die Flöte … natürlich, zugegeben … und die Hörner. Kannst du dir Strauß ohne Hörner vorstellen? Undenkbar, oder die Tuben bei Wagner, einfach unersetzlich. Das Einzige, was mich stört, ist, dass die immer ihr Spuckwasser ablassen müssen. Wo schütten die das eigentlich hin? Haben die da einen Becher, oder was? Ich habe das nie mitbekommen.«

Jean drehte sein Weinglas in der Hand.

»Ich finde, die haben eine waaahhhnsinnige … Verantwortung, die Bläser … das ist schwierig, weißt du …

eine Viertelstunde haben sie immer nur ein paar Töne zur Untermalung, Tärätätäää … oder Dodeldildeldo … oder Taradadadadidam, und dann plötzlich, paff, kommt eine ganz schwierige Solopassage. Das ist Stress, sage ich dir. Immer auf den richtigen Einsatz warten. Ich glaube, ich könnte das gar nicht. Ich spiele ja ständig … also, habe ich, meine ich. Als Solist bist du ja dauernd dran. Es hat mich schon genervt, wenn ein langes Orchestervorspiel war, da kann die Nervosität durchschlagen. Na ja, also … auf jeden Fall, die haben meine Hochachtung, die Bläser, wirklich.«

»Ja, ja, sicher«, murmelte Jean. »Ich habe einem Bekannten versprochen, dass ich gegen zehn wieder in Rom bin. Ich muss dann langsam fahren.«

»Weißt du eigentlich, dass fast alle Perkussionisten Deutsche sind? Echt, wo du auch hinkommst, sitzt ein Hans, Helmut oder Walter ganz hinten oben und wacht über die Kesselpauken wie Fafner über das Rheingold.« Geraldine lachte kurz auf, weil sie den Vergleich gelungen fand. »Wenn alle schon kräftig loslegen, sitzt er reglos wie eine Sphinx da. Muckst sich nicht. Ich glaube, das steht sogar in ihrem Vertrag. ›Geordnetes Verhalten bei Nichteinsatz‹ oder so, irgendwann steht er dann plötzlich auf, gemessen … klar, er kann ja nicht ruckartig hochfahren, auf seine Trommel hauen und sich sofort wieder setzen, da muss ein würdevoller Ablauf dabei sein … alle Augen im Publikum richten sich auf ihn, aha, jetzt tut sich was … Einsatz. Da haut er mit seinem Klöppel tatsächlich nur einmal kurz auf die Pauke und setzt sich wieder, gemessen natürlich.«

»Klöppel.« Jean schüttelte den Kopf.

»Na ja, Schlegel … ich weiß schon. Bei gut vierzig Perkussionsinstrumenten muss der wissen, wie man richtig draufhaut … Triangel, Gong, Xylophon, Kasta…

Kastagn…«, irgendwie wollte ihr das Wort nicht über die Lippen.

»Kastagnetten«, half ihr Jean.

»Äh, ja, die muss er alle beherrschen, ein Beruf ist das … und Nerven muss der haben, wie Drahtseile. Drum nehmen sie ja die Deutschen.« Sie nahm einen Schluck Wein und sagte nichts mehr.

»Ja, und …«, schaltete sich Jean ein, »über die Bratscher hast du keinen Kommentar abzugeben?«

»Hmm«, machte Geraldine und unterdrückte einen Schluckauf, indem sie ihr Glas auf einen Zug austrank. Sie starrte vor sich hin.

»Weißt du noch, Vismara, der arme Kerl? ›Definition eines Bratschers: Zum Geiger hat es nicht gereicht, und zum Cellisten fehlt das Format‹, hat Riccardo immer gewitzelt«, sagte Jean. »Humor hatte er, das musste man ihm lassen.«

»Hast du ihn näher gekannt?« Geraldine war Vismara nur einmal, ganz am Anfang ihrer Zeit mit dem Orchester, auf einer Probe aufgefallen. Er war in schlechter Verfassung gewesen, und es war zum Disput mit David gekommen.

»Die Frage hat dieser Commissario sämtlichen Leuten im Orchester gestellt«, sagte Jean nachdenklich, und einen Augenblick erschien vor Geraldine das Bild des mittelgroßen, schlanken Mannes in der blauen Barbourjacke mit braunem Kordkragen, der sich an jenem Abend nach dem Mendelssohn-Konzert mit ausgesuchter Höflichkeit an die verwirrten Musiker gewandt hatte. »Ich glaube, Vismara war nicht der Geselligste.«

»Aber ein toller Bratscher.«

»Ja, zweifellos. Vielleicht wäre er nicht so abgestürzt, wenn die Orchesterleitung ihn nicht entlassen hätte. Aber er war ja damals schon drogensüchtig.«

»Hmm.« Der Schluckauf setzte sich durch. »Es gibt doch wunderschöne Bratschenstellen. In *Harold in Italien* von Berlioz, im *Freischütz.* Hindemith hat tolle Sachen für Bratsche geschrieben.«

»Päh, Hindemith …«, ließ Jean aus der Küche hören. Er holte sich gerade ein Glas Wasser.

»Das Doppelkonzert von Mozart …«, rief Geraldine Richtung Küche.

»Der Klang der Bratsche ist in tiefen Lagen dunkel und sonor, in der Höhe neigt sie zum Näseln«, zitierte er. »Hast du nichts zum Essen da?«

Geraldine hörte, wie er den Kühlschrank aufmachte. Gleich darauf klappte er ihn wieder zu. »Na, ich muss sowieso gleich los. Lebst von Joghurt und Karotte, was?«, sagte er, als er aus der Küche kam. »Soll ja gesund sein. Also, was ist jetzt? Kommst du mit übermorgen? Du musst unter Leute, du brauchst Abwechslung«, beharrte er, trank sein Wasserglas aus und stellte es ab. »Ich muss jetzt wirklich los.«

»Ja, ich weiß«, sagte Geraldine ernüchtert. Er zog seine Jacke über, und sie gingen zur Tür. Es war schon dunkel, vom Tal war Nebel heraufgezogen.

»Geraldine«, seine Stimme war eindringlich und sanft, »glaub mir, du musst unter Leute. Es wird dir guttun. Eine Dosis *Tosca* ist jetzt genau das Richtige für dich.«

Sie lachte. Er gab sich redlich Mühe, sie zu überzeugen. »Und nachher gehen wir alle zusammen essen, in ein nettes Lokal in Trastevere.«

»Ach, ich weiß nicht«, maulte Geraldine.

»Also, ich erwarte dich übermorgen«, entschied er kurzum.

»Ich rufe dich morgen an, ja?«, wich Geraldine aus.

»Nein, morgen bin ich nicht zu Hause, ich muss nach Venedig. Bitte, sag, dass du mitkommst. Es ist mir wichtig.«

»Na gut«, sagte Geraldine schließlich. Und bevor sie die Tür schloss, sah sie Jean durch den Nebel zu seinem Wagen laufen.

19

Als Geraldine die Stufen der Oper heraufkam, stand Jean schon im Foyer und wartete. Sie ging auf ihn zu und nahm wahr, dass bei ihrem Anblick ein Leuchten über sein Gesicht ging. Sie trug zum ersten Mal den eng anliegenden schwarzen Hosenanzug, den sie von ihrer Tournee aus Paris mitgebracht hatte. »*Ciao*, Jean!« Geraldine küsste ihn flüchtig auf beide Wangen. Sie gingen die Treppe hinauf. Geraldine suchte in ihrer Handtasche nach Geld, um sich ein Programmheft zu kaufen. »Gehen wir schon hinein?«

»Lass uns erst was trinken. Da drüben gibt's Champagner«, sagte Jean und schob sie Richtung Büfettbar.

Als es zum dritten Mal klingelte, gingen sie in die Loge. Geraldine hatte das Gefühl, es sei unklug gewesen, zwei Gläser Champagner auf ihre Pillen zu trinken, noch dazu auf leeren Magen. Sie hatte vor der Abfahrt zwei der Tabletten geschluckt, die Dr. Friedbaum ihr gegeben hatte und bisher unangetastet in ihrem Bad gelegen hatten. Dann hob sich der rote Vorhang.

Die Puccini-Klänge und Geigen-Arpeggien im ersten Akt setzten ihr zu. Sie fühlte sich zunehmend schlechter und müder.

In der ersten Pause trank sie ein Glas Wasser mit einer aufgelösten Aspirin-Sprudeltablette, allmählich ging es ihr besser. Mit wachsender Faszination verfolgte sie, wie Richard im zweiten Akt als Scarpia mit mächtiger Stimme seine finsteren Pläne mit Cavaradossi und Tosca besang, deren Schicksal in seinen Händen lag. Er jagte

Tosca über die Bühne, bis sie sich mit einem angewiderten Nicken geschlagen gab. Richard schritt zum wuchtigen Schreibtisch im Palazzo Farnese und griff zur Feder, um den vermeintlichen Freibrief zu schreiben, und Geraldine musste zugeben, dass er die Partie wunderbar interpretierte und in seinem prachtvollen schwarzen Bühnenkostüm eine gute Figur machte.

*

Sie saßen zu zweit in der Hosteria Fabrizio in Trastevere, Öllampen und vertrocknete Tannenzweigdekoration verbreiteten eine weihnachtliche Stimmung. Geraldine ließ entspannt das milde Licht und die leise Musik auf sich wirken. »Nett ist es hier«, sagte sie.

»Ja, ich habe dir nicht zu viel versprochen, nicht?« Jean schenkte den Pinot Grigio in ihre Gläser. »Der Koch ist berühmt für seine Fischgerichte. Die *Tagliolini* mit Crevetten kann ich dir nur empfehlen.«

In diesem Moment trat Richard, eine dunkelhaarige Schönheit am Arm, durch die Tür, gefolgt von der halben Truppe. Der Tenor war dabei, mit Frau und Tochter, die Sopranistin und der Studienleiter mit Freund. Alle waren bestens gelaunt, redeten laut durcheinander und lachten. Jean war aufgestanden. Geraldine drehte sich um. Sie sah Richards intensiven Blick auf sich gerichtet. Ihre Augen schienen für einen Augenblick ineinander zu versinken, und in ihrem Kopf erklang kraftvoll ein Fis-Moll-Akkord. Rätselhaft fluoreszierende Orchesterklänge, verminderte Septen, Dissonanzen, die sich niemals in Harmonien auflösten. Das Sehnsuchtsmotiv aus dem *Tristan* übertönte das Filterausklopfen der Espressomaschine, das Stimmengewirr der Gäste und die düstere Traurigkeit ihrer Seele.

Jean bemerkte Geraldines Blick und taxierte McFairshield.

»Weißt du, Richard, wir sind alle sehr müde … wir machen nicht lange, ja?«, sagte die Dunkelhaarige zu McFairshield, und der nickte abwesend. Dann entdeckte sie Jean und stürzte freudestrahlend auf ihn zu. »Jean, meine Schatz, wie schön!« Sie küsste ihn überschwänglich auf beide Wangen, was Jean mit einem geduldigen Lächeln geschehen ließ. Es war offensichtlich, dass er, anders als Geraldine, die die exotische Schöne fasziniert anstarrte, nichts Außergewöhnliches an ihr finden konnte. McFairshields Begleiterin war mittelgroß, langes, schwarzes Haar umrahmte orientalische Gesichtszüge. Sie trug ein eng anliegendes smaragdgrünes Seidenkleid mit tiefem Rückenausschnitt und hochhackige Satinpumps. Ihren weißen Silberfuchspelzmantel warf sie unbekümmert über einen Stuhl. Jean folgte erstaunt Geraldines Blick und räusperte sich. »Darf ich vorstellen: Alyra Ali-Zade … Geraldine Dvorsky.«

»Wie schön, dass wir uns kennenlernen«, raunte sie mit silberner Altstimme und beugte sich vor, um Geraldine ebenfalls auf die Wangen zu küssen. Eine schwere Parfümwolke umnebelte alle beide. Jean hüstelte, Geraldine dachte an Paläste aus Tausendundeiner Nacht und fand, dort könnte es kaum herrlicher nach Jasmin, Vanille und Amber geduftet haben. Aber schon wandte sich die Sängerin wieder an Jean. »Wir haben uns schon so lange nicht mehr getroffen, meine Liebling«, säuselte sie mit verführerischem Augenaufschlag, »wir müssen unbedingt zusammensitzen!«

Mit Einsatz aller weiblichen Waffen erreichte Alyra, dass der Oberkellner drei Tische zusammenrücken ließ.

Inzwischen hatte McFairshield Jean die Hand geschüttelt und trat jetzt zu Geraldine. Sie blickte zu ihm auf.

»Du warst wundervoll, Richard«, sagte sie mit aufrichtiger Bewunderung und reichte ihm die Hand.

»Merkwürdig, mir kam gerade ein Leitmotiv in den Sinn, als ich dich da sitzen sah«, sagte er.

Geraldine lächelte und summte leise. Richards Augen blitzten, als er die Tonfolge erkannte.

Die Truppe ließ sich nun unter lautstarkem Stühlerücken nieder, und er deutete auf den freien Platz neben ihr.

»Darf ich?«

»Natürlich.«

Während er sich setzte und vom Kellner, der herangeeilt kam, die Karte entgegennahm, betrachtete ihn Geraldine. Er sah gut aus, und er war ihr vertraut. Er wirkte müde, weniger imposant als vorhin auf der Bühne als Scarpia, etwas melancholisch, aber sehr gesammelt und männlich. Ob er etwas mit dieser Alyra hatte? Sie erinnerte sich daran, wie sehr er sie immer verwöhnt hatte. Richard hatte sie noch nie enttäuscht. Eine Welle der Zuneigung durchfuhr sie, in die sich Schuld mischte. Richard sah von der Karte auf und bemerkte ihren Blick. Sein ernstes Gesicht hellte sich in einem warmen Lächeln auf, und als er die Hand leicht auf ihre legte, zog sie sie nicht weg.

20

Geraldine erwachte von einem Klopfen an der Zimmertür. »Das Frühstück, Signor McFairshield!«

»Nur herein!«, hörte sie Richards tiefe Stimme gut gelaunt antworten. Sie erinnerte sich, dass sie am frühen Morgen einmal kurz aufgewacht war. Als sie für einen Augenblick die Augen öffnete, sah sie Richards Blick auf sich gerichtet. Anscheinend hatte er sie beim Schlafen beobachtet, sie mit dieser seltsamen Mischung aus Liebe, Besitzerstolz und kühler Ruhe betrachtet.

»Stellen Sie das Tablett bitte auf den Tisch. Vielen Dank.«

Richard war jetzt aufgestanden, hatte die Tür hinter dem Zimmerkellner geschlossen und den blauen Brokatvorhang zur Seite geschoben. Es war ein sonniger Tag, die Piazza della Trinità lag in hellem Licht.

»Guten Morgen, gut geschlafen?«

Das plötzliche Sonnenlicht blendete. Geraldine blinzelte, drehte den Kopf weg und strich sich eine Haarsträhne aus dem Gesicht. Dann zog sie die Decke zu sich heran.

»Guten Morgen, Richard.«

Sie war erst sehr spät eingeschlafen und hatte sich unruhig neben dem tief und fest schlafenden Richard hin und her gewälzt. Er war kein guter Liebhaber. Und sie hatten gestern Nacht in der Trattoria viel getrunken. Jean und Alyra hatten sich irgendwann diskret verabschiedet, und Geraldine hatte sich kurz darauf in einem Taxi wiedergefunden, an Richard geschmiegt, durch das halb geöffnete Fenster strich die Nachtluft kühl über ihr erhitztes Gesicht. Und es wäre besser gewesen einen kühlen Kopf zu bewahren, aber sie hatte sich der Stimmung hingegeben. Übermütig lachend waren sie ins Hotel gekommen, schon im Fahrstuhl hatte er leidenschaftlich ihren Hals geküsst. Wohl noch halb in seiner Rolle als Scarpia. Denn sie kannte ihn anders, britisch kühl und immer korrekt.

»Schau nur, was für ein wunderbares Wetter draußen ist! Möchtest du Tee, Geraldine, etwas French Toast, Marmelade, ein Ei?«

»Nein, danke, ich habe keinen großen Appetit, nur eine Tasse Tee.«

Richard war wieder zu ihr ins Bett gekommen und platzierte das Tablett mit dem opulenten Frühstück sorgsam vor sich. Er lächelte und griff nach einem Brötchen, das er halbierte.

Geraldine starrte auf seine große, weiße Hand mit den langen Fingern, in der er eine Brötchenhälfte hielt, und beobachtete, wie er sorgfältig Butter darauf verteilte. Sie sah kurz Davids Hand, die sich auf ihre legte, und spürte eine Welle der Verzweiflung, die ihr jeden Lebensmut nahm. Sie schluckte beklommen und blickte zum Fenster hinüber. Warum war sie so undankbar? Richard war ein Mann, auf den man sich verlassen konnte. Er umsorgte sie, und er wäre für sie da.

»Ich bin so froh, da du wieder bei mir bist, Geraldine. Ich habe es immer gewusst, dass wir wieder zusammenkommen.« Er streichelte ihr zärtlich über die Wange. »Ich lasse dich nie mehr gehen, das verspreche ich dir. Du gehörst zu mir, das weißt du.«

Geraldine lächelte gezwungen. Was hatte sie da nur getan! Sie küsste in einem Anflug von Überschwang Richards Hand. Er war so ein guter Mensch und wunderbarer Sänger. Und es tat ihr schrecklich leid, dass er sich nun, verständlicherweise, wieder Hoffnungen machte.

Wie sollte sie es ihm nur sagen?

21

»So, das hätten wir!« Der Zahnarzt lächelte zufrieden. »Signorina, den Spiegel!«

Caselli nahm den Handspiegel entgegen und öffnete den Mund.

»Na, passt doch prima, nicht?«

»Ja, sehr schön«, artikulierte Caselli undeutlich und betrachtete die glänzende Goldkrone.

»Tja, unten sind wir fertig, jetzt kommt der Oberkiefer dran«, sagte der Arzt. »Loben kann ich den Kollegen in Catania nicht«, fügte er hinzu und kontrollierte das Röntgenbild. »Die Wurzelbehandlungen sind alle vermurkst. Sehen Sie, nicht tief genug«, erläuterte er und hielt die Aufnahme leicht schräg, damit Caselli einen Blick darauf werfen konnte. »Da muss ich wahrscheinlich noch mal ran«, er machte ein skeptisches Gesicht, »notfalls muss ich von außen aufmeißeln.«

»Was?«, lallte Caselli.

»Sie können den Mund jetzt wieder zumachen«, lächelte der Zahnarzt nachsichtig. »Na, ich schau mal, vielleicht geht es auch so«, setzte er hinzu, und Caselli atmete durch. »Also, lassen Sie sich am besten gleich einen neuen Termin geben«, lachte er. »Jetzt, wo sich alle mit den guten Vorsätzen fürs neue Jahr gestärkt haben, haben wir einen Ansturm von Leuten hier, die sich sonst das ganze Jahr über nicht zum Zahnarzt trauen.« Er wartete neben der Tür, bis Caselli sich aus dem Behandlungsstuhl erhoben hatte. Die Assistentin nahm ihm den Spiegel ab. Caselli dankte ihr und gab dem Arzt hastig die Hand. Als er die Praxis verließ, schlug er den Kragen seines Mantels hoch und wickelte sich den flauschigen Schal um den Mund. Es war kalt, die Römer schlugen sich fröstelnd die Arme um den Körper, und ihr Atem war weißer Hauch. Die Luft war glasklar, der Himmel strahlend blau. Das Portal der Kirche San Lorenzo in Lucina stand weit offen. Eine Hochzeitsgesellschaft wartete vor dem Eingang. Caselli sah den Schleier der Braut. Kleine Mädchen mit Mänteln über langen Rüschenkleidern und ein Junge spielten Versteck hinter den Säulen des Portikus. Sie schwenkten die geflochtenen Henkelkörbchen und verstreuten ausgelassen Rosenblätter auf das römische Pflaster. Der Sakristan kam heraus und schalt. Die Kinder rannten davon. »*Ma sono bambini!*«, riefen die umstehenden Frauen. Ein Mädchen fiel hin, schlug sich das Knie auf. Es weinte, lief zu seiner Mutter und vergrub ihr dunkles Lockenköpfchen in deren Schoß. »Da, schaut, was er angerichtet hat, das arme Kind!«, zeterte die Italienerin und zeigte auf den Küster. Der rang die Hände und zog sich in die Kirche zurück.

Caselli dachte an blühende Mandelbäume, den furchtsamen Blick aus schwarzen Augen, an weiche Hüften neben dem Stamm eines knorrigen Maulbeerbaums und den Flug einer Elster am wolkenlos blauen Himmel. Er setzte sich in seinen Wagen und schloss die Tür. Er spürte Wehmut, doch er unterdrückte die Erinnerung an Sizilien sofort. Er hatte Weihnachten und Silvester allein verbracht. Tiberio und Giovanni hatte ihn sehr wohl eingeladen, aber er hatte keine Lust auf laute, fröhliche Feste im Kreise von Großfamilien gehabt, und sich entschuldigt. Silvester hatte er mit Claudio, dem Kinderarzt im Fate-Bene-Fratelli Hospital auf der Tiberinsel, eine Kleinigkeit zu Abend gegessen, bevor dieser ins Krankenhaus zum Spätdienst musste. Die Versetzung nach Rom hatte sein Privatleben komplett ausgelöscht. Es existierte nicht mehr. Dora hatte die Verlobung gelöst, und es herrschte eisige Kälte zwischen ihnen. Caselli riss sich aus seinen Gedanken und steckte den Schlüssel ins Zündschloss. Es gab einen kleinen Grund zum Feiern, sein Laserdrucker war bewilligt. Caselli prüfte mit der Zunge das blanke Metall in seinem Mund und ließ den Motor an. Es war Viertel nach fünf. Er hatte vorgeschlagen, Scurzi in der Pförtnerloge in der Via Paisiello abzuholen, um gemeinsam einen Computerladen im Zentrum aufzusuchen.

Er nahm den Lungotevere, der mit seinen hohen Platanen einer breiten Allee glich, fuhr am Marineministerium vorbei und bog am Piazzale delle Belle Arti rechts ab Richtung Quartiere Parioli. Er parkte unter den Oleanderbäumchen in der Via Mercadante und lief die paar Schritte bis zu dem Palazzo in der Via Paisiello, in dem Scurzis Frau ihren Dienst als Concierge tat. Als er die Halle betrat, sah er die beiden hinter der Glasfront der Pförtnerloge.

»*Buona sera,* Commissario!«, rief Scurzi und stand sofort auf. Seine Frau stellte das Dampfbügeleisen ab und kam hinter dem Bügelbrett hervor.

»*Buona sera,* Signora, wie geht es Ihnen?«, grüßte Caselli und drückte die wohl vom Treppenputzen rissige Hand der jungen Frau.

»Na, Sie sehen es ja«, lachte sie glücklich und schob stolz ihr Bäuchlein vor.

»Wir waren heute beim Ultraschall«, erklärte Scurzi. »Da, schauen Sie«, sagte er und nahm eine Aufnahme vom Tisch, »ist das nicht herzig?«

Caselli betrachtete ein Punkteraster.

»Und?«, wurde er gefragt.

»Ja, sehr schön«, sagte er und gab Scurzi das Bild zurück.

»Stellen Sie sich vor, Commissario, es ist etwas ganz Wunderbares passiert bei der Untersuchung«, erzählte Marcella. »Wollen wir es ihm sagen?«, fragte sie ihren Mann.

»Ja«, sagte Scurzi und übernahm das gleich: »Als die Gynäkologin mit dem Gerät über Marcellas Bauch fuhr, hat der Kleine … gegähnt, man konnte es ganz deutlich sehen.«

»So?«, sagte Caselli höflich.

»Wir waren so aufgeregt!«, sagte die junge Frau. »Es war ein richtig bewegender Moment, nicht wahr, Raffaele?«

Scurzi nickte, und in seinen Augen schimmerte es feucht.

Casellis Augen ruhten auf Marcella, der strahlenden Frische ihrer römischen Gesichtszüge, der Kunstseidenchrysantheme am Plastikzwicker, mit dem sie ihr Haar hochgesteckt hatte und der ihre kräftigen braunen Strähnen in keiner Weise zu bändigen vermochte; seine Augen glitten über das knappe Shirt, die Jogginghose, die über dem deutlich konturierten Bäuchlein spannte, das schwarze Wäscheteil, das hervorblitzte und Marcellas weibliche Rundungen leicht anhob und sanft zusammendrückte, sodass das goldene Kettchen mit dem Medaillon der Heiligen Jungfrau Maria am Busen der jungen Mutter mehr auflag als baumelte.

Marcella strich eine Haarsträhne hinter ihr Ohr und schlug die Augen nieder.

»Wir haben dem Commissario gar nichts angeboten«, sagte sie und nahm ihre Strickjacke von der Couch. »Hol doch den Sambuca aus dem Büfett«, sagte sie zu ihrem Mann. »Beim Bügeln wird mir immer so heiß, der Dampf … oder möchten Sie lieber einen Grappa?«

»Machen Sie sich bitte keine Umstände, Signora. Ja, wollen wir dann?«, fragte er freundlich. Scurzi holte seinen Mantel.

»Also, wir müssen die Kartuschen gleich mitkaufen«, begann Caselli und legte den fünften Gang ein, da der Verkehr an der Hauptverkehrsstraße Muro Torto, wider Erwarten, zügig dahinfloss.

»Ja, am besten für das ganz Jahr, sonst werden die wieder nicht bewilligt«, antwortete Scurzi. »Beim letzten Mal, da war der Kleine ja nicht mal zentimetergroß, da konnte man gar nichts erkennen. Aber diesmal, da sah man sogar die Fingerchen, süße kleine Fingerchen, und als er dann gegähnt hat …« Scurzi schüttelte den Kopf.

»Der Tonerstaub ist ja gesundheitsschädlich. Nachfüllen werden wir also auf keinen Fall.« Caselli schaltete herunter.

»Eigentlich wollte ich schon letztes Mal bei der Geburt dabei sein«, sagte Scurzi und klemmte sein Knie gegen das Handschuhfach des Fiat Punto.

»Man muss regelmäßig Lüften heißt es, eigentlich sollte der Drucker ja in einem eigenen Raum stehen, und nicht in unserem Dienstzimmer«, erläuterte Caselli und blickte nach hinten, bevor er die Fahrbahn wechselte.

»Aber dann bin ich bei einer Fahndung angeschossen worden, glatter Schulterdurchschuss … und Marcella hat sich so darüber aufgeregt, dass Amelina viel zu früh auf die Welt kam.«

Caselli sah den Bruchteil einer Sekunde die maskierten Männer auf dem Motorrad in Catania, er hörte das Knattern der Maschinengewehrsalve, die seinem damaligen Chef die Beine zerschoss. Eine Vespa scherte, ohne zu blinken, ein, und Caselli trat abrupt auf die Bremse.

»*Imbecille!*«,rief Scurzi, beugte sich aufgebracht aus dem Seitenfenster und klappte die Sonnenblende hoch, an der er sich den Kopf gestoßen hatte.

»Sie können den Sitz etwas nach hinten schieben, dann haben Sie mehr Beinfreiheit«, riet Caselli. Scurzi tastete nach dem Hebel.

»Wann war denn das?«

»Vor drei Jahren, noch vor Ihrer Zeit. Ich war noch bei der Drogenfahndung, aber Marcella wollte, dass ich da aufhöre. Es war zu gefährlich.«

»Ja, da hatte sie wohl recht.« Caselli ließ das Seitenfenster hochfahren, damit sie die Abgase des Touristenbusses, der vor ihnen im Stau stand, nicht einatmen mussten. »Gab es in letzter Zeit eigentlich weitere Todesfälle durch verschnittenes Heroin wie im Fall Riccardo Vismara?«

Scurzi zuckte die Achseln. »Nicht, dass ich wüsste. Die Briefchen tauchen regelmäßig hier und da auf. Doch es gibt keine Spur, wo sie herkommen. Sollte sich im Fall Vismara etwas tun, werden wir informiert, Commissario.«

»Also, wichtig ist, dass wir ein Modell nehmen, das auch gute Farbausdrucke macht und geräuscharm ist«, begann er erneut.

»Das wird teuer«, meinte Scurzi. »Ich mache auch extra diesen Kurs mit, wissen Sie, zur Vorbereitung«, setzte er nach.

»Wann ist es denn so weit?« Caselli gab sich geschlagen. Er warf einen Blick auf die Engelsburg, an der sie gerade vorbeifuhren, und sah die angestrahlte Kuppel des Petersdoms weiter vorn, am Ende der Via della Conciliazione.

»In drei Monaten.« Scurzi sah aus dem Seitenfenster, das er wieder hochgefahren hatte. »Die sind ja eigentlich ganz gut, die Kurse«, begann er erneut und klappte seine Rückenlehne ein Stück zurück. Er hatte jetzt alle Hebel durch. »Nur sind da so viele schwangere Frauen auf einmal, und man muss sich hinknien und Übungen machen … laut atmen zum Beispiel, als Mann kommt man sich da irgendwie … heute ist wieder Kurs.«

Caselli fuhr über die Ponte Vittorio Emanuele II. »Wir sind gleich da. Das Geschäft liegt am Corso. Ich würde sagen, wir brauchen etwa eine halbe Stunde, zur ersten Information, dann können Sie gern …«

»Och«, hörte er Scurzi sagen.

Caselli sah kurz zu seinem Assistenten hinüber.

»Nun, mir wäre eigentlich ganz recht, wenn wir nachher noch die Frage … wo genau wir ihn hinstellen, den neuen Drucker … durchsprechen könnten. Dienstlich, bei einem Bier oder einer Pizza, Sie haben ja auch noch nichts im Magen …«

»Ach ja?« Scurzi ließ von den Hebeln ab.

»Es sei denn …«, meinte Caselli.

»Aber sicher, Commissario, Dienst ist Dienst! Der geht vor. Dafür hat Marcella immer Verständnis!« Scurzi drückte schon das Handy an sein Ohr.

*

Um den Bernini-Brunnen gruppierten sich Ramschbuden, Luftballonverkäufer und Stände mit Zuckerwatte und Popcorn. Lärmende Jungen jagten Taubenschwärmen nach. Vor den Cafés standen keine Tische. Es war der Vorabend von *Epiphanie,* dem Fest der Heiligen Drei Könige, Weihnachtsmusik lief. Die Hexe *Befana* saß bunt verkleidet in einem Schlitten, läutete mit einer Glocke und verteilte kleine Geschenke an die Kinder.

»Geraldine!« Ein brauner Lockenkopf in einem marineblauen Samtmäntelchen, weißen Strümpfen und Lackschuhen rannte aus einer Traube Kinder auf sie zu.

»Hallo! Jacopa!« Sie stand vor ihr, und Geraldine ging in die Hocke. »Dass du mich noch kennst?«

Jacopa schaute zu Boden und nickte.

»Bist du hier mit deinen Schulfreunden?« Geraldine nickte in Richtung der Kinderschar neben dem Karussell.

»Ja, mit meiner Klasse. Es ist doch *Befana*. Das ist wie Nikolaus in Deutschland, nur mit einer Hexe statt einem Bischof, hat unsere Lehrerin gesagt. Wir haben Europa durchgenommen, weißt du.«

»Hat dir die Hexe etwas gebracht?«

»Süßigkeiten.«

Geraldines Herz pochte zum Zerspringen. »Ist Federico auch hier?«, fragte sie gerade heraus und strich sich eine Haarsträhne aus dem Gesicht.

»Um halb fünf Uhr holt Mamà mich ab«, sagte Jacopa und blickte auf.

Geraldine atmete durch. »Was machen deine Schlümpfe?« Sie stand auf. »Hast du jetzt *Quattrocchi*?«

Jacopa blickte Geraldine mit großen, braunen Augen an und schüttelte den Kopf.

»Sag mal, ist die Signora dort deine Lehrerin? Komm, wir fragen sie, ob wir beide kurz in das Spielwarengeschäft da drüben gehen dürfen.« Geraldine nahm sie an der Hand.

»Warum denn?«, fragte Jacopa arglos.

»Dem Schlumpf mit der Brille wird es da langsam langweilig ohne dich.«

Als sie aus dem Geschäft kamen, setzte die Blaue Stunde ein. Der Himmel ging in Mittelblau über, Abendrot färbte die Wolkenbahnen über den Dächern Roms Michelangelo-Rosa, und über der halbmondförmigen Sichel auf der Spitze des Obelisken am Vier-Flüsse-Brunnen blinkte hell der Stern Venus.

»Oh, Mamà ist schon da …«, Jacopa machte sich von Geraldines Hand los. Im Laufen machte sie kehrt und kam noch einmal zurück. »Du bist nett«, sagte sie mit ihrer hohen Kinderstimme, zog sie am Arm zu sich herab und küsste sie auf die Backe.

»*Ciao,* mach's gut!« Geraldine betrachtete die Fontänen des Brunnens, Wasser und Stein erstrahlten hell im Licht der Beckenscheinwerfer. Dann warf sie einen Blick auf ihre Armbanduhr, bog in eine Seitenstraße ab und ließ die Piazza Navona hinter sich.

*

In der engen Gasse betätigte ein junger Mann gerade die Zentralverriegelung seines Autos. Er sah sich unruhig um, als verfolge ihn jemand. Geraldine blickte ihm ins Gesicht. Er versuchte, so zu tun, als erkenne er sie nicht, aber dann merkte er, dass er sich lächerlich machte. »Du?« Es klang beleidigend, als habe er sie schon in der Gosse oder unter der Erde geglaubt.

»Du hast mich nach dem Unfall kein einziges Mal angerufen«, fuhr sie ihn an.

Federico zuckte nur mit den Schultern.

»Ich werde nicht mehr spielen können!«, rief Geraldine, und ihr Herz raste vor Wut und Aufregung.

»Was für ein Verlust für die Musikwelt. Ich war ebenfalls verletzt. Ich hatte ein Schleudertrauma.« Er kontrollierte noch mal, ob er die Wagentür wirklich abgeschlossen hatte, dann wandte er sich zum Gehen. »Entschuldige mich, meine Mutter und Jacopa warten. Ich musste nur einen Parkplatz finden.«

»Hast du nachher Zeit? Können wir reden?«, platzte Geraldine heraus.

»Nein, nachher gehen wir alle zusammen Chinesisch essen«, antwortete er abweisend.

»Und danach?« Sie wollte ihn nicht einfach gehen lassen.

»Ich muss noch einen Artikel fertigschreiben, und dann werde ich mir die Nacht vor der Philharmonie um die Ohren schlagen. Papà bat mich um eine zusätzliche Karte für das Konzert von Riccardo Muti.«

»Du willst nicht mal mit mir sprechen!«

»Ich wüsste nicht, worüber.« Er ließ sie stehen und lief mit raschem Schritt die Gasse hinunter.

Geraldine ging benommen weiter. Bei der verwitterten Statue des *Pasquino* bog sie in die Via Pantaleo, überquerte den Corso Vittorio Emanuele und drängelte sich durch Reihen an der Ampel wartender, hupender Autos. Am Teatro di Pompei vorbei gelangte sie auf Piazza Campo di Fiori. Die Blumenstände unter großen, grünen Marktschirmen hatten schon die Lampen angeschaltet, obwohl die Dämmerung gerade erst einsetzte. Geraldine blieb stehen. In Zinkkübeln wurden trotz der Kälte Rosen, Iris und Chrysanthemen, Lilien und Nelken angeboten. An den Seiten hielten improvisierte Plastikfolienwände den ärgsten Wind ab. Die Blumenverkäuferin in Wollmütze und dicker Strickjacke kam schniefend heran. *»Signorì, prenda dei fiori, sono belli!«*

Geraldine deutete stumm auf die roten Rosen.

»Le vuole? Quante?«, fragte die Blumenfrau und griff mit ihren halben Fingerhandschuhen in die Blätter.

»Zwanzig.«

Die Signora freute sich. »Eine kostet drei Euro, Signorì«, hakte sie sicherheitshalber nach. Geraldine nickte, kramte in ihrer Manteltasche und reichte ihr das Geld.

»Ecco, le incarto?«

»Nein, geben Sie nur her«, sagte Geraldine und nahm den Strauß. *»Sera.«*

»Arrivederci, Signorì.«

Geraldine ging durch die Vai dei Baullari weiter bis zur Piazza Farnese. Die französische Fahne wehte im

Wind. Zahllose Scheinwerfer strahlten den Palazzo an, der die Französische Botschaft beherbergte. Fackelhalter früherer Jahrhunderte, links und rechts der Fensterstöcke, schimmerten matt, und die Gesichter der Fresken schienen auf Geraldine herabzublicken. Im Sarkophag-Brunnen an der Ecke zur Via Giglio plätscherte kontinuierlich Wasser aus fratzenhaften Speiern. Das Wasser leuchtete dank starker, quadratischer Strahler auf dem Brunnenboden. Geraldine setzte sich auf eine Steinbank zwischen den überdimensionalen Lorbeerkübeln und legte den Rosenstrauß neben sich. Weiter vorn spielten Jungen Fußball. Auf den Steinnischen vor dem Palazzo Farnese saßen vereinzelte Touristen und verliebte Teenagerpaare.

Geraldine spürte, dass jemand hinter ihr stand. Sie drehte sich um und sah Kowalski. Diesmal durchfuhr sie kein freudiger Schrecken wie damals, als er sie am Blumenstand in der Via Gambero angesprochen hatte. Sie war zu leer, um irgendetwas zu fühlen.

»Wie war Ihr Konzert?«

»Das Publikum jubelt jetzt noch«, sagte sie.

»Sind die Rosen von Franceschini?«

Geraldine hüllte sich enger in ihren Mantel. »Auch wenn es Sie enttäuscht, Kowalski, ich bin noch nicht verrückt.«

»Warum sitzen Sie dann theatralisch, einen Arm voll Rosen neben sich, bei minus zwei Grad, seit fünfundzwanzig Minuten auf einer römischen Piazza?«

Geraldine sah reflexartig auf die Uhr.

»Woher wissen Sie, wie lange ich hier schon sitze?«

»Ich habe gesehen, wie Sie in somnambulistischer Zeichensprache die Rosen gekauft haben.«

»Und warum kommen Sie dann jetzt erst?«

»Ich hatte noch zu tun.«

Geraldine schluckte.

»Ich habe Sie zufällig auf der Piazza Navona gesehen«, fuhr Kowalski fort, »als ich Sie ansprechen wollte, kam mir ein kleines Mädchen zuvor, und dann … ich nehme an, es war dieser Kritiker, Federico Stronchetti. Ich habe unwillentlich alles mitangehört. Ich stand genau hinter Ihnen.« Kowalski trat einen Schritt auf sie zu und fasste sie leicht am Arm. »Geraldine, es tut mir leid.«

»Ach, verschwinden Sie doch«, murmelte sie. »Mir steht nicht der Sinn nach Ihrer Psychotour.« Sie schüttelte seine Hand jedoch nicht ab.

»Ich kann mir vorstellen, was in Ihnen vorgeht«, sagte er. »Sie wurden extrem verletzt, und jetzt fordern Sie sich eine extreme Reaktion ab.«

»Ich fordere mir gar nichts ab.« Geraldine zerlegte eine Rose.

Rodolfo zog seinen Schal zurecht. »Es ist kalt, gehen wir in die Trattoria da vorn in der Via dei Pettinari.« Da isst man gut, und es ist angenehm warm.«

Sie rührte sich nicht.

»Na, kommen Sie schon. Nachher bringe ich Sie in ein Hotel. Sie sollten heute nicht mehr in ihr abgelegenes Bergdorf zurückfahren.«

Kowalski nahm die Rosen und reichte ihr seine Hand. Geraldine ignorierte sie, stand auf und lief ein paar Schritte voraus.

*

Das Restaurant war fast leer. Es war noch recht früh am Abend. Auf den Tischen lagen rot karierte Tischtücher und Papierservietten. Im Holzofen flackerte ein Feuer. Der Wirt stand mit weißer Schürze hinter der Steinanrichte und knetete Pizzateig. Die Bedienung brachte Bruschetta.

Rodolfo Kowalski goss Rotwein in Geraldines Glas.

»Ich weiß sehr wohl, dass der Unfall Ihr Leben verändert hat.«

Geraldine blickte ihn misstrauisch an. Dann beschloss sie, dass in seinen Augen diesmal keine Ironie lag, und atmete tief durch. »Mein Leben ist gar nicht mehr richtig existent«, sagte sie leise. »Wie lange kann ich Geraldine Dvorsky bleiben, wenn ich keine Geigerin mehr bin? Bis die Erinnerung verblasst? Bis ich in diesem Bergdorf verblöde? Ich habe Angst, meine Identität zu verlieren.«

»Ja, ich verstehe, was Sie meinen«, sagte Rodolfo und nahm einen Schluck Wein.

»Und dann die Liebe«, fuhr Geraldine fort. »Auch so ein Thema. Ich werde Ihnen jetzt etwas beichten, Kowalski.«

»Wie schön«, sagte er und lächelte.

Geraldine holte tief Luft. »Manchmal identifiziere ich mich mit den tragischen Frauengestalten aus dem 19. Jahrhundert. Ich habe Angst, dass ich die Fähigkeit verliere, klar zu denken, und in einer Zwangsjacke ende wie dieser Tänzer da, der aus Djagilevs Truppe. Na, Sie wissen schon, der von *Le sacre du printemps* …«

»Nijinksij.«

»Ja. War er nicht ein grauenhaftes Beispiel für Wahnsinn und jahrelanges Siechtum? Oder nehmen Sie Camille Claudel und Adele Hugo. Eine zertrümmert ihre Skulpturen, weil Sie sich zwanghaft Rodins Überkunst beugt; die andere sieht sich ihrer einzigen Chance zur Liebe beraubt, kann das nicht akzeptieren und verfasst den Rest ihres Lebens, irrsinnig in einer Anstalt eingesperrt, Bände rückwärts geschriebener Tagebücher.« Geraldine überlegte einen Moment. »Nicht die Katastrophe an sich ist die Falle, sondern die Unfähigkeit, zu akzeptieren, dass sie nicht mehr rückgängig zu machen ist, verstehen Sie? Die Flucht in den Wahnsinn. Davor habe ich Angst, und außerdem muss ich mich darum kümmern, wovon ich leben soll.«

Kowalski musterte sie eingehend. »Essen Sie doch erst mal Ihre Bruschetta«, meinte er. »Sie machen einen vollkommen stabilen Eindruck. Das sind nur Hirngespinste. Wir leben nicht mehr im letzten Jahrhundert. Haben Sie mit Dr. Friedbaum darüber gesprochen?«

»Ach, Dr. Friedbaum …«, antwortete Geraldine ungehalten. Sie fragte sich, warum sie eigentlich immer wieder auf ihren Analytiker zu sprechen kamen. Vergebens versuchte sie, ihre Bruschetta zu zerteilen. Schließlich nahm sie das Brot in die Hand und biss hinein. »Ich werde das Gefühl nicht los, dass er selber ein Psychopath ist.«

Kowalski zog unmerklich eine Augenbraue hoch. Sie war froh, als er dazu nichts weiter sagte. »Was haben Sie eigentlich bisher gemacht?«, fragte er stattdessen beiläufig. »Ihr Unfall ist ja nun schon eine Weile her.«

Geraldine rückte ihren Teller von sich weg und presste die Lippen aufeinander. Ihr Magen krampfte sich zusammen, wahrscheinlich war das schwere Olivenöl zu viel für ihn. Sie hatte die letzten Wochen wenig gegessen.

»Nichts … und es sind nicht mal zwei Monate. Aber ich könnte übersetzen, Prospekte, Tagungsprogramme und solche Sachen. Ludovicas Schwiegertochter hat eine leitende Position bei einem Kongressveranstalter. Ludovica, also Davids Stiefmutter, hat sie gebeten, mir weiterzuhelfen. Ich habe aber noch nicht geschafft, hinzugehen und mich da vorzustellen.«

Er warf ihr einen kurzen, prüfenden Blick zu und legte dann säuberlich seine Serviette neben den Teller. Der

Wirt brachte die Pizzen. An einem Tisch im hinteren Ende des Raums spielte eine Gruppe Männer Karten, und es wurde laut gelacht. »Giovanni, noch eine Runde Grappa!«, rief einer.

Der Wirt hob die Hand und nickte. »Subito, kommt sofort!«

»Möchten Sie noch Wein?«, fragte Kowalski.

Geraldine bekämpfte eine aufsteigende Übelkeit.

»Nein, danke. Entschuldigen Sie mich, ich muss mal verschwinden.«

Sie versuchte, das Olivenöl an ihren Händen mit der Serviette abzuwischen. Kowalski schob das letzte, perfekt mit Messer und Gabel zerteilte Stück Bruschetta in den Mund.

»Ist Ihnen nicht gut? Sie sind so blass«, fragte er und schob seinen Stuhl zurück.

»Bestellen Sie mir einen Espresso, ja?«, bat Geraldine. Sie drängelte sich zwischen den Tischen durch, und spürte, dass Kowalski ihr nachblickte.

Im Waschraum spritzte sie sich kaltes Wasser ins Gesicht und kühlte mit einem Papiertaschentuch ihren Nacken. Sie erschrak, als sie im Spiegel ihr bleiches Gesicht sah. Ihre Augen hatten einen fiebrigen, gequälten Glanz. Alles drehte sich, und sie stützte sich einen Moment am Waschbeckenrand ab. Sie fragte sich, was sie hier eigentlich mit Kowalski tat. Doch nach der Begegnung mit Stronchetti war sie froh über seine Gesellschaft. Obwohl seine Arroganz sie reizte. Sie sehnte sich nach einer zärtlichen Geste von ihm; sie wollte die Verletzlichkeit und Sanftheit zum Vorschein bringen, die sie hinter dieser zynischen Fassade vermutete. Einen Augenblick lang drängte sich Richards Gesicht vor ihre Träumerei. Sie schob es beiseite. Etwas unbehaglich dachte sie daran, dass sie ihr Handy gleich ausgeschaltet hatte, als sie in die Trattoria gekommen waren. Sicher hatte er schon versucht, sie zu erreichen.

*

»Und? Geht es?« Caselli sah besorgt zu Scurzi hinüber. Die Trillerpfeifen des Demonstrationszuges der Metaller, die mit roten Manifesten und Spruchbändern auf dem Corso Vittorio Emanuele II. marschierten, verebbten. Piazza Navona wirkte wie eine friedliche Oase.

»Kein Problem, Commissario«, sagte Scurzi und schleppte gut gelaunt den sperrigen Karton.

»Dass die auch ausgerechnet heute demonstrieren müssen«, nörgelte Caselli.

»Ist doch egal«, meinte der Sergente. »Wo steht denn nun gleich Ihr Wagen?«

»Ecke Via dei Coronari.«

»Da ist doch auch striktes Halteverbot«, erinnerte sich Scurzi.

»Der Vigile hatte ein Einsehen«, erklärte Caselli. »Tut mir leid, dass Sie warten mussten. Der Lungotevere war blockiert.«

»Macht nichts, ich habe mich solange in dem Geschäft umgesehen. Francesco, mein Ältester, wird nächsten Monat acht. Ständig liegt er mir in den Ohren mit diesen Computerspielen«, erzählte Scurzi und blieb stehen. »Ach, halten Sie doch mal«, sagte er zu Caselli. »Ich muss eben die Pistole woanders hinstecken.« Er übergab den großen Karton, und Caselli wankte. Scurzi nahm die Waffe aus dem Halfter und überlegte, wo er sie sicher unterbringen konnte. Auf Casellis Stirn bildeten sich Schweißperlen. »In die Hosentasche ist schlecht, oder?«, fragte Scurzi.

»Sie können sie mir geben, solange …« Casellis Stimme klang gequetscht.

»Ja? Also, dann … Moment, wie machen wir das denn … am besten so rum … Sie nehmen die Pistole und ich den Drucker … nee, Moment, den Karton darüber … so, ja.«

Caselli machte einen Schritt nach vorn und rammte Scurzis Kinn.

»Können Sie jetzt die … mein Gott, ist die Verpackung unhandlich«, sagte Scurzi und rieb sich die Wange.

»Stecken Sie Ihre Dienstwaffe in meine Jackentasche, und nehmen Sie dann den Karton! Na bitte …« Caselli atmete angestrengt durch. »Geht's?«, fragte er nach und strich sich mit dem Handrücken über die Stirn. Er hatte die Ecke zur Via del Rinascimento erreicht und wollte die Straße überqueren.

»Ach, Bambi!« Scurzi hatte vor dem Spielwarenladen haltgemacht. Caselli machte kehrt und stellte sich auch vor die Auslage. Ein gigantischer Plüschhirsch mit weißen Punkten und Geweih blickte aus starren Augen mit langen Wimpern.

»Da schau an!«, sagte Caselli, und dann entdeckte er den schwarzen Panther, fast so groß wie ein Pony. Er stieß Scurzi mit dem Ellenbogen an. »Öh!«

Scurzi nickte. »So große Stofftiere gibt es nur in diesem Geschäft an der Piazza Navona. Was meinen Sie, wie oft ich als kleiner Junge hier gestanden habe! Aber so was bekommt man natürlich nie zu Weihnachten, der passt ja gar nicht in eine normale Wohnung. Da müssen Sie schon ein Kinderzimmer haben wie im Palazzo der Doria-Pamphili.«

»Doria wie Andrea Doria?«, fragte Caselli, römische Patrizierfamilien waren ihm nicht geläufig.

»Ja«, sagte Scurzi. »Wir waren neulich mal wieder dort, mit den Kindern, wir machen jeden Sonntag einen

Ausflug. Die Gemäldegalerie ist wirklich sehenswert und die Räume der Familie erst ... was machen Sie denn immer sonntags?«, fragte Scurzi über den Rand des Kartons.

»Abends treffe ich mich mit Freunden in einer Trattoria in der Via dei Pettinari«, antwortete Caselli, während sie weitergingen. »Sie interessieren sich sehr für Kunst, nicht wahr?«

»Ja«, antwortete Scurzi. »Nach der Schule hatte ich mich in der Akademie eingeschrieben, in der Via Ripetta.« Scurzis Stimme sackte ab. »Eigentlich wollte ich ...« Er sagte nichts mehr.

»Ja, Signorina Flavia hat da mal was erwähnt. Sie wollten Künstler werden«, sagte Caselli.

»Bildhauer ... «, sagte Scurzi leise, »aber davon kann man ja nicht leben."

»Die Trattoria ist nicht weit von hier. Wenn Sie wollen, können wir gleich dorthin. Liegt nur ein paar Straßen weiter.

»Gute Idee, ich könnte wirklich was vertragen, Commissario.«

Sie waren endlich an seinem Fiat Punto angekommen und verstauten den sperrigen Karton mit Seufzern der Erleichterung im Kofferraum.

»Das wäre erledigt!« Caselli schlug den Kofferraumdeckel zu und holt seinen Schal aus dem Wagen. Dann machten sie sich auf den Weg in die Via dei Pettinari.

Als sie die kleine, gemütliche Trattoria betraten, begrüßte Giovanni sie freudig. Caselli stellte ihm seinen Assistenten vor. Es war früher Abend und nicht viel los. Ein paar Männer spielten Karten weiter hinten, und an einem Zweiertisch saß ein Mann Mitte dreißig mit dunklem, welligem Haar und starrte aus dem Fenster. Caselli studierte auf der Karte gerade die Pizza-Variationen, als aus der Damentoilette jemand trat, der seine Aufmerksamkeit sofort fesselte. Es war diese Violinistin, Signorina Dvorsky. Er beobachtete, wie sie zu dem Tisch in der Ecke ging, wo der Mann ihr entgegenschaute. Caselli rückte seinen Stuhl so, dass er die beiden unauffällig im Blick hatte.

*

Als Kowalski sie kommen sah, stand er auf und schob ihr den Stuhl zurecht. »Alles in Ordnung?«

Geraldine nickte und trank hastig einen Schluck Espresso, der bereits serviert worden war. Sie verzog das Gesicht und griff nach der Zuckerdose. »Welches Hotel haben Sie eigentlich für mich ausgesucht?«

»Eins ganz hier in der Nähe.«

»Wie heißt es denn?«

»Luna.«

»Was? Sind Sie verrückt geworden?«, rief Geraldine empört. »Das ist doch eine Absteige!«

»Woher wollen Sie das denn wissen?«

»Das weiß man eben. Hier im Viertel findet man fast nur Stundenhotels.«

»Ich kenne mich da nicht so aus. Es wirkte wie ein normales Hotel.«

»Sie kennen sich nicht aus? Sie wohnen doch in der Via Giulia.«

»Das haben Sie sich aber gut gemerkt.«

»Genau.«

»Es ist ja nur für eine Nacht.«

»Ich gehe da nicht hin.«

»Dann werden Sie Ludovica aus dem Schlaf klingeln müssen.«

»Sie haben wohl eine Privacy-Phobie, keiner darf über Ihre Schwelle?«

»Was soll denn das … wollen Sie etwa mit zu mir nach Hause?«

»Warum nicht?«

»Welche Arie wird Ihr Opernsänger anstimmen, wenn Sie ihm das erzählen?«

Geraldine stellte die Tasse zu energisch ab und verschüttete dabei den Espresso. »Was zwischen mir und Richard ist, geht Sie überhaupt nichts an.« Sie versuchte mit einer Serviette den Kaffee aufzutrocknen.

Kowalski beobachtete sie ruhig. »Soll ich Ihnen noch einen bringen lassen?«

»Nein, danke.«

»Wirklich nicht?«

»Ich würde einfach gern Ihre Wohnung sehen.« Sie war fast erschrocken über ihre eigene Verve.

»Dazu wird sich irgendwann mal die Gelegenheit bieten.«

»Auf einen Espresso, und dann bringen Sie mich in die Absteige.«

»Also …« Kowalski zögerte.

Geraldine nahm einen letzten Anlauf. »Wollen Sie nicht wissen, welch umfassende Problemlösung mir Ihr Dr. Friedbaum dank seines profunden, psychoanalytischen Sachverstands bereits nach vier Sitzungen mit untrüglichem Gespür für die Konstellation der Begebenheiten angeraten hat?«

Kowalski gab sich geschlagen. Geraldine sah es mit Erleichterung. Sie wollte nur eins: Diese Nacht mit ihm verbringen, seine Arme um sich spüren, und diese Sehnsucht war so stark, dass ihr in diesem Moment alles andere egal war.

22

Die schwere Wohnungstür fiel hinter ihnen ins Schloss. Kowalski blieb im Dunkeln stehen. „Na, es war doch eine gute Idee, noch ins Kino zu gehen und einen kleinen Spaziergang anzuschließen. Bei mir ist es derzeit nicht gemütlich."

»Machen Sie kein Licht an?«

»Ich hatte heute Nachmittag einen Kurzschluss. Morgen kommt ein Elektriker.«

»Haben Sie keine Kerze im Haus?«

»Nein.«

Sie erkannte eine Fensterfront mit mehreren Nischen und deckenhohen, sechsfach unterteilten Renaissancefenstern. Kowalski zog seinen Mantel aus.

»Wollen Sie nicht ablegen?« Er warf ihre Lederjacke auf einen Sessel. Durch ein Fenster schien ein breiter, heller Mondstrahl. »Wenigstens brennen die Straßenlaternen, sonst wäre es hier komplett finster. Ich weiß nicht, ob Sie darauf geachtet haben, wir haben hier noch alte Gaslampen aus dem vorigen Jahrhundert.«

Es war frostig.

»Geht die Heizung auch nicht?«, fragte Geraldine und legte die Hand auf den kalten Heizkörper unter dem Fenster.

»Ich kann Sie immer noch ins Luna bringen«, meinte Kowalski.

»Ein Hotel wie das Luna verfügt nicht über so etwas wie eine Heizung.«

»Meinen Sie? Es ist in jedem Fall eine riskante Sache, dass Sie hier sind.«

»Wieso denn?«

»Na, ich denke da zum Beispiel an Ihren britischen Othello.« Geraldines Gesicht verfinsterte sich, aber er hielt ihrem Blick stand. »Und ich möchte auch kein Adele-Hugo-Opfer werden. Hat sie den armen Kerl nicht bis nach Westindien verfolgt?«

»Ach, da brauchen Sie keine Sorge zu haben.«

»Nein? Und warum nicht?«

»Sie sind nicht mein Typ. Sie gehören zur anderen Kategorie.«

»Wie viele Kategorien kennt Ihr System denn?«

»Zwei.«

»Aha, und worauf bezieht sich die Einteilung?«

»Auf den männlichen Körper.«

»Offenbar ist es derart trivial, dass Sie sich genieren, es auszusprechen.«

»Ja.«

»Nun … sagen Sie schon.«

»Also, in die eine Kategorie gehören Männer mit einem Torso wie Michelangelos David, also glatt. Und dann eben die andere, na ja, Sie wissen schon …«

»Und welche ist Ihnen lieber?«

»Die … die andere.«

»Artikulieren Sie sich immer so gehemmt?«

»Entschuldigen Sie, ich glaube, ich habe ein wenig zu viel Rotwein getrunken«, sagte Geraldine und versuchte das Thema zu wechseln.

»Ist das empirisch fundiert? Wozu gehöre ich?«, hakte Kowalski nach.

»Ich nehme an, zur ersten.«

Er lehnte sich mit dem Rücken an den Wandpfeiler. Ein Mondstrahl erhellte sein weißes Hemd. Er öffnete die obersten Knöpfe. »Kommen Sie näher.«

»Was soll denn das?«, fragte sie unsicher.

»Jetzt kommen Sie schon her!«

Sie machte einen Schritt auf ihn zu. Er fasste sie am Arm und zog sie mit einem Ruck an sich heran. »Prüfen Sie es nach. Lassen Sie Ihre Hand da, und sagen Sie mir, was Sie spüren.« Er bog seinen Kopf gegen die Mauer.

Geraldine zögerte, dann knöpfte sie das Hemd auf. Als ihre Lippen ihn berührten, zuckte er zusammen. Sein Kinn streifte flüchtig ihr Haar. Er fasste sie an den Schultern.

»Ich mache uns Tee und … hole ein paar Decken.« Er war bereits auf dem Weg in die Küche. »Sie können auf der Ottomane schlafen. Malve, Pfefferminz, grünen Tee?«, rief er im Hinausgehen. »Na, ich weiß schon … Pfefferminz!«

Das Sofa war mit schwerem Brokat bezogen, eines dieser Exklusivmodelle, in denen man einsank und beim Aufstehen eine Mulde hinterließ. Der Mond schien hell durch die Fensterscheiben. Geraldine setzte sich und hauchte ihre kalten Finger an. Nach ein paar Minuten kam Kowalski mit zwei Bechern wieder. Er warf ihr einen weichen Pullover zu.

»Hier, ziehen Sie den an.« Dann schob er einen großen quadratischen Puff vor das Sofa, legte die Füße hoch und breitete eine Decke aus. Geraldine hatte die Pulliärmel bis über die Fingerspitzen gezogen und wärmte ihre Hände an der Tasse. »Schon besser, nicht?«, fragte er.

»Sie haben ja unglaublich hohe und große Räume«, sagte sie. »Ich konnte überhaupt noch nicht feststellen, wo der Raum hier endet. Es ist ja eigentlich mehr ein Saal.«

»Ja, schwer zu heizen, auch wenn die Heizung nicht defekt ist«, sagte Kowalski unerwartet locker. »Jetzt kommen Sie schon ein bisschen näher. Ich beiße nicht, wie es so schön heißt.« Er hielt seinen Arm ausgebreitet und schob mit dem Knie die Decke hoch. »Oder wollen Sie sich eine Erkältung holen?« Geraldine stellte ihre Tasse auf die Ablage hinter dem Sofa. »Geht es mit der Hand?«

»Sprechen wir von etwas anderem.«

Der Mond strahlte durch die Fenster. Kowalskis weißes Hemd war noch offen.

»Wie schön Sie sind«, flüsterte sie und wünschte gleich darauf, sie hätte nichts gesagt.

»Ich sehe schon, unser Gespräch wird heute Abend keine intellektuell vertretbare Ebene mehr erreichen«, bemerkte Kowalski und trank einen Schluck aus seinem Becher.

»Sie müssen viel Sport getrieben haben«, sagte Geraldine. Bemüht, die Konversation in geregelte Bahnen zu lenken.

»Ich war bei der Armee, ich hatte mich auf einige Jahre verpflichtet.«

»Ich kann Sie mir gar nicht vorstellen, wie Sie durch den Schlamm robben …«

»In der Wüste gibt es keinen Schlamm.«

»Wo waren Sie stationiert?«

»In Marokko.«

»Ach? Arabien, Alchimie, Algebra, Astronomie, Medina, Mekka und die Fremdenlegion«, assoziierte Geraldine. »Stellen Sie Gold her? Stehen in Ihren Gemächern verstaubte Phiolen, in denen bunte Flüssigkeiten blubbern? Studieren Sie um Mitternacht die Kabbala und die finsteren, enigmatischen Geheimwissenschaften der Templer und Rosenkreuzer?«

»Na, haben Sie jetzt alle Gemeinplätze beieinander? Die Ottomane steht da drüben, versuchen Sie zu schlafen …«, sagte Kowalski abrupt.

Geraldine lag auf den Ellenbogen gestützt und schwieg.

»Frieren Sie noch?«

»Geht schon.«

»Hier«, sagte er und gab ihr noch eine Decke.

»Ich gehe mal kurz ins Bad.«

»Ja, ja …«, antwortete er abwesend. »Links, den Korridor entlang … na, Sie werden es schon finden.«

Eine Wolke verdunkelte den Mond. Irgendwo tickten Standuhren. Ein Wagen hielt vor dem Haus, Leute lachten, und Autotüren schlugen zu. Geraldine erwachte aus dem Halbschlaf, die Leuchtziffern ihrer Uhr zeigten kurz nach halb drei. Der Mond war ein Fenster weitergewandert und tauchte Kowalski in fahles Licht. Er schlief, den Kopf zur Seite geneigt, die Schultern an das Polster gelehnt, das Hemd noch offen. Ein Arm lag malerisch über der Lehne. Sie erkannte den Dreitagebart, das dunkle Haar. Sein Oberkörper reflektierte das Mondlicht, als wäre er aus Marmor.

Er würde sich eine Lungenentzündung holen.

Sie stand auf. Das Plaid lag am Boden, neben seinem Arm. Sie ging in die Hocke, es aufzuheben. Doch dann blieb sie, wie gebannt von seiner Nähe, am Boden knien, den Kopf gegen das Seitenteil gestützt.

Seine Hand griff in ihr Haar, strich sanft über ihren Hals … das erste Mal, dass er sie bewusst berührte, die erste Zärtlichkeit, die sie seit Langem erfuhr. Sie hielt ihre Wange gegen seine Hand und weinte. Er zog langsam ihr Kinn hoch. Sie blickte ihn an. Der Mond erhellte nur einen Teil seines Gesichts. Eine leichte, gebieterische Kopfbewegung.

*

Sie spuckte ins Waschbecken.

Als sie ins Zimmer zurückkam, beschien der Mond eine lange Konsole vor zwei Fensternischen. Verschieden hohe

Obelisken und nach Durchmesser auf Holzständern geordnete Marmorsphären schimmerten im fahlen Licht.

Kowalski lag im Dunkeln. Sie ging an eines der Fenster und schaute auf die Straße. Der Wind wehte welke Platanenblätter über das Pflaster. Ein gelbes Taxi fuhr vor und hupte.

»Es ist für Sie …«, hörte sie Kowalskis Stimme hinter sich.

Geraldine starrte hinunter. Es war kurz nach drei Uhr morgens. Der Bahnhof Flaminia war zu, die Bars geschlossen. Nobeldiskotheken würden sie nicht hineinlassen. Außer Pennern, Prostituierten und Vergewaltigern war um diese Zeit niemand auf der Straße. Der erste Frühzug ging um halb sechs. Den Bruchteil einer Sekunde überlegte sie, ob sie Kowalski bitten sollte, bleiben zu dürfen.

»Sie haben mich sicher verstanden«, setzte er nach.

In diesem Moment kam ihr ein Gedanke. Sie drehte sich abrupt um, packte ihren Mantel, durchquerte den Salon und öffnete mit einem Ruck die schwere Wohnungstür. Die Treppenhausbeleuchtung warf Licht auf die portugiesische Konsole neben dem Eingang. Ihre Handtasche lehnte an einem massigen Konsolbein aus dunklem Holz, das mit geschnitzten Löwenpranken und messingfarbenen Beschlägen verziert war. Geraldine hob sie auf und blickte flüchtig in den venezianischen Spiegel, den ein wuchtiger Goldrahmen fasste.

Der Lichtstrahl traf einen Dolch mit einem geflochtenen, roten Lederriemen, der auf der Konsole lag. Das blanke Metall der zum Halbmond gebogenen Klinge reflektierte winzige sternförmige Blitze.

Sie hastete in das Taxi, streifte erst auf dem Rücksitz ihren Mantel über, den Schal noch in der Hand.

»Ma che ha fretta?«, meinte der römische Taxifahrer in einer Mischung aus lakonischem Zynismus und Anteilnahme. »Wohin, Signorina?«

»Via della Conciliazione! Zum Auditorium.«

*

Geraldine zahlte und stieg aus. Sie warteten in Autos, standen im Freien in Grüppchen zusammen, reichten Thermosflaschen herum und hielten weiße Plastikbecher in der Hand. Das kleine Heer der Musikbesessenen, die sich die Nacht um die Ohren schlugen, um am Morgen, wenn die Kasse des Konzerthauses öffnete, als Erste an der Reihe zu sein und eine der wenigen auf dem freien Markt verfügbaren Karten zu ergattern. »Da vorne, Carlos … der im roten Parka«, rief ihr einer zu. Sie nickte und ging weiter.

»Vierundneunzig, sorry, bist spät dran«, sagte der junge Mann und gab ihr einen Zettel.

»Passt schon«, sagte sie.

»Willste 'nen Kaffee?«, fragte eine Rothaarige mit Pudelmütze.

»Ja, gern«, nickte Geraldine.

»Welche Nummer?«

»Vierundneunzig.«

»Na, vielleicht hast du Glück, es sollen noch hundert Plätze frei sein. Bei Muti hat man fast nie eine Chance.«

»Kommt ganz darauf an«, murmelte Geraldine halblaut und hielt ihre Umhängetasche krampfhaft umklammert.

Ihre Einsamkeit umgab sie wie eine Rüstung, die ihr die Luft abschnürte, die sie umklammert hielt wie eine Hand, die sich immer enger um sie schloss.

23

Es roch streng nach Desinfektionsmittel. Der Pathologe zog das Leintuch zurück. Caselli sah den eleganten, älteren Herrn, den er gut kannte, reglos auf die Leiche blicken und dann nicken. »Ja, das ist Federico. Es ist mein Sohn.« Dann nahm er seine Brille ab und wischte sich mit einem Taschentuch über die Augen.

Caselli trat zu ihm. »Es tut mir leid, Fulvio, aber es musste sein.« Er fasste seinen Freund sacht am Arm.

»Ich weiß … Alessandro, ich weiß«, sagte Fulvio gefasst. »Gibt es schon eine Spur?«, fragte er und steckte das mit seinem Monogramm versehene Taschentuch wieder ein.

»Nein. Wir wissen nur, dass er erstochen wurde. Die Mordwaffe hat man noch nicht gefunden. Die Befunde der Gerichtsmedizin und Spurensicherung werden am späten Nachmittag vorliegen. Es ist unweit der Philharmonie passiert, am Fuße der Engelsburg.«

»Ja«, sagte Fulvio. »Ich hatte Federico gebeten, mir Karten für das Muti-Konzert zu besorgen. Eine … Bekannte hatte den Wunsch geäußert, das Konzert zu besuchen. Pressekarten gab es keine mehr. Aber Federico meinte, er wüsste, wie er an Karten käme … es gibt da Musikfans, die die ganze Nacht vor der Philharmonie warten. Er wollte sich darum kümmern.

»Fulvio, könnte irgendjemand ein Interesse an Federicos Tod gehabt haben? Jemand, dem er mit seinen Kritiken zugesetzt hat, eine Erzfeindschaft, ein Konkurrent in der Feuilletonredaktion?«

Der Pathologe schob die Leiche Federico Stronchettis in den dunklen Schacht des Kühlfachsund verriegelte die Klappe. Caselli nickte dem Pathologen zu und ging mit Fulvio Richtung Ausgang. Fulvio holte noch einmal das Taschentuch hervor, um sich zu schnäuzen.

»Dieser englische Bassbariton aus Tosca hat mal angerufen. Ich war am Apparat, und er hielt mich zuerst für Federico. Er tobte vor Wut und sagte immer wieder, was mein Sohn da betreibe, sei Rufmord. Ich würde das, jedoch, nicht überbewerten, Alessandro. Das ist harmlos, so was kommt ab und an mal vor.«

Caselli sah ihn aufmerksam an und nickte.

»Viel schlimmer ist: Federico erwähnte mir gegenüber, er fühle sich verfolgt. Ich habe es seinen angespannten Nerven zugeschrieben und nicht weiter ernst genommen, leider. Das mache ich mir jetzt bitter zum Vorwurf.«

»Wann war das?«, hakte Caselli nach.

»Vor ein paar Tagen, genau kann ich das nicht mehr sagen«, antwortete Fulvio.

Caselli kam die Erinnerung an die unschöne Szene, die er kürzlich in den Nachrichten gesehen hatte.

»Was ist mit diesem Dirigenten, der ihn öffentlich vor laufenden Kameras beschimpft hat?«

»Franceschini?«

»Ist das so weit hergeholt?«

»Im Gegenteil, es ist zu ...«, Fulvio Stronchetti suchte nach dem richtigen Ausdruck, »zu naheliegend. Er hängt doch an diese Negativ-Publicity jetzt nicht auch noch einen Mord dran.«

Caselli nickte. Fulvio hatte da wohl recht.

»Außerdem ...«, Fulvio runzelte die Stirn, »kann ich mir David einfach nicht als Mörder vorstellen. Er ist zu sehr mit sich selbst beschäftigt, um aus Rachegefühlen für einen anderen Menschen so etwas zu tun.«

Caselli horchte auf. »Worum ging es noch mal bei diesem Vorfall auf der Pressekonferenz?«

»David konnte Federico diesen Unfall nicht verzeihen. Du erinnerst dich, er war mit der Dvorsky unterwegs. Ihm ist so gut wie nichts passiert, aber ihr Handgelenk wurde in Mitleidenschaft gezogen. Sie wird nie wieder richtig spielen können.«

Caselli erinnerte sich jetzt daran. Wieder sah er Geraldine Dvorsky vor sich, wie sie auf diesen hageren Enddreißiger in Giovannis Trattoria eingeredet hatte und dann mit ihm weggegangen war.

»Sie hat Franceschini wegen Federico verlassen?«

Fulvio nickte. »Ja, ich hatte Federico deswegen gleich gewarnt, aber nein, was Frauen angeht, ist er ein großer Kindskopf. Was er sieht, muss er haben. Und wenn er damit David noch eins auswischen konnte, umso besser.« Fulvio machte ein bekümmertes Gesicht, während Caselli sich insgeheim fragte, ob da nicht eine gewisse Erbanlage im Spiel war. Doch er schob den Gedanken sofort als unpassend weg, und wartete, bis Fulvio weitersprach:

»Nach dem Unfall machte er sich große Vorwürfe und kam damit zu mir. Er wollte meinen Rat. Er wusste nicht, was er tun sollte.«

»Und was hast du ihm geraten?«, fragte ihn Caselli, während sie die kahlen Gänge der Gerichtsmedizin entlangliefen. Fulvio blieb stehen und wartete, bis Caselli auf den Aufzugknopf gedrückt hatte.

»Ich habe ihm geraten, sich zu trennen. Ich sagte ihm, er habe sich nichts vorzuwerfen. Es war ein bedauernswerter Unglücksfall, aber deshalb brauche er nicht seine ganze Existenz dem Unfallopfer zu widmen. Wahrscheinlich hätte sie auch Geldforderungen gestellt, und er hätte sein Leben lang zahlen dürfen. Ich riet ihm, sie nicht mehr wiederzusehen. Und soweit ich weiß, hat Federico sich an meinen Rat gehalten.«

Der Aufzug öffnete sich vor dem Hauptportal. Sie gingen hinaus in die kühle Abendluft, und Caselli zog seinen Schal enger.

»Du meinst, sie hat sich gerächt?«, fragte Fulvio und blieb einen Augenblick auf der obersten Stufe der breiten Treppe stehen. »Im Grunde kann ich es mir nicht vorstellen, sie wirkte jung, sensibel. Andererseits ... sie könnte jemanden beauftragt haben, oder ein fanatischer Fan wollte sie rächen, alles denkbar. Auf jeden Fall solltest du mit ihr sprechen. Ich weiß allerdings nicht, wo sie sich jetzt aufhält. Aber du kannst David fragen. Vielleicht kann er dir weiterhelfen.«

»Das werde ich tun«, antwortete Caselli. »Meinst du, er liebt sie noch?«

Fulvio überlegte, dann schüttelte er den Kopf. »Ich glaube nicht, dass er diesem Mädchen jemals verzeihen wird, dass sie einen anderen ihm vorzog.«

Caselli nickte wieder. Dann blickte er auf und deutete auf einen Polizeiwagen, der hinter seinem Fahrzeug stand. »Soll ich dich nach Hause bringen lassen? Du bist sicher nicht in der Lage zu fahren.«

»Nein, lass nur, ich werde abgeholt«, antwortete Fulvio und drückte Caselli die Hand.

Caselli warf einen kurzen Blick in den Spider, der am Bordsteinrand wartete. Hinter dem Steuer leuchteten rote Locken. Bevor er den Verschlag öffnete, wandte sich Fulvio noch einmal um. »Ich sehe dir an, dass du meinen Ratschlag nicht billigst, Alessandro ... aber glaub mir, ich wollte nur das Beste für meinen Sohn.«

Caselli lächelte mühsam und hob die Hand zum Gruß. Fulvio stieg ein, und die Rothaarige lenkte den Wagen in den dichten Verkehr des Lungotevere.

24

Als Caselli ins Büro zurückkehrte, fand er es leer vor. Scurzi wurde wohl wieder von den Tücken seines Alltags als Großfamilienvater aufgehalten. Nun, er hatte ihn wochenlang selbstständig vertreten und das sehr gut. Und er hatte ihn auch entsprechend belobigt. Caselli nahm sich eine der Akten vor, die sich auf seinem Schreibtisch stapelten, und machte sich daran, sie durchzuarbeiten. Immer wieder schaute er dabei ungeduldig auf die Uhr. Schließlich griff er zum Hörer und wählte die Nummer der Gerichtsmedizin.

»Paolo? Caselli hier, liegen die Befunde im Fall Stronchetti inzwischen vor?«

Er hörte ein vielsagendes Räuspern und sah vor sich, wie Paolo sich angelegentlich auf seinem Holzdrehstuhl zurücklehnte und eine konzentrierte Miene aufsetzte.

»Ja, ich habe schon was. Er ist mit einer etwa zwanzig Zentimeter langen Stichwaffe getötet worden, die in seinen Rücken gestoßen wurde und sein Herz durchbohrt hat. Die Tatwaffe ist, obwohl eine Polizeimannschaft jeden Zentimeter um Engelsburg und Umgebung abgegrast hat, nicht aufgefunden worden. Die Todeszeit liegt zwischen drei und vier Uhr morgens.«

»Danke, Paolo. Irgendetwas Außergewöhnliches?«

An der wohlgesetzten Pause, die nun folgte, erkannte er, dass Paolo auf diese Frage gewartet hatte. »Nun, es gibt da schon etwas Außergewöhnliches. Die Tatwaffe war kein Messer, dafür sind die Verletzungen zu untypisch. Vermutlich handelte es sich … um eine Art arabischen Dolch.«

Caselli schüttelte den Kopf. Ein Dolch. Die Morde wurden heutzutage immer theatralischer.

»Hätte es eine Frau tun können«, er zögerte, »… mit einer Hand?«

»Wenn die Klinge scharf genug ist, braucht es keine so große Kraftanstrengung, um zuzustoßen. Ja, es hätte auch eine Frau tun können, vermutlich sogar mit einer Hand.«

Nachdem Caselli aufgelegt hatte, starrte er lange blicklos auf die Platte seines Schreibtischs. Er schrak auf, als sich die Tür öffnete und ein erhitzter Scurzi hereinstürzte.

»Tut mir leid, Commissario, zu Hause geht alles drunter und drüber …«

Caselli winkte ab. Er legte keinen Wert darauf, sich Scurzis häusliche Geschichten anzuhören.

»Schon gut, Sergente. Machen Sie bitte die Nummer von Geraldine Dvorsky ausfindig.«

»Die Violinistin, mit der Stronchetti ein Tête-à-tête hatte?«

»Genau. Sie können bei David Franceschini ansetzen, dem Dirigenten. Er kann Ihnen sicher weiterhelfen.«

*

»Pronto?«

»Signorina Dvorsky?«

»Ja.«

»Hier spricht Commissario Caselli von der römischen Mordkommission. Ich hätte ein paar Fragen an Sie.«

Geraldine brauchte ein paar Momente, bis sie antworten konnte. »Worum geht es?«

»Das würde ich Ihnen gern persönlich sagen. Wäre es Ihnen möglich, in der Questura vorbeizukommen?«

»Ich sehe dazu keine Veranlassung«, antwortete sie kühl. »Sagen Sie mir, worum es geht.«

»Sie kannten Federico Stronchetti, nicht wahr?«

»Ja.«

»Sie waren mit ihm liiert … bis zu dem tragischen Unfall.«

»Sie wissen gut Bescheid, Commissario.«

»Er wurde in der Nacht vom fünften auf den sechsten Januar ermordet. Man hat ihn mit einer Art orientalischem Dolch getötet. Leider weiß man noch nicht, wo er herstammen könnte, da man die Tatwaffe nicht gefunden hat.«

Geraldine wurde einen Moment schwindlig. Wie von einem Blitzschlag angeleuchtet, sah sie den Kumiat in Kowalskis Wohnung vor sich. Unwillkürlich hielt sie die Hand vor die Sprechmuschel. Dann atmete sie tief durch und sagte dem Commissario, sie werde am Nachmittag nach Rom fahren.

*

»Es freut mich, dass Sie sich doch entschlossen haben, mich aufzusuchen«, lächelte der Commissario und bot Geraldine Dvorsky einen Stuhl an. »Bitte, nehmen Sie doch Platz!« Er bemerkte, dass sie nervös war und dunkle Schatten unter den Augen hatte. Sie setzte sich. »Hier, sehen Sie, das sind die Bilder von der Leiche.« Er reichte ihr die Polizeifotos über den Tisch.

»Ich weiß nicht, ob ich die sehen möchte.«

»Gibt es dafür einen besonderen Grund?«

»Ich kann mir vorstellen, dass ein Mordopfer ein grauenvolles Bild abgibt. Warum soll ich mich damit belasten?«

»Bitte sehen Sie sich die Fotos an«, insistierte Caselli.

Sie nahm die Fotos und starrte lange mit unbewegter Miene darauf. Caselli beobachtete sie genau, aber in ihrem Gesicht war nicht die kleinste Emotion zu erkennen. Als sie aufsah, war ihr Blick verhangen.

»Sie denken, ich war es.«

»Waren Sie es?«

»Nein!«

»Wo hielten Sie sich gestern gegen drei Uhr morgens auf? Ich nehme an, Sie haben fest geschlafen und irgendjemand kann das bezeugen, nicht wahr?«

Geraldine Dvorsky presste die Lippen aufeinander und schüttelte den Kopf.

»Also, wo waren Sie?«

»In Rom.«

»Genau … und zwar in der Via della Conciliazione vor dem Auditorium. Einige der jungen Leute aus der Warteschlange vor der Philharmonie haben Sie wiedererkannt beziehungsweise eine Beschreibung abgegeben, die genau auf Sie zutrifft. Also geben Sie zu, dass Sie dort waren?«

»Ja.«

»So ein Zufall. Sehen Sie sich das Foto mal genauer an, da im Hintergrund, was sehen Sie da? Hier, nehmen Sie dieses Foto. Das ist die Engelsburg. Sie können die abgerundeten Mauern erkennen und die Statue ganz oben, sogar angestrahlt. Federico Stronchetti wurde unterhalb der Engelsburg ermordet, hundert Meter vom Auditorium entfernt. Sie befanden sich exakt zur Tatzeit am Tatort, Sie haben ein Motiv … ein starkes Motiv, nämlich Rache. Ihre Hand wurde bei dem Unfall, den Stronchetti verursachte, zertrümmert und …«

»Ich war es aber nicht!«, rief Geraldine Dvorsky außer sich und schlug mit der rechten Hand auf den Tisch. Eine ziemlich rabiate Geste für eine sensible Musikerin, fand Caselli. Er bemerkte, dass ihr der dunkelblaue Kaschmirpullover, den sie anhatte, viel zu groß war. Es war ein Herrenpullover.

»Na gut«, lenkte er ein. »Warten wir die weiteren Ergebnisse der Spurensicherung ab.«

Er sah, dass ihr Schweißtropfen auf der Stirn standen.

»Fühlen Sie sich nicht wohl, Signorina?«

»Entschuldigen Sie mich einen Moment, ich habe heute Morgen eine Tablette genommen, und ...« Sie erhob sich, wankte und lief hinaus.

Caselli sah ihr bestürzt nach.

Als sie wieder ins Zimmer trat, war sie leichenblass. Sie hatte anscheinend die Stirn unter den Kaltwasserhahn gehalten, eine feuchte Strähne hing ihr ins Gesicht, und die Maskara war verlaufen.

»Geht es Ihnen besser?«

Sie nickte.

Caselli erhob sich und öffnete das Fenster. »Noch eine Frage zum Abschluss, Signorina ...« Sie blickte ihn alarmiert an. »Halten Sie es für möglich, dass Maestro Franceschini den Kritiker umgebracht hat?«

»Aber nein, ganz und gar nicht.«

Sie schien erleichtert, und Caselli fragte sich, welche Frage sie befürchtet hatte. »David konnte Federico nicht ausstehen. Es gab da unbedeutende Reibereien wegen dieser Bildbandgeschichte und ... überhaupt«, sagte sie.

»Das stellt sich mir aber anders dar, denken Sie nur an die Pressekonferenz neulich in den Nachrichten. Das sah mehr nach Eifersucht und Hass aus!«

»Wie?«, fragte sie und sah auf.

»Haben Sie den Ausschnitt nicht gesehen? Er wurde vor etwa einer Woche in den Nachrichten gesendet.«

»Ich weiß nicht, was Sie meinen«, sagte Geraldine gereizt. »Ich habe David schon lange nicht mehr im Fernsehen gesehen.«

»Na gut, lassen wir das. Es ist nicht weiter wichtig«, brach Caselli ab.

»Die beiden mochten sich nicht, aber David nahm Federico nicht für voll. Er hätte ihn niemals umgebracht, schon gar nicht aus Eifersucht, Davids Gefühle sind egozentrisch. Er hat mich längst vergessen. Kann ich jetzt gehen?«

»Ja«, antwortete Caselli. »Verreisen Sie in der nächsten Zeit nicht. Wir werden Sie natürlich nach Hause bringen, und Sie sind dann sicher so freundlich und lassen die Herren einen Blick in Ihre Wohnung werfen. Nein, ein Durchsuchungsbeschluss liegt nicht vor, aber ich komme Ihnen ja auch entgegen, nicht wahr, Signorina Dvorsky? Von Rechts wegen könnte ich Sie hier festhalten.«

Als sie mit kühlem Gruß hinausging, fixierte Caselli noch einmal den Pulli, der um ihren mageren Körper schlotterte. Unter dem Mantel fiel das jedoch kaum auf. Der Pullover war schlicht und von einem strengen Blauschwarz, und Caselli hätte zu gerne gewusst, von wem sie ihn ausgeliehen hatte, wahrscheinlich von dem Enddreißiger mit dem melancholischen Gesicht aus der Trattoria. Die beiden hatten vertraut gewirkt.

Wieder allein in seinem Büro, trommelte er unzufrieden mit den Fingerkuppen auf die Tischplatte. Wenn er es recht bedachte, hatte er sich zu ruppig verhalten und sich bei der jungen Musikerin im Ton vergriffen. Er hatte sie härter angefasst, als nötig gewesen wäre. Das tat ihm jetzt leid. Es entsprach so gar nicht seiner Art. Doch gestern war Vice-Questore Ruggiero Di Verdacchiano, braun gebrannt und um einige Kilo leichter, aus der Rekonvaleszenz zurückgekehrt. Ausgerechnet an dem Morgen war Caselli nicht pünktlich am Platz gewesen. Er hatte im Mordfall Stronchetti die halbe Nacht vor der Engelsburg verbracht und um acht Uhr morgens tapfer den vereinbarten Zahnarzttermin wahrgenommen. Als er dann um elf Uhr, nicht in bester Verfassung, in der Questura erschien, bedachte ihn Signorina Flavia mit einem herablassenden Lächeln, schwang ihren Minirock, der offenbar aufgrund des besonderen Anlasses noch kürzer war als sonst, lässig durch das Büro und öffnete Di Verdacchianos Tür. »Commissario Caselli ist endlich da!«, hatte sie gerufen und Caselli ins offene Messer laufen lassen. Es war ihm klar, dass die Aufklärungsrate der Fälle, die er bearbeitete, in letzter Zeit zu wünschen übrig ließ, doch Di Verdacchianos Kommentar dazu entbehrte jeglichen Verständnisses für die Sachlage und glich einer Abkanzelung. Am schlimmsten hatte Caselli der Satz getroffen: Der Schlendrian, wie man ihn da unten im Süden kenne, habe nun ein Ende. Er sah rot, wenn jemand vage Andeutungen über seine Abstammung machte. Versetzung aufgrund der Verdienste im Dienste der Italienischen Republik, hieß es offiziell. Die wahren Gründe kannten wenige. In den eineinhalb Jahren, die er nun in Rom war, hatte er sich selbst Scurzi gegenüber nie dazu geäußert. Das Thema war ihm immer noch zu brisant. Er hatte in Modica einer ganzen Abteilung vorgestanden und war für zwanzig Männer verantwortlich gewesen. Nun musste er sich von einem Di Verdacchiano schulmeistern lassen und mit einem einzigen Sergente auskommen. Dass Scurzi sich förmlich zerriss und allen Verpflichtungen, die er sich aufgehalst hatte, nachzukommen, sah er zwar, aber das half ja auch nichts. Jetzt, wo Marcella hochschwanger war, wusste der arme Junge vor lauter Sonderschichten in der Pförtnerloge in der Via Paisiello überhaupt nicht mehr, wie er es anstellen sollte, noch einigermaßen regelmäßig zum Dienst zu erscheinen. Casellis vage Aussichten auf Beförderung waren mit Di Verdacchianos Rückkehr ebenfalls vom Tisch. An diesem Tag hätte er am liebsten alles hingeworfen.

25

Geraldine drehte ungeduldig an der Kordel des Telefonhörers. Das Gespräch mit Richard zog sich in die Länge. Im Grunde war alles gesagt. Sie würde morgen mit dem Zug zu seiner *Boris Godunow*-Premiere nach Florenz fahren. Alyra hatte sie bereits überredet gehabt, einmal zu den Proben zu kommen. Die Inszenierung war prachtvoll, und sie freute sich auch darauf, aber jetzt wollte sie ihre Ruhe und die CD zu Ende hören, die sie eingeschoben hatte, bevor Richards Anruf kam, und die im Hintergrund leise weiterspielte.

Richard war wie immer rührend um sie besorgt. »*Darling*, geht es dir wieder besser? Du weißt ja, es tut mir alles sehr leid für dich.«

»Ja, doch, danke, Richard.« Geraldine trat von einem Fuß auf dem anderen und blickte zur Decke.

»Ich rufe dich morgen nach der Generalprobe noch an, wegen der Karte.«

»Fein, bis morgen also.« Sie atmete auf.

»Geraldine?«

»Hm …?«

Richards Feingefühl sagte ihm, dass jetzt nicht der richtige Zeitpunkt war. Sie schien müde und abwesend. Er entschloss sich, das zu respektieren. Morgen würde er sie sehen, dann konnte er ihr von Angesicht zu Angesicht sagen, was er auf dem Herzen hatte. Er musste sich nur noch ein klein wenig gedulden. »Ach, nichts, *Darling*. Ich küsse dich«, sagte er sanft und zwang sich, nicht enttäuscht zu sein, als sie ihm nur mit einem knappen

Gruß antwortete. Wie gern hätte er ein liebes Wort von ihr gehört.

Geraldine legte auf und stellte die Musik wieder lauter. Plötzlich fühlte sie sich bleiern müde, und sie war sich nicht mehr sicher, ob sie die Zugfahrt nach Florenz schaffen würde. Im Grund war das alles doch sinnlos.

Jago war beim Trinklied … *innaffia ugola trinca tincanna … beva con me.* Sie stand unschlüssig vor dem Kamin herum. Dann ging sie ins Schlafzimmer und öffnete die Schranktür. Ganz hinten, im trüben Plastikschoner, hing ein Abendkleid. Geraldine nahm es heraus und warf es auf das Bett. Sie zog den Reißverschluss auf und strich mit der Hand über den glänzenden Stoff. Franceschinis Stimme hallte aus der Erinnerung zu ihr hinüber: »*Wie eine Göttin*«, und sie sah sein Lächeln. Schwarze Maskara tropfte auf meerblaue Seide. Sie rannte in die Küche und riss Papier von der Küchenrolle, um das Kleid zu retten, aber da war nichts mehr zu machen. Sie schnaufte und ging in den Wohnraum zurück. Das Telefon schrillte. Wer das sein mochte? Sie hatte keine Lust, jetzt mit jemandem zu reden. *Il mondo palpita quando il son brillo … non temo il ver …* Der Chor setzte ein. Geraldine schob den Lautstärkeregler noch etwas weiter nach oben. Cassio war bald besoffen. Jago hatte es geschafft. *Bevi, bevi! Andiamo ai baluardi … rido d'un ebbro.* Jago hetzte Cassio auf Montano. Das Telefon läutete, schriller und schriller … *Allarmi! Abbassa le spade!* Othello schaffte Ordnung. *Onesto, Jago, per quel amor che tu mi porti, parla …* Othello war erbost, weil Montano verletzt war … *Cassio non sei più Capitano!* Jago hatte gewonnen. Einsatz Celli. *Ah, nella notte densa, estinge ogni clamor.* Jetzt erzählten sie sich, wie sie sich getroffen hatten. Othello sprach vom Krieg, Desdemona von der Liebe. *Ingentilia di lacrime …* ›Du liebtest mich um meiner Leiden willen, ich liebte dich, weil du barmherzig warst‹. Nun wusste Othello, dass alles bald zu Ende sein würde. ›Die dunkle Zukunft meines Schicksals vergönnt mir nie mehr eine Stunde so heilig wie diese …‹ Die Plejaden versinken im Meer … V*enere splende!* Es war Federicos Lieblingsarie gewesen. Und nun war er tot. Hatte es das verdient? Sie schloss einen Moment die Augen. Sie rang mit sich, denn immer noch haderte sie, fühlte sich vollkommen unfähig weiterzuleben. Wenn er nicht auch noch gemein gewesen wäre, wenn er wenigstens gesagt hätte, es täte ihm leid … wenigstens gefragt hätte, ob …

Bei Jagos Credo schrillte das Telefon erneut.

Geraldine riss aufgebracht den Hörer von der Gabel. »Schluss jetzt! Ich will meine Ruhe haben!«

»Geraldine!«, rief Kowalski, bevor sie den Hörer aufknallen konnte. Sie hörte seine Stimme, und etwas in ihr krampfte sich schmerzhaft zusammen. Sie hatte seit jener Nacht letzte Woche nichts mehr von ihm gehört. Einmal hatte das Telefon geklingelt, aber es war Alyra gewesen, die sich mit ihr zum Mittagessen verabreden wollte. Geraldine hatte sich zusammenreißen müssen, sich die Enttäuschung nicht anzuhören zu lassen. »Was wollen Sie denn?«

Jago wetterte, die Hörner setzten ein.

»Stellen Sie doch die Musik leiser, man versteht ja kein Wort!«

»Ich will auch nichts hören! Gehen Sie aus der Leitung!«

Pianissimo im Orchester. Jago sinnierte, was nach dem Tode kommt, alles schwoll zum tosenden Crescendo. *Ecco* … ›Der Tod ist Nichts und das Jenseits ist Betrug!‹

»Sie stellen jetzt die Musik leiser!«

»Sie haben mir überhaupt nichts zu sagen!«

»Nur zwei Minuten, Geraldine.«

»Ich will nicht!«

»Nur bis zum *dammi la dolce parola del perdono* … bitte, Geraldine.«

»Was?«

»Wenn ich mich jemals gegen dich vergangen, sag mir ein Wort der Vergebung.«

»Sie kennen das Libretto?«

»Ja.«

»Moment.« Sie schob den Regler nach unten.

»Wie geht es Ihnen?«, fragte Rodolfo.

»Wie soll es mir schon gehen.«

»Das ist keine Antwort. Haben Sie irgendwas genommen?«

»Was soll ich denn genommen haben?«

»Na ja, Sie sind im Moment sehr labil.«

»Ich kann Sie beruhigen, ich habe keine Schlaftabletten mit Alkohol geschluckt. Ich habe so etwas gar nicht im Haus. Eigentlich habe ich nicht mal eine Karotte im Kühlschrank.«

»Also, Selbstmordgedanken hegen Sie keine, aber Sie vernachlässigen sich.«

»Wenn Sie meinen.«

»Ich habe es in der Zeitung gelesen. Wie kommen Sie damit zurecht?«

»Ich weiß nicht.«

»Othello war wohl Stronchettis Lieblingsoper?«

»Ich hasse es, wenn Sie mich als banal und kakulierbar hinstellen.«

»Ich habe nicht angerufen, um mich zu streiten. Brauchen Sie Hilfe? Was fühlen Sie?«

»Ich bin durcheinander. Und die Polizei glaubt, ich war's. Sie haben doch das Foto gesehen, in der Zeitung. Der Commissario meint, es sei ein Racheakt. Das macht mir Angst. Vielleicht sollte ich mir einen Anwalt nehmen, solange ich noch auf freiem Fuß bin.«

Kowalski lachte. »Aber, Geraldine, Sie werden auch auf freiem Fuß bleiben. Kein Polizeibeamter kann ernsthaft glauben, Sie wären in der Lage, einem erwachsenen Mann kaltblütig ein Messer in den Rücken zu stoßen.«

Geraldine überlegte krampfhaft, ob in der Zeitung gestanden hatte, dass Federico von hinten erdolcht worden war. Dann fasste sie sich ein Herz. Sie hörte, dass ihre Stimme zitterte, aber es gelang ihr nicht, ihren wilden Herzschlag zu bändigen. »Rodolfo, er ist nicht mit einem gewöhnlichen Messer ermordet worden. Es war eine Art Dolch ...«, sie zögerte und entschloss sich dann, aufs Ganze zu gehen, »vielleicht ein Kameltreiberdolch.«

Kowalski schwieg.

»Ein Kumiat?«, sagte er schließlich. Seine Stimme verriet nichts als Neugier. »Interessant, ein Dolch aus getriebenem Metall. Ich besitze sogar selbst ein schönes Exemplar. Der Verdacht Ihres Kommissars ist genauso abwegig, als würde er behaupten, ich sei es gewesen, weil ich zufällig ein paar Jahre im Magreb gelebt habe.«

»Ja«, antwortete Geraldine schwach, und ihrem Ton fehlte die rechte Überzeugung.

»Es wundert mich, dass Ihr Commissario noch nicht bei mir aufgetaucht ist«, fuhr Kowalski fort.

»Ich habe ihm nicht gesagt, dass ich bei Ihnen war«, erläuterte sie.

»Sie trauen mir einen Mord zu?«

»Ich wollte Sie da einfach herauslassen. Außerdem waren Sie ja wirklich in Marokko. Ach, übrigens: Ich habe Ihren Pullover mitgehen lassen.«

»Das macht nichts.«

»Geht Ihre Heizung wieder?«

»Nein, der Elektriker will aber heute endlich vorbeikommen. Ich …«, setzte Kowalski an und brach ab. Beide sagten eine Weile nichts, dann ergriff Kowalski das Wort. »Sie kamen gar nicht dazu, mir die Sache mit Dr. Friedbaum zu erzählen. Was er Ihnen geraten hat, um Ihr Problem in den Griff zu bekommen.«

»Das muss Sie ja wirklich brennend interessieren, wenn Sie mich extra deshalb anrufen. Apropos Dr. Friedbaum, wo liegt eigentlich *Ihr* Problem? Bei Ihnen funktioniert doch alles.«

»Lag Ihnen daran, das herauszufinden?« Sie antwortete nicht. »Hören Sie, Geraldine, ich habe … es tut mir leid.«

»Oder funktioniert es nur, solange man Ihnen nicht mit der römisch-katholischen Nummer kommt?«, sprach sie weiter. »Also, warum frequentieren Sie Dr. Friedbaum?«

»Ich stelle fest, dass Sie sich ziemlich viel mit mir beschäftigen.«

»Es hält sich in Grenzen. Ich stelle nur fest, dass Sie meine Nähe nicht ertragen konnten. Ich war Ihnen lästig, und da haben Sie mich fortgeschickt. Aber das ist Ihr Problem, nicht meins.«

»Sie sind ganz schön verkorkst, wie Sie das wegstecken. Im Grunde sind Sie direkt gefühlskalt«, sagte er. Geraldine lachte nervös auf. »Es gab einen Moment, da haben Sie etwas empfunden, nicht?«, fragte er.

Sie wich aus. »Hören Sie, Kowalski, ich habe Sie im Mondlicht liegen sehen, als Sie schliefen. Sie glichen … na, wie soll ich sagen … ja, einer von Thorvaldsens Statuen.«

»Ich habe Ihnen also relativ gefallen im Mondschein?«

»Ich müsste lügen.«

»Wann holen Sie Ihre Rosen ab?«

»Die werden längst verblüht sein, bis wir uns wiedersehen.«

»Um Gottes willen, das klingt ja, als müsste ich, das Eheglück meiner provenzalischen Schwester kompromittierend, darauf pochen, Ihre Gesundheit bessere sich in Paris, während ich regendurchnässt in einer Gasse darauf warte, dass Kamelien welken und Sie im Karneval husten.« Er hörte, wie sie lachte. »Machen Sie es mir etwas einfacher.«

»Lassen Sie mich in Ruhe, Kowalski«, sagte sie kalt und hängte ein. Kaum hatte sie aufgelegt, schrillte das Telefon wieder. Empört riss sie den Hörer von der Gabel: »Was fällt Ihnen ein! Haben Sie nicht gehört, was ich gesagt habe, oder kapieren Sie es nicht?«

»Geraldine?«

Ungläubig erkannte sie die Stimme und brachte kein Wort heraus.

26

»Da oben, die Scheinwerfer mehr zur Mitte! So, Richard, und du kommst jetzt von rechts, die Rampe runter und bis vor zur weißen Markierung! Genau. Schuiskij gibt ihm die Reichsinsignien. Nein, warte mal … das Zepter zuerst. Gut so!« Der Regisseur saß am improvisierten Regiepult in der Mitte des abgedunkelten Zuschauerraums. Eine Metalllampe mit Schwenkarm warf einen unregelmäßigen Lichtkegel auf Unterlagen und Partitur. Seine Assistentin saß neben ihm und machte sich Notizen.

»Franco, mehr Licht! Schließlich ist das die Krönungsszene, da muss es gleißen und glitzern, wir lassen das Kostüm nicht umsonst aus Salzburg kommen! Ach, Catrin, geh doch mal rauf, der kapiert das nicht«, wandte er sich an seine Assistentin. »Er soll alle verdammten Lampen einschalten, die er hat. Vielleicht müssen wir im dritten Rang noch ein paar zusätzliche Strahler anbringen. So wird das doch nichts! Das russisch-orthodoxe Kreuzzeichen! Herrgott noch mal, McFairshield … das hatten wir doch schon, erst nach rechts! Stirn, Brust, rechts, links, wir sind hier nicht bei Puccini! Umdenken, Richard, umdenken! Zehn Minuten Pause, bis das Licht passt!«

»Ranconi hat schlechte Laune!«, sagte der Dresser, als Richard mit finsterer Miene in seine Garderobe trat.

Er schraubte eine Cola-Flasche auf und nahm einen kräftigen Schluck. Seit Wochen probte das Ensemble für diesen Abend, aber bei der Generalprobe musste natürlich wieder einmal so viel schieflaufen, dass die Nervosität in der Luft greifbar schien. »Die arbeiten noch immer an der Kulisse, wie soll das nur klappen bis heute Abend«, sagte er und stellte seine Notentasche auf dem Frisiertisch ab. Dann hob er seine Pepsi an die Lippen. Was kümmerte es ihn. Er war mit seinen Gedanken ganz woanders. Geraldine war in letzter Zeit so abwesend, und er hatte sie mehr als einmal nicht über ihr Handy erreichen können.

»*Amor per me non ha!*«, prostete er seinem Spiegelbild theatralisch zu. »Sie ist zu jung für mich.«

»Aber nicht doch, die paar Jahrzehnte«, lächelte sein Dresser, der nicht erst fragen musste, wer gemeint war. »Warum gleich den spanischen König bemühen, dem liegt doch eh mehr am Marchese di Posa meiner Meinung nach«, fügte er hinzu.

»Eher, deiner Neigung nach«, witzelte McFairshield.

Silvio überhörte es. »Singen Sie den Philipp nicht bald in Neapel … mit Maestro Franceschini?«

Richard fuhr unwillkürlich ein wenig zusammen, als er den Namen hörte, dann nickte er. »Ja, eine *Don Carlos*-Wiederaufnahme, Ende Februar. *Dormirò sol, sotto la volta nera …*«, markierte er.

»Etwas mehr nach links, bitte.« Silvio stichelte an einer aufgeplatzten Naht. »Sie sind doch prima in Form, Signor McFairshield!«, nuschelte er, den Zwirn zwischen den Zähnen, und lächelte liebenswürdig in den Spiegel.

*

»Erster Rang, zweite Loge rechts?«

Das war ein ausgezeichneter Platz. Sie würde Richard gut vor sich haben in seinem prachtvollen Kostüm als Zar in Mussorgskijs Oper *Boris Godunow*.

»Danke, Richard. Also, ich hole die Karte dann beim Pförtner ab, und nach der Vorstellung komme ich in deine Garderobe, ja?«

»*That's nice*«, sagte Richard.

»*In bocca al lupo!*«, wünschte ihm Geraldine, und ihre Stimme klang endlich wieder ein wenig froh und unternehmungslustig.

»*Crepi!*«, antwortete Richard McFairshield und lächelte.

»Und sag auch Alyra ein dickes Toi, toi, toi von mir«, fügte Geraldine hinzu. Alyra mochte als launisch und unberechenbar gelten, aber sie war von einer überwältigenden Herzlichkeit, und sie schien sie zu mögen. Sie hatte sie nach dem Abend der *Tosca* spontan angerufen. Und obwohl Geraldine abgelehnt hatte, hatte sie so lange insistiert, bis sie schließlich zusagte, zu den Proben zu kommen. Sie hatte mit Alyra im leeren Zuschauerraum gesessen, mit ihr hinter der Bühne auf Richard gewartet, und viel geplaudert. So hatte sie sich etwas angefreundet.

»Ja, das mache ich.«

Sie spürte sein Zögern am anderen Ende der Leitung.

»Und wir bleiben nicht lange auf der Premierenfeier, ja?«

»Gut.« Geraldine war das nur zu recht. Premierenfeiern ließen schmerzhafte Erinnerungen an Zeiten in ihr auftauchen, auf denen sie der Mittelpunkt gewesen war. Sie und David.

»Ich möchte mit dir allein sein. Ich muss dir etwas sagen«, hörte sie Richard hinzufügen. In seiner Stimme lag etwas, das sie tief berührte und zugleich erschreckte.

»Sag es mir doch jetzt. Du weißt, ich mag keine Überraschungen«, erwiderte Geraldine nervös.

Richard wollte seiner Erklärung nicht vorgreifen, doch er konnte sich nicht zurückzuhalten.

»Ich möchte, dass wir mehr Zeit miteinander verbringen. Ich werde mich von nun an mehr um dich kümmern.«

»Aber warum denn das, Richard?« Es klang beinahe schrill.

»Weil ich dich liebe, Geraldine«, sagte er ruhig, aber seine Stimme vibrierte. »Und weil ich will, dass du glücklich bist. Du hast so viel gelitten, ich möchte das wiedergutmachen.« Er zögerte. »Und jetzt auch noch diese unglückselige Geschichte mit Stronchetti. Schatz, sag mir …«, sie konnte seinen eindringlichen Blick förmlich spüren. »Sein Tod geht dir doch nicht wirklich nah?«

»Ich bitte dich, Richard! Er hat mein Leben ruiniert, wie könnte ich ihm da nachtrauern.«

Sie hörte Richard schnaufen. »*Darling*, das darfst du so nicht denken … es war ein Unfall …«

»Bist du jetzt fertig?«, sagte Geraldine forsch, unfähig sich noch länger zusammenzureißen. Aber etwas schien er noch auf dem Herzen zu haben. Sie hörte, wie er tief einatmete.

»Geraldine, etwas muss ich noch wissen, und sei bitte aufrichtig zu mir.«

Sie fühlte eine leise Panik in sich aufsteigen.

»Liebst du einen anderen?«

Geraldine zwang sich, ruhig zu atmen. Meinte er etwa Kowalski? Oder wusste er, dass gestern David angerufen hatte? Aber nein, das war unmöglich. Sie hatte niemandem davon erzählt.

»Richard, ich nehme an, du meinst David. Ich habe ihn seit dem letzten Herbst nicht mehr gesehen. Warum bist du nur so misstrauisch?«

In Richards Stimme klang Traurigkeit durch. »Weil ich weiß, dass …«

Sie hörte betreten zu und war erleichtert, als er nicht weitersprach. Doch dann setzte er hinzu: »Ich dränge dich nicht. Dafür habe ich zu viel Respekt vor deinen Gefühlen, aber irgendwann werde ich dich fragen, ob du meine Frau werden willst, und ich werde der glücklichste Mann auf der ganzen Welt sein, wenn du dann bereit bist.«

Geraldine konnte vor Ergriffenheit kaum sprechen. »Richard«, brachte sie schließlich leise heraus. Doch sie konnte nicht verhindern, dass sich das Bild eines anderen vor Richards liebevolles Gesicht schob, und sie hasste sich dafür.

*

Ein paar Stunden später stand Richard vor dem Spiegel und betrachtete das Werk des Maskenbildners. Die Augen leuchteten, die Brauen waren durch Kohlbalken überzogen, die Nasenflügel dunkel verschmälert, der Haaransatz nachgefärbt. Für den ersten Akt trug er einen mit Nutria ausgeschlagenen, bodenlangen Mantel aus grünem Brokat.

»Hopp, die Stiefel!«, rief er im Befehlston und schlecht gelaunt. Wenn er sich gut hielte, hätte er noch ein paar Jahre Karriere vor sich. Bässe blieben länger dabei als Tenöre, und seine Stimme war noch perfekt. ›Verwaschenes Belcanto‹ … Bevor die Wut wieder in ihm hochstieg, griff er nach dem Paar schwarzer Lederstiefel, die Silvio ihm reichte. Alyra steckte den Kopf herein. Sie war im Kimono und hatte die Haare mit einem breiten Gummiband hochgebunden. Vom Gang drangen Geräusche fiebriger Geschäftigkeit herein, aufgeregtes Lachen, letzte »Toi, toi, toi«-Rufe. Das ganze Opernhaus schien vom Summen eines Bienenschwarms erfüllt. Premierenfieber lag in der Luft.

»Toi, toi, toi, Richard«, rief sie und blickte sich um.

»Toi, toi, toi, *Sweetheart!*« McFairshield stemmte den Fuß an die Wand und winkte Silvio ungeduldig heran, ihm zu helfen. »Ist Geraldine schon da?«

»Nein, aber wenn sie kommt in mein Garderobe, ich werde gleich schicken zu dir.«

Richard lächelte und nickte ihr zu. Sie warf ihm mit verschwörerischem Augenzwinkern eine Kusshand zu und verschwand. Silvio machte sich am Schaft zu schaffen. Der zweite Stiefel saß. McFairshield stand auf und warf einen letzten kritischen Blick in den Spiegel. Er hatte noch kein Engagement für die nächste Spielzeit. Die Angebote wurden immer weniger. Er fasste nach einer Metallbox, in der er seine Medikamente aufbewahrte, und steckte sie in seine Notentasche. Die Metallbox enthielt außer den Medikamenten noch etwas. Seine Altersvorsorge, wie er es nannte. Es war eine Kapsel. Entweder mit einem schnellen Sportwagen an einen Baum rasen, sofern er dann noch einen schnellen Sportwagen besäße, oder die Kapsel. Er würde kein alternder Opernstar werden. Er würde nicht einsam und mittellos in einem englischen Provinznest auf den Tod warten. Er hatte nie etwas zurückgelegt, immer alles auf eine Karte gesetzt und meistens gewonnen. Aber langsam begann das Glück ihn im Stich zu lassen. Auch Geraldine schien sich von ihm abzuwenden. Unglücklich dachte Richard an das Telefonat, das er am frühen Nachmittag mit ihr geführt hatte. Sein Antrag hatte sie kalt gelassen. Es schien fast, als seien seine Bemühungen ihr schon wieder lästig. Wenn er nur wüsste, was in ihrem Kopf vorging. Er hoffte, Geraldine würde ihn nicht verlassen, jetzt noch nicht. Er könnte es nicht ertragen. An ihrem plötzlichen Sinneswandel war vermutlich Franceschini schuld; Alyra hatte angedeutet, er habe Geraldine angerufen. Das hatte Geraldine ihm verschwiegen. Aber diesmal würde er sich nicht beleidigt zurückziehen, diesmal würde er um sie kämpfen.

27

»Ich kann heute Abend nicht, Kowalski, ich muss zum Zug. Ich fahre nach Florenz ... in die Oper. Nein, das werde ich nicht absagen.« Wieso musste er sich ausgerechnet jetzt melden, wo sie einmal etwas vorhatte? Sie hörte eine Weile zu, neben ihr stand die gepackte Reisetasche. Plötzlich richtete sie sich auf. »Was? Sie haben etwas über den Mord an Federico herausgefunden? Gut, ich komme. Wohin? Santa Maria Maggiore? Natürlich weiß ich, wo das ist. Bis heute Abend, also.«

*

Um die Basilika toste der Verkehr. Passanten überquerten den sicheren Vorplatz, der Schatten des Obelisken ragte aus dem Lichtermeer der Fahrzeugscheinwerfer und der orangefarbenen Straßenbeleuchtung. Am nachtblauen Himmel über San Giovanni am Ende der schnurgerade gezogenen Via Merulana standen letzte azurfarbene Streifen im Abendrot. Der Lateran war die Bischofskirche des Papstes und somit ranghöchste Basilika Roms, aber Geraldine hatte Santa Maria Maggiore immer schon den Vorzug gegeben. Strahler erhellten glanzvoll das byzantinisch anmutende Mosaik auf dem Säulenbalkon der Vorderfont. Geraldine trat durch das geöffnete Schmiedeeisengitter in den Portikus.

Die Kirche war bereits voller Menschen. Das sonst leere Mittelschiff barg an diesem Tag zahllose Bankreihen. Geraldine tauchte ihre Hand in das mächtige Marmorwasserbecken in Form einer Muschel und bekreuzigte sich. Am Eingang lagen dünne Wachskerzen auf einem Holztisch, daneben ein Opferstock. Sie nahm eine Kerze und warf Münzen in den Schlitz. Geraldine befand sich nun unter dem riesigen Gewölbe des rechten Seitenschiffs. Ein Beichtstuhl reihte sich an den nächsten. Die Sprache, in der die Beichte abgenommen wurde, stand in schwarzen Lettern auf einem weißen Emaille-Schild zu lesen. Zugeständnis an die Neuzeit war ein rotes Elektrolämpchen, das der Geistliche einschaltete, sobald der Beichtstuhl besetzt war. War er frei, leuchtete es grün. Geraldine schritt die Reihe ab, Spanisch, Niederländisch, Deutsch, Italienisch, Englisch, Französisch. Im Vorbeigehen blickte sie in die Seitenkapellen. Eine private Andacht mit fünf Personen ging zu Ende, und der Priester spendete den Segen. Die Altäre waren über und über mit Blumen geschmückt. Hohe Kerzen brannten auf Kandelabern. Weihrauchschwaden durchzogen die Luft. Auf der Büßerseite der Beichtstühle gab es meist nur eine Kniebank ohne Polster, auf der sich der Beichtende mit schmerzenden Kniescheiben krümmte. Die Arme auf das Brett gestützt, die verschränkten Hände verkrampft, gestand er, den Mund nur einen Hauch vom blank gewetzten rechteckigen Messinggitter mit Rhomben entfernt, seine Sünden. Nur wenige hatten eine Tür, die vor den neugierigen Blicken schützte. Die Luft war erfüllt vom gedämpften Stimmengewirr der Menschen, die die Basilika zur Lichtmessfeier aufgesucht hatten. Unzählige Kerzen und rote Öllichter brannten auf schwarzeisernen Kerzenständern. Hohe geschmiedete Gitterlanzetten schützten die Seitenkapellen. Geraldines Blick schweifte über die gigantischen Statuen, die Sarkophage, die Inschriften, das atemberaubend hohe Deckengewölbe, in das sich eine Taube verirrt hatte, die immer wieder flügelschlagend gegen die geschlossenen Lünetten flatterte.

Als Geraldine in das Dunkel des Seitenschiffs blickte, schaltete das Lämpchen des übernächsten Beichtstuhls auf Rot. Der Gang lag im dämmerigen Dunkel der Kerzen. Vielleicht hatte sie sich getäuscht, als sie einen Trenchcoat und dunkle, wellige Haare dorthin verschwinden sah. Geraldine ging ein paar Schritte weiter und las die gotischen Schriftzüge: *Portoghese*. Sie sah auf die Beichtstuhltür. In der unteren Ecke blitzte ein eingeklemmtes Stück Trenchcoat. Geraldine verbarg sich hinter einem meterdicken Pfeiler und beschloss zu warten. Warum, um alles in der Welt, sollte Kowalski beichten wollen und dann auch noch ausgerechnet auf Portugiesisch? Der Zeiger ihrer Armbanduhr rückte vor. Kurz vor sieben leuchtete das rote Lämpchen immer noch. Vielleicht war es gar nicht Kowalski, und sie verpasste ihre Verabredung draußen beim Obelisken. Sie beschloss aufzugeben und lief Richtung Ausgang. Vor dem Portal herrschte ein Menschenauflauf. Immer mehr Gläubige drängten in die Kirche. Es schien unmöglich hinauszukommen. Geraldine wartete an der Mauer neben dem Weihwasserbecken und überlegte, was sie nun tun sollte.

Kowalski fasste sie am Arm und zog sie fort.

»Da sind Sie ja schon«, sagte sie verlegen.

»Ja, Sie ja auch«, meinte er und sah sich um. »Kommen Sie da weg, sonst trampeln uns die Pilgerscharen noch nieder«, sagte er und zog sie Richtung Mittelschiff. »Wir müssen zusehen, dass wir einen Platz bekommen. Ich habe keine Lust, mir das ganze Hochamt die Beine in den Bauch zu stehen.«

Sie fanden Platz auf einer der schmalen Holzbänke, die in Voraussicht auf den Volksansturm dazugestellt worden waren.

»Hier, setzen Sie sich da hin«, meinte Kowalski und setzte sich neben sie. »Haben Sie eine Kerze?«

»Ja, Sie auch?«

»Nein, es reicht ja, wenn Sie eine haben«, erwiderte er und klopfte mit der flachen Hand Spuren von Staub und Schmutz von seiner dunklen Hose.

»Der Portugiesische war wohl schon etwas eingestaubt«, bemerkte Geraldine beiläufig und griff nach dem Messfaltblatt, das neben ihr auslag. Kowalski schwieg. »Sie können wohl nur auf Portugiesisch Ihre unaussprechlichen Laster über die Zunge bringen«, stichelte sie weiter und blätterte das Faltblatt durch.

»Der Weg zum Himmel führt durch die Sünde, Augustinus«, sagte Kowalski. Geraldine konnte seinen Gesichtsausdruck nicht enträtseln. Was ging nur hinter dieser Stirn vor? War Kowalski ein Mystiker oder ein Verrückter, vielleicht sogar doch ein Mörder? Drei Glockenschläge erklangen und rissen sie aus ihren Gedanken.

»Neues aus der Questura?«, fragte er rasch.

»Ich dachte, Sie wüssten Neues«, flüsterte Geraldine. »Weshalb haben Sie mich herbestellt? Was wollen Sie mir sagen?«

»Später«, sagte Kowalski. »Wir gehen dann noch in eine Trattoria. Ich habe für uns einen Tisch reserviert.«

Die gewaltige Klangwoge der Orgel ging durch Mark und Bein. Geführt von einem Dominikanermönch, der ein Kreuz mit einer Christusfigur aus Silber hochhielt, zog die Prozession der höchsten Prälaten und kirchlichen Würdenträger Roms durch das rechte Seitenschiff zum Chorraum hinter dem Hochaltar. Die Kardinäle trugen karmesinrote Gewänder mit Kapuze, die Bischöfe den Talar mit violetter Schärpe und Käppchen. Es folgten Priester in schlichten Messgewändern mit Spitzensaum. Die Geistlichen nahmen im mit Schnitzerei verzierten Chorgestühl Platz, die Orgel verstummte.

Der Generalvikar der Stadt Rom spendete den Blasius-Segen. Kerzen wurden geweiht, das Lichtmessfeuer entzündet und an die Gemeinde weitergegeben. Bankreihe um Bankreihe wurde Kerze um Kerze angezündet. Geraldine übernahm die Flamme von ihrer Banknachbarin und gab sie an einen alten Herrn weiter.

Beim feierlichen Auszug spielte die Orgel aus den tiefsten Registern, der gewaltige Klang hallte in den hohen Gewölben. Die Menschen waren von ihren Bänken aufgestanden und wichen gleich den Wellen des Meeres im Alten Testament vor den Prälaten zurück, die segnender Hand wohlwollend nickend durch das Hauptschiff schritten. Sie bekreuzigten sich, sanken in die Knie und küssten ehrfürchtig den Ring an der Hand des Segnenden. Junge Priester schwenkten ziselierte Weihrauchgefäße. Geraldine fühlte sich durch das Szenarium kirchlicher Insignien, die stickige Weihrauchluft und den milden Kerzenschein in ein anderes Jahrhundert versetzt. Die Macht der römisch-katholischen Kirche in ihrem seit mehr als einem Jahrtausend aufrechterhaltenen Pomp und Prunk wurde deutlich. Geraldine sah, wie die Leute hinsanken und den Segen entgegennahmen von diesem allmächtigen Kardinal mit der roten Kapuze, der gerade die Hand auf den Kopf des alten Herrn legte, der vor ihm kniete, den Hut in der Hand.

Dann waren sie fort, die Orgel verstummte, und man fühlte sich zurückgeworfen in sein ödes Dasein im Hier und Jetzt. Alleingelassen, fern vom Glanz der Vertreter Gottes auf Erden und doch noch eingebunden in die Gemeinde derer, die sich mühselig wieder hochrappelten, den Rock glätteten, die Kerze ausbliesen und heimgingen zum Streit mit der Schwiegermutter, zu den Geldnöten, dem kranken Kind. Ob tatsächlich einer darauf vertraute, dass alles besser würde im Himmelreich, im Leben, das danach käme, in der ewigen Seligkeit? Ob tatsächlich jemand daran glaubte, dass er dann zur Rechten Gottes säße, und war es diese Vorstellung, die ihm die Kraft gab für das Heute? Die Messe war zu Ende. Geraldine drängte sich durch den zähen Menschenstrom und ließ Kowalski zurück. Sie hatte noch ein Telefonat zu erledigen, das er nicht unbedingt mitanhören sollte. Sie musste endlich Richard verständigen, dass sie nicht zur Premiere käme. Er würde verletzt sein, aber daran mochte sie im Moment nicht denken. In letzter Zeit empfand sie seine Eifersucht und seine Besitzansprüche als bedrängend. Er schien zu spüren, dass sie mit ihren Gedanken nicht immer ganz bei ihm war. Vor der Premiere durfte er es aber auf keinen Fall erfahren. Aufregung war Gift für die Stimme. Andererseits sollte der Abend ihr und Rodolfo gehören, daher wollte sie den Anruf nicht länger aufschieben. Sie würde Alyra anrufen und sie bitten, Richard nach der Vorstellung auszurichten, sie sei am Bahnhof umgekehrt, weil es ihr plötzlich schlecht gegangen sei. Eine fadenscheinige Ausrede, die ihr unangenehm war, aber es ließ sich nicht ändern. Als sie aus der Basilika ins Freie trat, nahm sie ihr Handy aus der Tasche und wählte die gespeicherte Nummer. Das Handy der Mezzosopranistin tutete ins Leere. Alyra saß wohl schon in der Maske. Geraldine beobachtete, wie Kowalski mit der herausströmenden Menge aus dem Portikus geschwemmt wurde, sich suchend umsah und sich in ihre Richtung durchkämpfte. Sie unterbrach die Verbindung und wählte durch Tastendruck eine andere Nummer. »Jean, Gott sei Dank! Du musst mir einen Gefallen tun!« Er hörte ihr aufmerksam zu, und versicherte ihr, er werde sich darum kümmern. »Danke, Jean … ich rufe dich später noch mal kurz an, ob es geklappt hat und du Alyra erreichen konntest. Ciao!« Sie unterbrach hastig die Verbindung.

»Na, alle Telefonate erledigt?« Kowalski, der zu ihr trat, lächelte.

Geraldine nickte nur und ließ das Handy in ihre Tasche gleiten.

»Da kann Ihr Luther nicht mithalten, was?«, fuhr er fort.

»Wieso mein Luther? Ich bin katholisch, vor dem Schlafengehen tauchte meine Mutter ihre Finger in das Weihwassergefäß und machte mir ein Kreuzzeichen auf die Stirn. Für die Fronleichnamsprozession im Juni durfte ich eines der Florentiner Kleidchen anziehen, die mir mein Vater von seinen Konzertreisen mitbrachte. Ich bekam ein Kränzchen aus Seidenrosen aufgesetzt und trug ein bänderdurchwirktes Körbchen, in das meine Großmutter Pfingstrosen tat, und was sonst so blühte um die Jahreszeit.«

»Wie reizend. Hat sich Ihre Beziehung zu ekklesiastischen Dingen seither evolviert?«

»Sie wollen wissen, ob ich an Gott glaube? Ich schwanke zwischen der Philosophie von Epikur, Schopenhauer und Pico della Mirandola«, sagte sie.

»Das wage ich zu bezweifeln«, sagte Kowalski.

»Sie trauen mir nicht zu, dass ich Schopenhauer verstehe?«

»Nein.«

»Na, wenigstens sind Sie ehrlich.«

»Ich dachte da eher an Epikur.« Kowalski lächelte.

»Wieso? Die Atomlehre ist ausgesprochen tröstlich«, antwortete Geraldine. »Solange wir sind, ist der Tod nicht da, und sobald er da ist, sind wir nicht mehr. Und der Ausspruch: Entweder will Gott die Übel in der Welt abschaffen und kann es nicht, dann ist er schwach; oder er kann es und will es nicht, dann ist er schlecht; oder er kann es nicht und will es nicht, dann ist er schwach und schlecht und in jedem Fall kein Gott; oder er kann es und will es, woher kommen dann die Übel, und warum beseitigt er sie nicht … leuchtet doch ein, oder?«

»Erstaunlich für eine Katholikin«, bemerkte Kowalski. »Ich habe mich eine Zeit lang mit dem Islam und Christentum befasst, unter anderem mit der Enzyklika *Divino Afflante Spiritu*«, er umrundete eine Touristengruppe. »Danach war ich genauso schlau wie vorher.«

»Ich finde Pico della Mirandola gut«, fuhr Geraldine fort. »Jeder Mensch kann das sein, was er will. Das Sein des Menschen folgt aus seinem Tun.«

»Aha, daher Ihre Angst, Ihre Identität zu verlieren, wie Sie es nennen, da Ihr zukünftiges Tun nicht Ihrem bisherigen Sein entsprechen wird. Sie werden nicht mehr spielen, deshalb können Sie unweigerlich nicht mehr sein, was Sie waren«, fasste Kowalski zusammen und nahm Geraldines Arm. Sie drängten sich im dichten Abendverkehr durch die hupende Autoschlange auf der Via Nazionale.

»Genau«, sagte sie und blickte in die blendenden Scheinwerfer einer Limousine, deren Besitzer partout keinen handbreiten Spalt zwischen dem Vordermann zulassen wollte.

»Wo gehen wir eigentlich hin?«

»Wir essen bei Mario, ich habe einen Tisch bestellt.«

»Sehr aufschlussreich.«

»Es wird Ihnen gefallen.«

»Ist es noch weit?«, fragte Geraldine angesichts der sich verdichtenden Abgaswolken.

»Beim Palazzo del Marchese del Grillo, Blick aufs Forum, Sternenhimmel unter Efeuranken.«

»Wieso Sternenhimmel?«

»Das sehen Sie dann schon. Pico della Mirandola habe ich hinter mir gelassen. Ich habe einen diametral anderen Ansatz gefunden. Ich halte es mit Marc Aurel: ›Unser Leben ist das, wozu unser Denken es macht.‹«

Sie bogen bei den Traian-Märkten links ab und liefen die steile Gasse hinunter bis zum Torbogen des Palazzo und den Resten des Livius-Forums. Es standen noch drei dorische Säulen mit Kapitel, andere lagen im Gras niedergestreckt, von den Katzen Roms in Beschlag genommen. Das Lokal lag direkt an der Gasse, überwucherte Efeugitter bargen schützend einen dem Straßenpflaster abgetrotzten Vorplatz. In der hinteren Ecke stand ein Tisch mit weißem Tischtuch. Er war mit geschliffenen Kristallgläsern, gestärkten Stoffservietten und hohen Windlichtern gedeckt. Der Kellner war soeben damit fertig, das Besteck aufzulegen, und hielt noch ein schweres Silbermesser in der Hand. Kowalski grüßte ihn kurz und sagte, er könne Signor Mario Bescheid geben, dann schob er Geraldine galant den etwas klapperigen, braunlackierten Holzstuhl zurecht. Sie bemerkte, dass unter dem Tisch an der Hauswand ein kleiner Elektroradiator stand. Ein Modell aus den fünfziger Jahren. Das Silberbesteck schimmerte matt im Kerzenschein, in den aufwendig ziselierten Griffen war ein Monogramm eingraviert.

»Ich bin beeindruckt«, sagte Geraldine und betrachtete die mit satinierten Blumengirlanden und Goldrand verzierten Gläser. »Wie schön das alles ist, dass die hier so etwas haben«, sagte sie schwärmerisch und warf, während sie ihre Handtasche über die Stuhllehne hängte, einen zerstreuten Blick auf den altersschwachen Radiator, den Kowalski da gerade in Gang setzte. Ein Kabel führte am Boden entlang nach innen.

»Freut mich, dass es Ihnen gefällt. Ich bin sehr gern hier, auch wenn es im Sommer etwas streng nach Kater riecht. Die streichen hier dauernd herum. Sie haben ja gesehen, wie viele da drüben auf dem Forum lungern. Aber egal, da kann man nichts machen, und Mario kocht ausgezeichnete *Spaghetti al Cartoccio*. Meinen Sie, es geht?«, fügte er hinzu. »Er heizt doch ganz gut, nicht?«

»Ja, prima.«

»Na, Gott sei Dank, ich dachte schon, Sie wären ungehalten, wir haben ja erst Februar.«

»Nein, ich finde es sehr schön hier«, sagte Geraldine und brachte ihre Füße vor dem glutheißen Luftstrahl in Sicherheit. »Sagen Sie mal, kann man den auch etwas herunterschalten?«, fragte sie.

»Aber sicher.« Kowalski bückte sich und drehte sachkundig an einem Knopf. Der Radiator ratterte nur noch leise und blies lauwarme Luft. »Besser?«

»Ja, danke«, erwiderte Geraldine und schob ihre Füße wieder vor.

Der Kellner kam mit einer Flasche Mineralwasser und einem Weißwein heraus und deponierte sie im Sektkühler auf dem Beistelltisch an der Wand.

Kowalski schenkte ein, hob sein Glas und prostete ihr zu.

»Was essen wir denn?«, fragte Geraldine, als sie ihr Glas vorsichtig abstellte.

»*Spaghetti alle vongole, Parmiggiano con ruchetta, Scaloppine al limone* und *Creme caramel* oder irgendeinen anderen Nachtisch, den Sie mögen … Mario hat da einen ganzen Büfettwagen voll.«

»Haben Sie das alles schon bestellt?«

»Ich war so frei«, antwortete Kowalski.

»Also, was wollten Sie mir sagen?«, beharrte Geraldine. Kowalski wich aus.

»Lassen Sie uns erst etwas essen«, meinte er und lehnte sich zurück.

»Hören Sie mal, ich habe Ihretwegen die *Boris Godunow*-Premiere in Florenz sausen lassen, jetzt halten Sie mich nicht so hin.«

»Sie haben die Vorstellung doch schon bei den Proben gesehen«, meinte Kowalski lapidar.

»Woher wissen Sie das? Spionieren Sie mir nach?«, fragte Geraldine gereizt.

»Ich habe ... Freunde im Theater. Ich habe das zufällig erfahren«, erklärte Kowalski rasch.

Der Kellner brachte zwei Teller mit dampfender Pasta. Kowalski nahm seine Serviette und legte sie auf seinen Schoß. Sie sah ihn unerschütterlich abwartend an. Er seufzte. »Schon gut, Sie haben gewonnen. Also, Sie müssen wissen, dass ich Sie sehr schätze, Geraldine. Ich möchte, dass Sie das wissen, bevor Sie sich über das aufregen, was ich Ihnen gleich sagen werde.«

»Sie machen es aber sehr spannend.« Geraldine lehnte sich zurück.

»Ich habe keine Informationen über den Mord. Ich brauchte einen Vorwand, Sie wären sonst nicht gekommen.«

Er machte eine Pause. Was dann kam, traf sie völlig unerwartet. »Geraldine, gehen Sie bitte nicht mehr zu Dr. Friedbaum.«

Überrascht starrte sie ihn an. »Und warum nicht, wenn ich fragen darf?«

Kowalskis Blick war fest und unergründlich. »Verlangen Sie jetzt darauf keine Antwort von mir, Geraldine. Vertrauen Sie mir einfach. Gehen Sie nicht mehr hin. Es ist nicht gut für Sie.«

»Jetzt reden Sie schon, es muss doch einen Grund geben! Hat er Sie vermurkst, und Sie wollen mich beschützen, damit er mit mir nicht das Gleiche macht?«

»Ich habe Ihnen gesagt, was zu sagen war. Hören Sie einfach mal auf mich.«

Geraldine wusste, dass es zwecklos war, weiter in ihn zu dringen. So einfach wollte sie ihn jedoch nicht davonkommen lassen. Mit seinen vagen Andeutungen nahm er dem Abend die Leichtigkeit, und schon war wieder diese Nervosität da, die ihr Tag aus Tag ein zusetzte.

Kowalski machte sich an dem Windlicht zu schaffen, dessen Kerze wegen des heruntergebrannten Dochts heftig flackerte.

»Haben Sie Federico umgebracht?«, fragte Geraldine, ohne mit der Wimper zu zucken.

Kowalski zog mit einem Ruck seine Hand zurück und fluchte halblaut.

»Gebrannt?«

»Ja«, sagte er mit schmerzverzerrtem Gesicht. Geraldine angelte einen Eiswürfel aus dem Sektkühler.

»Da, nehmen Sie, das hilft.«

Kowalski nahm ihr den Eiswürfel aus der Hand und streifte dabei ihre Finger. Er blickte sie kurz an, dann sah er weg.

»Habe ich Sie aus der Fassung gebracht?«

Er antwortete nicht, hielt den Eiswürfel krampfhaft in der Hand, als wolle er ihn zerquetschen, die Augen starr auf seinen Teller gerichtet. Geraldine merkte, dass sie zu weit gegangen war. »Verzeihen Sie mir, Rodolfo«, sagt sie so sanft wie möglich. »Es ist ein absurder Gedanke … aber ich hatte diesen Dolch bei Ihnen gesehen in der Nacht, als ich so überstürzt Ihre Wohnung verlassen musste …«, setzte sie zu einer Erklärung an.

Kowalski schien seine Fassung wiedergewonnen zu haben.

»Ich wusste, dass Sie mich verdächtigen. Eine Weile ging es mir nicht anders als Ihnen«, sagte er. »Am Tag vor *Epiphanie,* als Sie bei mir in der Wohnung waren ...«

»Als ich Ihre Wohnung so überstürzt verlassen musste«, warf Geraldine ein.

»Ja«, sagte Kowalski mühsam. »Das war ... da hatte ich den Kurzschluss. Der Elektrokasten ist gleich neben der Tür. Links von der Konsole und dem Spiegel.«

»Übrigens sehr schön, dieser venezianische Spiegel, wundervolle Arbeit«, bemerkte Geraldine.

»Nun, der Elektrokasten ist weniger schön, deshalb habe ich ihn mit einigen Souvenirs aus Marokko verdeckt. An dem Tag hatte ich sie abgenommen, um die Sicherungen zu kontrollieren, unter anderem einen Dolch am roten Lederband, den Sie gesehen haben. Es hätte gut sein können, dass Sie ihn beim Hinausgehen mitgenommen haben. Sie wussten auch, dass Stronchetti in der Nacht zur Philharmonie kommen würde. Er hatte es Ihnen in der Gasse bei der Piazza Navona ja gesagt.«

»Sie dachten also, ich war's«, sagte Geraldine.

»Ja, ich hatte einige Augenblicke lang diesen Verdacht, als ich über den Mord an Stronchetti in der Zeitung las. Dann habe ich natürlich sofort nachgesehen, ob das Kumiat noch da war.«

»Und?«, fragte Geraldine.

»Es war noch da.«

»Also kann ich es nicht gewesen sein, nicht wahr?«, folgerte Geraldine.

»Ja.«

»Na toll, und Sie gehen mit jemand essen, den Sie für einen potenziellen Mörder halten«, sagte sie trocken.

»Sie doch auch«, erwiderte Kowalski. »Sie hielten mich ja ebenfalls für den Mörder. Und vielleicht tun Sie es sogar immer noch«, fügte er hinzu.

»Wer hat schon ein Kumiat bei sich zu Hause?«, bemerkte sie.

»Sechs Millionen Marokkaner?«, antwortete Kowalski.

»Aber bestimmt nicht hier in Rom.«

»Also gut. Was wäre mein Motiv gewesen? Glauben Sie, ich würde Sie so maßlos lieben, dass ich bereit wäre, einen Menschen umzubringen, um Sie zu rächen? Glauben Sie das wirklich?«

»Nein«, sagte Geraldine zögernd. »Ich wusste einfach nicht, was ich denken sollte. Ich sehe einen seltsamen Dolch bei Ihnen auf der Konsole liegen, und in der gleichen Nacht wird Federico mit einem solchen Dolch ermordet. Das ist ein eigenartiger Zufall. Da lag der Verdacht doch nahe, oder?«, rechtfertigte sie sich. »Aber schließlich weiß man ja noch nicht einmal, ob die Tatwaffe auch wirklich ein Kumiat war«, setzte sie in entschuldigendem Tonfall hinzu.

»Richtig. Es gibt viele Arten von arabischen Messern. Nun, dann wäre jetzt ja alles geklärt«, sagte Kowalski erleichtert und lehnte sich zurück.

Geraldine betrachtete seine tiefbraunen Augen, die sie fixierten, und dachte, dass für sie noch lange nicht alles geklärt sei. Sie wandte den Blick von seinem Gesicht ab und beschloss, sich endlich ihrer Pasta zuzuwenden. Der Kellner hatte den Teller zum Ablegen der Muschelschalen vergessen. Geraldine hielt mit Löffel und Gabel einige leere Schalen in die Luft und wusste nicht, wohin damit.

»Moment …«, sagte Kowalski, stand auf und ging hinein. Geraldine nahm rasch ihr Mobiltelefon aus der Tasche und wählte Jeans Nummer.

»Alles in Ordnung«, sagte er.

Geraldine dankte ihm, unterbrach hastig die Verbindung und ließ das Handy wieder in ihre Tasche gleiten.

*

Die Mezzosopranistin Alyra Ali-Zade rannte wutschnaubend die Treppe der Damensolo-Garderobe hinunter, zog die massive Brandschutztür aus Metall auf und stellte sich neben Richard in die Kulisse. Er konzentrierte sich auf seinen Auftritt und nickte ihr zu. »Du bist mir ja tolle Liebhaber! English halt, kein Seele, keine Temperament. Dabei warst du als lusterne Scarpia so überzeugend, *Darling!*«, fauchte sie ihn an und spähte durch den Seitengang auf die Bühne.

»*What?*«, fragte Richard irritiert.

»Lässt dir kleine Freundin ausgespannen von italienische Maestro! Schade, ihr ward so schöne Paar!«

»*What the hell …!*« Er musste raus auf die Bühne, die Konzentration war weg, und er blickte irritiert zum Souffleurkasten. Die Souffleuse wisperte. Richard sang seine Arie, agierte noch etwas mit der Duma, wie es die Regie vorschrieb, und trat dann rasch ab. Er stürmte hinter die Kulissen und packte Alyra hart am Arm.

»Sag mir sofort, was du weißt!«, herrschte er sie an. Das Orchester intonierte das Duett zwischen der russischen Prinzessin und dem Tenor.

»Lass mir los! Ich musse singen!«, schrie sie.

»*You stay here, until you've told me what the hell you know!*«, rief Richard gedämpft und schüttelte sie.

Der Inspizient, ein gebürtiger Ungar, hörte das Kauderwelsch und fragte sich, warum man diese ganzen Ausländer nur engagierte. Gab es denn in Italien keine italienischen Sänger mehr? Dann ging er hin und griff ein.

»Signore McFairshield, Schluss, Sie schmeißen ja der ganzer Vorstellung!«, flüsterte er und entzog Alyra seinem Griff.

»Sie hat angeruft, ist bei Maestro! Dir ich soll sagen, sie schlechte Gesundheit hat. Verstehst du! Sie zurückgeht zu Franceschini! Ich weiß, dass er probiert sie wiederhaben, aber wird mich heiraten, mich! Hörst du! Wir lieben uns! Das kommt alles nur, weil du nix tust, du … du erbärmliche, langeweiliges, britisches Bass!«, zischte sie, und ihre dunklen Augen blitzten. Im nächsten Augenblick rauschte sie auf die Bühne.

»*You better forget that!*«, sagte Richard drohend zum Inspizienten. Der zuckte die Achseln. Richard hastete in seine Garderobe. Er schaltete sein Handy ein und drückte fahrig zwei Tasten.

*

Kowalski kam aus dem Restaurant und stellte einen Obstteller aus einfachem, weißem Porzellan auf den Tisch. Er passte nicht zu dem erlesenen Flora Danica Service. Geraldine warf einen flüchtigen Blick darauf und war froh, ihre Muschelschalen loszuwerden. »Danke«, sagte sie, und Kowalski setzte sich. »Die Pasta schmeckt hervorragend«, lobte Geraldine und wischte sich mit der Serviette über den Mund. Es war ein besonderer Stoff, vielleicht Damast. Sie hatte ein schlechtes Gewissen, als sie Lippenstiftspuren und feingehackte Petersilie auf dem edlen Gewirke entdeckte.

»Sind die aus dem Meer …«, fragte sie munter und trank ihr Glas Pinot Grigio leer.

»Sie meinen, ob die Vongole frisch von Fregene kommen?« Kowalski zog eine Augenbraue hoch.

»Ja, ja … natürlich«, sagte sie und aß mit Appetit weiter. Sie hatte ein paar Tage ihre Tabletten nicht genommen und festgestellt, dass es ihr dann seltsamerweise körperlich etwas besser ging.

»Erstens«, erläuterte Kowalski, »ist keine Saison, und zweitens bin ich nicht lebensmüde. Ich esse nicht mal in einem Restaurant am Strand in Fregene frische Muscheln. Das kann sich der Mensch im einundzwanzigsten Jahrhundert nicht mehr erlauben. Damit ist es ein für alle Mal vorbei.«

»Hm, da haben Sie wohl leider recht«, antwortete Geraldine. »Stellen Sie sich mal vor, wie schön es im sechzehnten Jahrhundert in Rom gewesen sein muss. Sie konnten im Tiber schwimmen, aus jedem Brunnen Wasser trinken, am Mercato delle Coppelle frischen Fisch und Meeresfrüchte kaufen und daraus etwas Leckeres kochen«, begann sie zu fantasieren.

»An der Pest sterben«, fügte Kowalski hinzu. »An jeder Straßenecke hätten Sie vergewaltigt und von einem Landsknecht bäuchlings aufgeschlitzt werden können. Im Winter knöcheltief im Straßenschlamm waten dürfen, und nachts wären Sie auf Ihrem zugigen Strohlager von Flöhen, Läusen und Ratten gepiesackt worden.«

Geraldine blickte ihn angewidert an.

»Sehen Sie mich nicht so entgeistert an: Das ist das sechzehnte Jahrhundert! Mit etwas Glück hätten Sie eventuell noch die Chance erwischt, mit einem Kardinal im Konkubinat zu leben; schlimmstenfalls wären Sie als Straßenhure vor die Hunde gegangen und dank der französischen Krankheit dem Wahnsinn verfallen. Da sind doch Vongole aus der Dose wahrlich das geringere Übel.«

»Dass Sie immer so enervierend realistisch sein müssen.«

Kowalski hob kurz seine neben dem Teller liegende Hand und ließ sie wieder fallen. »Tja, mir fehlt eben der Sinn für Romantik. Aber Ihnen scheint da ja auch was zu fehlen. Meinen Sie, dieser Brite ist der Richtige für Sie?

Ist er nicht etwas … alt?«, setzte er ohne Umschweife hinzu und blickte Geraldine unverwandt an.

»Ich stehe nun mal auf reife Männer, bei denen weiß man wenigstens, woran man ist«, sagte sie schnippisch.

»Ach ja? Höre ich da eine leise Kritik an mir heraus? Nun ja, ich bin ja auch wirklich eine dubiose Gestalt«, witzelte Kowalski. »Apropos dubios: Wie stehen Sie eigentlich zu dem kleinen Jean Dubois? Sie scheinen ja heftig mit ihm befreundet zu sein.«

Geraldine musste über sein Wortspiel lachen. Kowalski blieb ernst, was sie ein wenig erstaunte. »Nun, wir kennen uns schon ziemlich lange. Er war bereits vor zwei Jahren Davids Assistent. Er ist ein echter Freund. Wir sehen uns ab und an, gehen ins Kino oder spazieren. Nach meinem Unfall war er der Einzige von meinen ehemaligen Kollegen, der sich um mich gekümmert hat«, sagte Geraldine. Traurigkeit kroch in ihr hoch. »Aber was ich Sie fragen wollte«, sagte sie schnell und griff nach ihrem Weinglas, »woher können Sie eigentlich Portugiesisch?«

»Ich spreche kein Portugiesisch.«

»Und warum gehen Sie dann in einen Beichtstuhl, in dem der Priester Portugiesisch spricht?«

»Ich streite das ab.«

»Das geht nicht!«, protestierte Geraldine. »Sie hatten es bereits zugegeben.«

»Ich kann mich nicht erinnern.«

»Nun sagen Sie schon.«

»Ein Priester spricht immer auch Latein.«

»Sie beichten auf Latein?«

»Das habe ich nicht gesagt.«

»Sie wollen es nicht sagen. Na gut, dann lassen wir es eben.« Geraldine griff zur Gabel, um den *Ruchetta*-Salat aufzuspießen.

»Ich esse den unheimlich gern«, sagte sie und kaute zufrieden.

Kowalski lächelte und drehte den Fuß seines Wasserglases hin und her.

»Sie sind manchmal so erfrischend kindlich.«

»Ja, nicht? Das kam immer schon gut an. Also … ich glaube, ich schaffe den Hauptgang nicht mehr. Kann ich gleich zum Dessert übergehen?«

»Ganz wie Sie möchten. Nehmen wir gleich das Dessert!«, pflichtete Kowalski ihr bei. »Entschuldigen Sie mich einen Moment … ich werde … Mario Bescheid sagen.« Kowalski legte seine Serviette auf den Tisch und stand auf. Sein heller Trench verschwand in der Tür. Er kreuzte sich mit dem Kellner, der herauskam, um abzuräumen.

»Wir nehmen dann nur noch einen Nachtisch«, informierte ihn Geraldine.

»Wie Sie wollen«, meinte der Kellner desinteressiert. »Wenn Sie das ganze Zeugs gleich wieder mitnehmen wollen, dann müssen Sie aber ziemlich warten. Marie hat jetzt keine Zeit für den Abwasch, wir haben drin noch andere Gäste.«

»Wie?«

»Na, das Geschirr und das Besteck und die Gläser. Er hat doch heute früh eine ganze Kiste anliefern lassen …«

»Aha«, sagte Geraldine und lächelte still vor sich hin.

»*Merda,* das hätte ich wohl nicht sagen sollen …« Der Kellner kratzte sich am Kopf.

»Ich habe nichts gehört.«

Er nickte und trug die Teller hinein. Geraldine blickte zum Nachthimmel. Die Sterne leuchteten, der Mond schien hell. Auf dem Livius-Forum miauten die Katzen. Der Wind raschelte leise durch die Efeublätter, und Geraldine atmete entspannt durch. Dann klingelte ihr Handy.

Sie zuckte regelrecht zusammen. Sie konnte sich nur zu gut denken, wer sie anrief. Widerstrebend zog sie das Telefon aus ihrer Handtasche. Die Nummer, die im Display blinkte, gab ihr recht. Geraldine biss sich auf die Lippen und senkte den Kopf, dann nahm sie das Gespräch an. Sie fand, das wäre sie ihm schuldig. »*Pronto?*«, sagte sie gedämpft.

Richard war so aufgebracht, dass sich seine Stimme beinahe überschlug. Die Vorstellung lief noch. Er rief zwischen zwei Szenen an.

»Geraldine, ich mache mir solche Sorgen! Warum bist du nicht hier? Wo bist du … in Rom?« Er atmete erleichtert auf. Franceschini war in Neapel, das wusste er, aber er brauchte trotzdem Gewissheit. »Du sagst mir jetzt, ob du wieder mit Franceschini zusammen bist! Wie … *Was soll das heißen?* Gib mir eine vernünftige Antwort. Nein, ich will nicht warten, bis ich zurückkomme. Also, stimmt es … weißt du denn nicht, dass er eine neue Geliebte hat und wer das ist? Interessiert dich nicht? Das sollte es aber! Geraldine? Geraldine!« Richard blickte ungläubig auf sein Telefon. Sie hatte das Gespräch abgebrochen. Wie konnte sie sich nur derart flegelhaft benehmen. Liebte sie ihn denn gar nicht mehr? Konnte sie sich nicht denken, was sie ihm mit ihrer Rücksichtslosigkeit antat? Er würde nach der Vorstellung sofort nach Rom zurückfahren.

*

Der Chef des Hauses trat auf die Schwelle seines Restaurants, gefolgt von Kowalski. Geraldine schaltete rasch das Handy aus und schob es in ihre Tasche.

»*Eccoci qua!*«, rief Mario bester Laune und schob den Dessertwagen neben den Tisch. »*Allora, Signori, tutto per Lei!*« Geraldine reichte ihm die Hand.

»*Piacere* … die Spaghetti waren wunderbar«, sagte sie und lächelte.

»*Il piacere è tutto mio, Signorina!*«, erwiderte der Wirt galant, küsste ihre Hand und ließ sie nicht mehr los.

»*Mario, insomma!*«, rief Kowalski.

Signor Mario richtete die Augen theatralisch zum Himmel, ein Blick, der da heißen wollte: Schon eifersüchtig der gute Junge. Ach, wenn wir beide nur könnten, wie wir wollen, nicht wahr? Dann zwinkerte er ihr zu und ging wieder hinein.

»Er kocht auch mit Leidenschaft …«, sagte Kowalski trocken.

Geraldine betrachtete den übervollen Dessertwagen.

»Nehmen Sie sich einfach von allem was«, schlug Kowalski vor.

»Das lasse ich mir nicht zweimal sagen.« Sie fasste nach dem Löffel. »Was macht Ihre Hand?«

»Nur leicht angesengt.«

»Sie sind ja auf einmal so locker …«, fuhr sie fort. »Haben Sie da drin ein weißes Pülverchen geschnupft?«

Kowalski zuckte zusammen.

Geraldine schob einen Löffel *Mimosa*-Torte, garniert mit Walderdbeeren, in den Mund und schluckte schwer. Ihr Magen revoltierte wieder. Richard hatte geschafft, dass sie sich schuldig fühlte. Doch Geraldine war entschlossen, sich den Abend nicht verderben zu lassen. Sie war niemandem Rechenschaft schuldig, auch Richard nicht. Der Kellner öffnete mit lautem Knall eine Flasche Spumante.

»Oh, wir feiern?«, sagte Geraldine betont unbeschwert, und Kowalski lächelte verhalten.

*

In der Via dei Fori Imperiali stiegen vier maskierte Männer aus einem Kombi. Sie waren schwarz gekleidet, trugen Hüte mit breiter Krempe. Sie nahmen ihre Gerätschaften aus dem Wagenfond und unterhielten sich leise.

»Habt ihr alles?«, fragte der Fahrer. Als alle bejahten, schloss er den Wagen sorgfältig ab. Er wickelte ein Salbeibonbon aus und warf das Papier auf die Straße.

»Die anderen warten am unteren Ende des Livius-Forums. Wie viel Uhr ist es?«

»Halb zehn Uhr«, sagte einer und hielt seine Armbanduhr unter die Straßenlaterne. »Wir sind zu früh, wir warten noch ein bisschen«, entschied der Fahrer und lutschte das Bonbon.

»Also, los, noch mal durchstimmen. Francesco das A, aber *piano,* hörst du?« Der junge Mann setzte zaghaft seine Flöte an. Die Gitarrenwirbel knarrten, und Mandolinensaiten wurden kaum hörbar einen Viertelton höher oder tiefer gestimmt. Ein Handy piepte. Der Fahrer nahm es aus der Tasche.

»Si, Signore … certo.« Er steckte das Handy weg. »Kommt! Sie sind früher fertig, gehen wir!«

Der kleine Trupp stieg schweigend die Salita del Marchese del Grillo hinauf. Im Mondschein jammerten Katzen, von der Straße her drang schwach Verkehrslärm hierher. Der Fahrer spuckte das Halsbonbon aus, schluckte ein paarmal und räusperte sich. Seine Kollegen unterhielten sich gedämpft, ab und zu erklangen ein paar Mandolinentöne.

»Mi mimi mi …«, probte er leise. »Passt, die Stimme ist noch da.«

Sie waren fast vor dem Restaurant angelangt. Er machte dem Trupp ein Zeichen stehen zu bleiben und legte den Finger auf den Mund. Dann spähte er durch die dichten Efeuranken. Ein Sektkorken knallte. Die Musiker lächelten sich vielsagend zu. Einer ließ die offene Hand in der Luft rotieren und stieß seine Kollegen mit dem Ellenbogen an.

Er zog den Kopf hinter den Efeuranken zurück und machte seinen Leuten ein Zeichen.

Die Musiker traten aus der Dunkelheit und spielten die Serenade aus Mozarts *Don Giovanni*.

*

Sie liefen die Gasse hinunter, die Musik verklang. Mario brachte den *caffè* und strahlte. »Was für eine Überraschung, nicht? Hat es Ihnen gefallen, *si*?«

»Also, das war eine wundervolle Idee«, sagte Geraldine, und schluckte. Sie hatte Tränen in den Augen. Die beiden Männer schüttelten sich freundschaftlich die Hände. »Warum tun Sie das alles?«, fragte Geraldine aufrichtig berührt, als Mario im Hauseingang verschwunden war.

Kowalski senkte den Blick und rührte in seinem Espresso.

»Lassen Sie uns zu mir nach Hause fahren und etwas trinken«, schlug er vor.

Geraldine zögerte, aber bevor sie einen vernünftigen Gedanken fassen konnte, hörte sie sich selbst schon sagen: »Da kann ich ja nicht nein sagen, oder?«

*

Es war eine für Anfang Februar erstaunlich milde Nacht. Während sie vor dem Restaurant warteten, schwiegen sie. Ein gelbes Taxi fuhr vor. »Caltanisetta 8?«, fragte Kowalski, der die Taxitür geöffnet hatte, den Taxicode ab. Der Fahrer nickte. Geraldine rutschte auf die schwarzen

Ledersitze. Er stieg neben ihr ein. »Ihr Trenchcoat klemmt in der Wagentür.«

»Ach, ja?« Kowalski öffnet die Taxitür und zog seinen Mantel an sich.

»Dove se va?« Der Taxifahrer schaute in den Rückspiegel.

»Wollen Sie noch irgendwohin?«, fragte Kowalski. »In eine Diskothek vielleicht?«

»Wieso?«

»Möchten Sie noch tanzen gehen?«, erläuterte er seine Frage.

»Wohin?«

»Ins Jacky O oder ins Gilda?«, schlug er vor.

Der Taxifahrer stellte den Motor ab und verschränkte die Arme. *»Se avete deciso, me lo dite, eh?«*, murmelte er.

»Wie viel Uhr ist es denn?«

Kowalski hielt seine Armbanduhr gegen die Scheibe, damit etwas Licht darauf fiel. »Halb elf.«

Der Taxifahrer ließ den Motor an. Geraldine schwieg.

»Sie müssen nicht, ich dachte nur, Sie hätten vielleicht Lust dazu.«

»Sie dachten?«

Der Taxifahrer stellte den Motor wieder ab und ließ sein Seitenfenster ein Stück herunter.

»Nun ja, ich …«, setzte Kowalski an. Geraldine machte noch immer keine Anstalten, sich zu äußern. »Via Giulia, Nummer vier!«, rief er dann forsch.

»Mica son sordo«, kommentierte der Fahrer und legte den ersten Gang ein.

28

Die Autobahn Florenz-Rom war so gut wie leer. Richard raste mit seinem Saab Turbo konsequent auf der Überholspur, die Nadel des Tachos überschritt zweihundert Stundenkilometer. Falls doch einmal ein Wagen vor ihm fuhr, betätigte er ungehalten die Lichthupe und fuhr so nah auf, dass der Fahrer dann doch entnervt hinüber auf die rechte Spur scherte. Richard griff nach seinem Handy, blickte kurz auf die Leuchttastatur und drückte den Buchstaben F. Er drückte so lange auf die Taste, bis unter den eingespeicherten Nummern die richtige im Display erschien. Dann stellte er die Verbindung her.

Franceschini antwortete. »McFairshield …«, hörte Richard seine Stimme durch das Knistern in der Leitung. Die Hintergrundgeräusche verrieten ihm, dass der Dirigent ebenfalls gerade auf der Autobahn war. Wahrscheinlich war er auf dem Weg nach Rom zu seiner Familie. Richard grinste bitter.

»Was gibt's?« Franceschini klang überrascht. »Heute Abend noch? Muss das sein?«

Richard hatte sich seine Worte genau zurechtgelegt, und sie verfehlten ihre Wirkung nicht.

»Also gut«, meinte Franceschini nach einer Denkpause, »treffen wir uns auf einen Drink und räumen die Sache ein für alle Mal aus der Welt. Aber dann möchte ich, dass Sie mich damit in Ruhe lassen«, fügte er zwischen zusammengebissenen Zähnen hinzu.

Richard wusste, was dem Dirigenten durch den Kopf ging. Franceschini hatte im Teatro d'Opera di Napoli mit den Proben zur *Don Carlos*-Gala begonnen, die in der kommenden Woche zu Ehren des sechzigsten Geburtstags des Regisseurs Ranconi stattfinden sollte. Ein bekannter Tenor sang als Gaststar die Partie des Don Carlos und Richard den König Philipp. Für Franceschini war das eine wichtige Prestigesache. Er würde nicht riskieren, kurzfristig einen Cover suchen zu müssen. Richard war momentan zu wichtig für ihn. Er musste ihn bei Laune halten.

»Na gut, treffen wir uns im Kuba-Club«, hörte Richard ihn ungnädig sagen. Er konnte nicht sofort antworten, denn er nötigte gerade einen BMW mit Lichtzeichen, und das knapp hinter dessen Stoßstange, auf die rechte Fahrbahn zu wechseln. Schließlich gab der Fahrer auf, und Richard raste an ihm vorbei. »Wo ist das?«

Er hörte, wie der Dirigent müde lachte. »Sie kennen nicht den Nachtclub mit dem erlesensten Whisky, der in ganz Rom zu haben ist? McFairshield, McFairshield. Stellen Sie Ihren Wagen am besten in der Via Giulia ab, ungefähr auf Höhe Piazza Farnese … ich hoffe ja sehr, Sie kommen nicht mit ›*Tre sbirri ed una carozza*‹«, zitierte er aus Tosca und lachte wieder. Richard ging der joviale Ton des Dirigenten auf die Nerven.

»Sie warten dann dort auf mich?«

»Ja, in etwa zwei Stunden müsste ich in Rom sein. Ich fahre gerade vom Autobahnring um Neapel ab. Also, Richard, bis nachher.«

Ein Knacken, und die Leitung war tot.

29

Mondlicht schien durch kassettierte Renaissancefenster.

»Da wären wir.« Kowalski betätigte den Lichtschalter. Der Muranoglaslüster an der Stuckdecke erstrahlte in funkelndem Glanz. Kowalski ging an ein Fenster und wandte Geraldine den Rücken zu. Sie setzte sich auf eine Sessellehne. »Möchten Sie etwas trinken?«

»Nein, danke.« Geraldine stand auf und ging zur Konsole mit den Obelisken und Marmorsphären. »Die müssen ja ein Vermögen gekostet haben«, sagte sie, sprachlos angesichts der barocken Pracht. Sie strich vorsichtig über die glatten Kanten eines dunkelgrünen Porphyr-Obelisken.

»Alles geerbt«, antwortete Kowalski vom Fenster aus. »Von meinem Großvater«, fügte er hinzu.

»Was machen Sie eigentlich?«, fragte Geraldine. »Ich meine, beruflich …«, präzisierte sie.

»Ich habe Chemie studiert.«

»Das klingt, als wäre es dabei geblieben.«

»Ist es auch«, antwortete Kowalski trocken. Er setzte sich samt Trench auf seine exklusiven cremefarbenen Polster.

»Ach, das habe ich Ihnen ja noch gar nicht gesagt«, begann Geraldine und kam auf ihn zu. »Sie werden es nicht glauben, ich meine … ich kann es selbst kaum fassen.«

»Was denn?« Er lächelte und zog seinen Trench aus.

»Er hat mich angerufen!«

Kowalski machte ein verdutztes Gesicht, dann verstand er und wirkte entsetzt.

»Franceschini!«, rief er. »Um Gottes willen, Sie werden doch nicht wieder mit ihm anfangen! Ausgerechnet jetzt!«

»Wieso ausgerechnet jetzt?«, fragte Geraldine und setzte sich.

Kowalski stand abrupt auf. »Hören wir ein wenig Musik, ja?«, entschied er. »Verdi, Puccini?«

»Wie wäre es mit Wagner ... Haben Sie den *Fliegenden Holländer?*«

»Den singt der Brite wohl auch?«

»Nächsten Monat in London.«

»Die Frist ist um, und abermals verstrichen sind sieben Jahr«, zitierte er düster.

»Auch dieses Libretto ist Ihnen geläufig?«

»Ach, weder Kind noch Weib hab ich, nichts fesselt mich an die Erde. Rastlos verfolgt das Schicksal mich, die Qual nur war mir Gefährte.« Er machte einen Schritt auf sie zu. »Bleiben Sie heute Nacht bei mir«, sagte er in einem Ton, den sie von ihm nicht kannte.

»Ja, danke, ich weiß sowieso nicht, wie ich nach Hause in mein Bergdorf kommen soll.«

»Geraldine ...«

»Rodolfo, Richard ist mir nicht wichtig, aber ... wenn David ...«, sie stockte.

»Lassen Sie ihn sausen, ziehen Sie hier ein, werden Sie meine Geliebte.«

»Was?«

»Das ist mein voller Ernst.«

»Ja, jetzt vielleicht, aber morgen?«

»Wer denkt schon an morgen.«

»Ich.«

»Auch morgen und für die nächsten sieben Jahre.«

»Was?«

»Na, Ihre Uranus-Jupiter-Opposition, länger geht es bei Ihnen doch nicht.«

»Soll das ein Witz sein?«

»Aber nein ... dann eben solange Sie wollen ... und im Übrigen, unsere Synastrie passt hervorragend! Mein Mars in Konjunktion mit Ihrer Sonne, was für eine Herausforderung! Ganz zu schweigen von meinem Uranus in Opposition zu Ihrem Merkur. Langeweile kommt bei uns nicht auf. Und dann Ihr Mond im Sextil mit meiner Venus! Ich kann ganz genau spüren, was Sie sich wünschen. Welch ein Aspekt! Wo findet man den schon mal. Was wollen Sie denn mit dem Dirigenten ... Quadraturen, wo man hinschaut. Und dann noch sein Neptun in Opposition zu Ihrer Venus. Er hat Ihnen etwas vorgespielt, das er zum Leidwesen aller selber glaubt. Egozentrik zu einhundert Prozent, mehr ist bei ihm nicht drin!«

»Sie sagten doch, Sie verstünden nichts von Horoskopen!«

»Das habe ich nie behauptet, schließlich war ich im Morgenland.«

»Wieso kennen Sie mein Geburtshoroskop?«

»Geraldine, ich flehe Sie an«, sagte er nah neben ihr, ohne auf die Frage einzugehen. »Ich will Sie ... heute, jetzt, sofort. Ich werde Sie glücklich machen, das verspreche ich Ihnen!«

»Rodolfo, ich ...« Geraldine kam auf der Sofalehne ins Rutschen. »Machen Sie sich nicht lächerlich!« Sie stand auf und ging ans Fenster.

»Also kein Wagner«, sagte Kowalski kurz angebunden und stand ebenfalls auf. Er ging zum CD-Player und legte eine Silberscheibe ein. Geraldine blickte auf die Platanen. Leise erklangen die ersten Takte des Mendelssohn-Violinkonzerts. Kowalski stand jetzt dicht hinter ihr. Die Geigen spielten das Thema des ersten Satzes.

»Sie trugen ein meerblaues Abendkleid«, flüsterte er an ihrem Ohr. »Ein tiefes Lapislazuli, fast wie Lavendel, blau … wie das Meer bei Agadir.« Er hauchte sanft über ihren Nacken. »Franceschini führte Sie durch die Orchesterreihen, hielt Sie an der Hand. Er gab den Orchestereinsatz. Sie blickten ihn an, Violine und Bogen in der Hand. Sie sahen hinreißend aus in dieser schulterfreien Robe«, schob er ein. »Ich dachte an meinen Abschied in Marokko, an die letzten Stunden im Hause des Mannes, dem ich viel verdanke.«

»Sie waren …«, setzte Geraldine an, doch er ließ sie den Satz nicht zu Ende sprechen.

»Was haben Sie gefühlt, als sich Ihr Blick mit dem des Mannes traf, den Sie liebten … während Sie die Musik spielten, die Sie liebten? Sie wussten, dass er die Nacht nicht mit Ihnen verbringen würde, deshalb legten Sie alles, was Sie empfanden, in die Musik. Sie wussten genau, dass er Sie nicht allein lassen würde … Sie nicht allein lassen konnte, wenn Sie ihn innerlich aufwühlten, ihn eroberten mit Ihrem Können, Ihrer Hingabe. Was empfanden Sie, als der Applaus losbrach und Franceschini vom Podium stieg, um Ihnen zu gratulieren? Was fühlten Sie, als er Ihre Hand nahm und sie küsste?« Er packte sie an den Schultern. »Was hat er Ihnen gesagt, als er sich zu Ihnen beugte, Geraldine?«

»Hören Sie auf!«

Kowalski zog sie mit einem Ruck an sich. »Was haben Sie gefühlt, hm? Sie waren glücklich, nicht wahr? So glücklich, wie Sie glauben nie wieder sein zu können.«

»Schluss jetzt!« Geraldine versuchte sich zu befreien, aber er ließ sie nicht los. Sie spürte seinen Atem.

»Was haben Sie gefühlt, Geraldine? Waren Sie glücklich?« Er drückte fester zu. »Das ist vorbei!«, flüsterte er eindringlich und mit gedämpfter Stimme. »Seien Sie doch nicht so naiv zu glauben, Sie und Franceschini hätten eine Zukunft. Er ist immer noch verheiratet, und Sie haben nichts mehr, womit Sie ihn für sich einnehmen können. Bleiben Sie bei mir. Ich liebe Sie!« Er drehte sie zu sich herum, lockerte den Griff, ließ sie los. Er wischte ihr langsam eine Träne von der Wange.

Es klingelte an der Wohnungstür, mehrmals.

»Wollen Sie nicht aufmachen?«, fragte Geraldine. Sie war völlig durcheinander und fuhr mit dem Handrücken über ihr Gesicht, unsicher, ob die Wimperntusche gehalten hatte.

»Wir sind nicht da«, entschied Kowalski. »Geraldine, ich flehe Sie an.«

Er küsste sie leicht, Geraldine erwiderte seinen Kuss, strich zart durch seine braunen Haare. »Rodolfo«, flüsterte sie tief berührt.

Das Geräusch eines Schlüssels, der sich im Schloss umdrehte. Kowalski fuhr hoch.

»Steckt Ihr Schlüssel?«, fragte sie erschrocken.

»Nein.« Kowalski ging zur Tür. »Einen Moment«, rief er. »Ich komme!«

»Ich war in der Gegend und wollte mal sehen, wie es dir so geht, mein Junge.«

Die Stimme kannte sie.

»Ach, Sie sind auch da?« Dr. Friedbaum stand bereits mitten im Raum, während Kowalski noch die Tür schloss. Er streckte Geraldine beide Hände entgegen.

»*Carissima,* wie geht es Ihnen? Ich störe doch nicht?«, sagte er zu Kowalski gewandt. »Ach, ihr hört Musik? Ah, Mendelssohn, bisschen hohl, der Gute, findet ihr nicht? Er war zu glücklich, der Baron … zu viel Glück blockiert die Genialität.«

»Möchtest du etwas trinken, Heinz?«, fragte Kowalski höflich.

»Wie wär's mit einem Whisky mit Eis … viel Eis, Rudolf?«, sagte Dr. Friedbaum und lächelte.

Geraldine blickte von einem zum anderen. Sie bemühte sich krampfhaft, Ordnung in das Chaos ihrer Gedanken und Gefühle zu bringen, aber der Aufruhr in ihr war nicht zu bändigen. Was ging hier vor? Warum hatte Kowalski sie vorhin noch vor Friedbaum gewarnt, wenn er doch offensichtlich näher mit ihm befreundet war? Viel näher, als es in einer Psychiater-Patient-Beziehung normal war, so schien es … Sie zwang sich, den Gedanken nicht zu Ende zu denken, und gab sich einen Ruck. »Ich muss dann leider gehen«, setzte sie an. »Mein Zug fährt um … na ja … also, ich verabschiede mich dann.«

»Du bleibst!«, befahl Kowalski. Er stand am Teewagen mit den Spirituosen, um Dr. Friedbaum einen Drink einzugießen.

»Gut, wenn du meinst«, erwiderte Geraldine verwirrt.

»Entschuldigt mich bitte einen Moment. Ich gehe mich kurz frisch machen«, sagte sie dann und steuerte Richtung Badezimmer.

»Aber ja, meine Liebe, machen Sie sich hübsch!«, rief Dr. Friedbaum.

Sie suchte im Entree nach ihrer Tasche. Im hohen venezianischen Spiegel beobachtete sie, wie Dr. Friedbaum sich Kowalski näherte. Er legte ihm die Hand auf die Schulter. »Na, wie geht es dir denn?«

Kowalski sagte nichts und hantierte mit der Whiskyflasche. Dr. Friedbaum strich ihm mit den Fingern durch das dunkle Haar. Er zischte ihm etwas zu, was sie nicht verstehen konnte, fasste ihn abrupt im Nacken und zerrte seinen Kopf herum. »Sieh mich an, wenn ich mit dir spreche!« Dann verkrallte er seine Finger in Kowalskis Hinterkopf und zog dessen Gesicht zu sich heran. Er gab sich nun keine Mühe mehr, leise zu sprechen. »Bin ich in ein Tête-à-tête geplatzt, oder was? Erwägst du, mich zu verlassen? Nach all den Jahren … nach allem, was ich für dich getan habe! Willst du mich etwa im Stich lassen?«

»Heinz … sei doch leise, ich bitte dich. Du tust mir weh …«

»Das hat dich doch noch nie gestört … hm, *carissimo*«, sagte Dr. Friedbaum. Geraldine bekam eine Gänsehaut. Atemlos verfolgte sie, wie Kowalskis Widerstand schwand, bis dann Friedbaum seinen Griff lockerte. »Na also!« Er lächelte. Es war ein Lächeln, das sie schaudern ließ.

»Heinz, ich …«, setzte Kowalski an.

Geraldine raschelte auffällig im Flur herum und räusperte sich. Das Gespräch verstummte. Als sie in den Salon kam, trat Dr. Friedbaum schnell einen Schritt zurück.

»Na, lass mich mal machen, mein Junge … bevor du die Whiskyflasche aufbekommst, bin ich ja verdurstet! Gib mal her«, lachte er gezwungen und nahm Kowalski die Flasche aus der Hand. Er goss sich einen doppelten Whisky ein. »So, und was können wir für Sie tun, liebste Geraldine? Rudolf, du solltest deinem Gast ein Taxi rufen, wenn sie es doch so eilig hat, nicht wahr?«

»Hatten wir nicht gesagt, ich bleibe?«, sagte Geraldine nachdrücklich zu Kowalski.

»Ach, hatten wir das?«, rief Dr. Friedbaum überrascht.

»Rudolf?«

»Sie sollten besser gehen.«

»Bist du sicher?«, fragte Geraldine.

»Bitte geh.«

Dr. Friedbaum prostete ihr zu.

»Hatten Sie nicht eine Tasche oder so was?« fragte er beflissen und ging in den Flur.

»Ich bleibe bei dir, wenn du es willst«, flüsterte Geraldine Kowalski zu. Er schüttelte den Kopf.

»Adieu, *cara* … und grüßen Sie die gute alte Ludovica!«, strahlte Dr. Friedbaum, drückte Geraldine ihre Umhängetasche in die Hand und schloss hinter ihr die Wohnungstür.

Geraldine ging die Treppen hinunter. Erst zögerte sie, doch dann begann sie zu laufen, von dem Gedanken besessen, so schnell wie möglich hier wegzukommen. Weg von Friedbaum, weg von Kowalski und diesem Albtraum, aus dem es kein Erwachen mehr zu geben schien.

*

Geraldine läutete Sturm. Der Türöffner summte. Sie drückte das schwere Portal auf und hastete durch den Eingangsbereich zum Aufzug. Die Eingangstür stand weit offen. Das Apartment war hell erleuchtet. Auf der Schwelle wartete ein Mann, den sie kannte. Sie schloss die schmiedeeisernen Aufzugtüren.

»*Buona sera,* Signorina, Signora della Torre ist in der Bibliothek.« Geraldine spürte seinen forschenden Blick.

»Commissario Caselli. Warum sind Sie denn hier, um diese Zeit? Was ist passiert?«

»Sie wissen es noch nicht?« Er schloss die Tür. »Kommen Sie.«

Ludovica saß in der Bibliothek in einem Sessel, ein Glas Brandy in der Hand. In der anderen hielt sie ein zerknülltes Taschentuch, mit dem sie sich über die Wangen wischte. Als sie Geraldine eintreten sah, streckte sie den Arm nach ihr aus. »Geraldine! Ist das nicht furchtbar! Mein Gott, wie konnte das geschehen? Ich bin völlig …« Ihre Stimme brach, und sie presste das Taschentuch gegen die Nase. »Hat der Commissario dich angerufen?«, fragte sie dann und versuchte aufzustehen.

»Bitte, bleiben Sie doch sitzen, Signora«, meinte Caselli zuvorkommend. »Benötigen Sie etwas, soll ich Ihnen etwas holen?«

»Nein, nein … Geraldine, geh bitte in mein Schlafzimmer und bring mir ein frisches Taschentuch aus der Kommode, ja? Das wäre lieb von dir.«

»Aber natürlich«, sagte Geraldine. »Aber was ist denn nur los?«

»Ach, Geraldine, weißt du es nicht …«, rief Ludovica verzweifelt, und wieder rollten Tränen über ihr Gesicht, die sie mit dem durchnässten Taschentuch zu trocknen versuchte. »David …« Doch sie konnte nicht weitersprechen.

»Maestro Franceschini ist tot aufgefunden worden, vor etwa einer Stunde im Zentrum. Er saß in seinem Jaguar hinter dem Steuer. Ein Anwohner fand ihn. Als er in seine Einfahrt fahren wollte, versperrte ihm der Wagen des Maestro den Weg«, erläuterte Commissario Caselli. Geraldine fühlte den Boden unter sich wanken. Sie ging zu Ludovica und umarmte sie sanft. Die alte Dame drückte sie wortlos an sich.

»Die Signorina …«, schaltete sich Commissario Caselli ein.

»Sie ist eine Freundin und besucht mich hin und wieder«, unterbrach ihn Ludovica und schnäuzte sich. Geraldine drückte ihre Hand.

»Ist es nicht ein bisschen spät für Besuche?«, beharrte Caselli. Geraldine reichte Ludovica ein frisches Taschentuch und blieb neben ihrem Sessel stehen.

»Was wollen Sie denn, Commissario?«, antwortete Ludovica unwirsch mit einer Gegenfrage. »Geraldine übernachtet manchmal hier. Ihr Zimmer steht leer. Sie kann es benutzen, wann immer sie will. Sie hat früher bei mir gewohnt, während ihrer Zeit am Konservatorium«, fügte sie matt hinzu.

»Und wo waren Sie heute Abend, Signorina?«

»Commissario, ich bitte Sie«, unterbrach ihn die alte Dame. »Ich bin sehr müde und möchte mich zurückziehen. Sie haben mir eine schreckliche Nachricht überbracht. Sie verstehen, dass ich jetzt allein sein möchte.«

»Aber natürlich, Signora«, meinte Caselli höflich. »Darf ich morgen wiederkommen? Am Vormittag, gegen elf? Ich habe einige Fragen an Sie … und auch an Signorina Dvorsky«, fügte er hinzu. »Ich treffe Sie doch hier an?«, setzte er an Geraldine gewandt hinzu.

»Aber ja, wir werden Sie beide erwarten«, kürzte Ludovica die Sache ab. »Ich bringe Sie hinaus.«

»Ich mach das schon«, fiel Geraldine ihr ins Wort.

Ludovica nickte und lächelte ein wenig. »Danke, Liebes.«

Geraldine spürte, wie ihre Beine unter ihr immer noch nachzugeben drohten. Sie fühlten sich an wie aus Gummi.

»Woran ist er gestorben?«, fragte sie an der Tür.

»Kaliumzyanid«, antwortete Caselli. »Er war auf der Stelle tot.«

»Und wo hat man ihn …«, setzte sie an.

»In der Via Giulia …«, antwortete er und fixierte sie scharf. Geraldine konnte ihre Bestürzung nicht verbergen. Was hatte David in der Via Giulia gewollt? War er ihr und Kowalski etwa gefolgt, weil …

Dieser Gedanke war zu entsetzlich, um ihn weiterzudenken. Hatte sie zweimal den gleichen Fehler gemacht? Ihre Karriere ruiniert und David in den Tod getrieben? Hatte er sie tatsächlich geliebt, und sie hatte ihn zweimal enttäuscht? Nein, es konnte auch sehr gut reiner Zufall gewesen sein. Aber was machte sie sich denn da vor? Welcher Zufall denn?

»Es ist unklar«, fuhr Caselli fort, »ob er selbst dorthin gefahren ist und dann die Zyankalikapsel schluckte oder ob er an einem anderen Ort vergiftet und dann in die Via Giulia gebracht wurde.«

»Sie glauben, er ist ermordet worden?« Geraldine erfasste ein jäher Schwindel, und sie klammerte sich mit beiden Händen am Türrahmen fest.

»Man kann es nicht ausschließen, bis das Gegenteil bewiesen ist. Er saß zwar am Steuer, aber die Via Giulia ist nachts nicht sonderlich gut beleuchtet. Nur diese alten Gaslampen an den Fassaden. Man hätte leicht unbemerkt die Leiche auf den Fahrersitz ziehen können«, erläuterte er.

Geraldine war froh, als Caselli auf den Aufzugknopf drückte. Der Boden schwankte bedrohlich vor ihren Augen.

»Also dann, bis morgen«, sagte sie mit letzter Kraft.

»Gute Nacht«, antwortete Commissario Caselli zögernd. Geraldine schloss die Tür.

30

Ludovica saß am Frühstückstisch und wärmte die Hände an der Teetasse aus Meissner Porzellan.

»Du täuschst dich, Geraldine! Du glaubst, etwas beobachtet zu haben, und ziehst falsche Schlüsse. Du verrennst dich. Dr. Friedbaum ist ein ausgezeichneter Arzt. Er hat David das Leben gerettet. Es tut mir leid für deinen Bekannten, aber was Dr. Friedbaum betrifft, bin ich sicher, hier liegt ein Missverständnis vor.«

»Aber …«

»Ich möchte jetzt nichts mehr davon hören. Ich bin nicht dazu in der Lage. Du wirst sehen, alles klärt sich von selbst auf. Und im Übrigen, was wäre schon dabei, wenn dieser Mann homosexuell veranlagt wäre? Du willst ihn doch nicht heiraten, oder? Im Übrigen sind einige meiner besten Freunde in London …«, fuhr sie fort.

»Natürlich«, unterbrach sie Geraldine und küsste sie auf die Wange. »Verzeih.«

Ludovica stellte ihre Tasse ab und sah Geraldine unverwandt an. »Was empfindest du? Du hast David doch sehr geliebt«, wollte sie wissen und sah Geraldine offen an.

»David hatte mich einen Tag vor seinem Tod angerufen. Er wollte sich mit mir treffen, nach der ganzen langen Zeit«, begann Geraldine. »Meinst du, er …?« Sie ließ den Kopf sinken und verstummte. Ludovica legte sacht ihre eiskalte Hand auf Geraldines Arm.

»Er hat dir nicht verziehen, dass du dich mit Federico eingelassen hast«, erwiderte sie.

»Ich weiß«, sagte Geraldine leise. »Aber er war doch sogar verheiratet!«

»Männer sehen das anders, mein Kind«, antwortete Ludovica und schenkte ihr Tee nach. »Sie sehen das anders. Als du gestern kamst, dachte ich, du wüsstest von seinem Tod«, unterbrach sie sich unvermittelt. »Du warst so vollkommen außer dir.«

Es läutete, Ludovicas Haushaltshilfe Isolina ging zur Tür. Ihre Füße schlurften über die Steinfliesen. Sie jammerte vor sich hin. Seit sie am Morgen erfahren hatte, was passiert war, hatte sie nicht mehr aufgehört zu weinen. Bevor sie den Riegel zurückschob, erkundigte sie sich lautstark nach dem Namen des Besuchers, dann erst öffnete sie.

»Ich bewundere dich, dass du so gefasst sein kannst«, sagte Geraldine. »Du fragst mich, wie es mir geht, dabei bist du es doch, die jetzt am meisten Trost braucht.«

»Ich habe schon so viele Menschen verloren, die ich liebte, Geraldine«, sagte Ludovica matt. Sie stand auf, um eine dritte Tasse aus dem Büfett zu nehmen.

Isolinas Stimme drang aus dem Flur. »*Buon giorno, Commissariom, venga, di là* … die Signore sind in der Küche. Ich bin Isolina Cartecci. Ich helfe der Signora im Haushalt, schon seit vierzig Jahren«, erklärte sie ihm unaufgefordert. »Ich habe ihn schon gekannt, als er ein Junge war, den Signor Davide. Schwarze Locken hat er gehabt, und immer hat er gebettelt: ›Isolina, machst du wieder deinen Eierlikörkuchen, der schmeckt mir doch so gut‹, und dann habe ich ihm einen gebacken mit viel Schokoladenguss, da konnte er gar nicht genug davon kriegen … und er hat mich nicht vergessen, der Signorino, wissen Sie, auch nicht, als er ein berühmter Dirigent war. Jedes Jahr zum heiligen Weihnachtsfest hat er mir einen dicken Umschlag gegeben. ›Für meine Isolina und ihre Familie‹, hat er gesagt und dann hat er gelacht mit seinem jungenhaften Lachen. Ja, er war eine Seele von Mensch. Immer holt der Tod die Besten!« Sie schniefte, und Caselli reichte ihr aufmerksam sein Taschentuch, in das Isolina sich lautstark schnäuzte.

»Guten Morgen, zusammen!«, grüßte er.

»Wir haben Sie schon erwartet, Commissario. Trinken Sie eine Tasse Tee mit uns?« Ludovica deutete auf die dritte Tasse.

»Ja, gern.« Caselli setzte sich.

»Sie haben doch nichts dagegen, dass wir hier in der Küche bleiben?«, fügte Ludovica hinzu. »Es muss ja nicht immer so formell zugehen, und außerdem wollte Isolina gerade im Salon Staubsaugen, nicht wahr?«

Isolina schenkte dem Commissario eine Tasse Tee ein, dann stellte sie die Kanne ab, deutete einen ungeschickten Knicks an und ging.

»Signora della Torre, dürfte ich Sie bitten, mich einen Moment mit Signorina Dvorsky allein zu lassen? Ich möchte ihr ein paar Fragen unter vier Augen stellen.«

Ludovica nickte, warf Geraldine einen warmen Blick zu, stand mühsam auf und schloss hinter sich die Tür.

»Sie kannten David Franceschini sehr gut, nicht wahr?«, begann Caselli unvermittelt sein Verhör. Geraldine nickte. »Ich habe gestern Abend noch mit Signora Franceschini telefoniert«, berichtete er.

»So spät noch?«

»Ja, ich wollte mehr über Sie erfahren.«

»Und da haben Sie sich an Giulia gewandt.«

»Franceschini hat Sie gefördert, Ihre Karriere aufgebaut, und Sie waren seine Geliebte … bis zu diesem tragischen Unfall, letzten Herbst. Das tut mir übrigens sehr leid für Sie, ich wollte es Ihnen schon letztens in der Questura sagen … ich kann mir vorstellen, dass das für einen Musiker … wissen Sie, mein Großvater hat gelegentlich Oboe gespielt, und nach einem Schlagfall blieben Zeige- und Mittelfinger steif. Er hat sich schrecklich gegrämt. Nun ja, also, das tut ja nichts zur Sache.«

»Hat Giulia Ihnen erzählt, ich sei seine Geliebte gewesen?«

»Nicht direkt, aber sie sagte mir, sie vermute es. Hat sie recht?«

»Ja.«

»Nach dem Unfall hat er Sie fallen lassen«, stellte Caselli fest. »Genauso wie Stronchetti.«

»Sie verdächtigen mich immer noch, Federico ermordet zu haben?«

»Das ist reine Routine, glauben Sie mir. Ich muss jeder Spur nachgehen, solange wir in den Ermittlungen nicht weiterkommen.« Caselli griff zur Tasse, trank einen Schluck Tee und stellte sie wieder ab. »Der Tod Ihrer Liebhaber scheint Sie nicht sehr zu treffen, oder irre ich mich da?« Als er ihren Blick sah, korrigierte er sich. »Entschuldigen Sie, Sie müssen auf diese Frage nicht antworten«, sagte er und ruckte verlegen an seiner Krawatte.

»Sie halten mich für gefühlskalt, Commissario. Das bin ich nicht. Es ist nur … es ist zu viel Negatives in den letzten Monaten passiert. Allein der Gedanke, dass meine Karriere vorbei ist, beschäftigt mich pausenlos. Ich kann an nichts anderes mehr denken. Ich war verliebt, und seit dem Unfall bin ich nur noch allein. Jeder war mit seinem angekratzten Ego beschäftigt. Wie es mir ging, hat keinen interessiert. Ich musste allein mit allem fertigwerden. Und das werde ich nicht.«

»Das tut mir sehr leid, Signorina.« In Casellis Stimme lag ehrliche Betroffenheit.

Geraldine schaute auf, ihre Augen blickten ihn klar und furchtlos an. »Was ich Ihnen damit sagen will, ist:

Ich habe genug geweint. Im Moment fühle ich nichts, gar nichts. Meine Verzweiflungsanfälle werden seltener. Ich lebe so dahin, und wie es scheint, finde ich mich mit meiner Lage ab. Ich bin unfähig, irgendeine Entscheidung zu treffen, um mein künftiges Leben zu planen. Ich habe noch Geld für ein Jahr. Was ich dann tun werde, weiß ich nicht. Ich habe keinerlei Ambitionen oder Hoffnungen. Ich möchte nur, dass man mich in Ruhe lässt.«

»Das kann ich gut verstehen, Signorina«, sagte Caselli. »Dennoch werde ich Ihnen einige Fragen nicht ersparen können. Zum Beispiel muss ich wissen, was Sie zur Tatzeit in der Via Giulia zu suchen hatten.«

Geraldine Dvorsky fuhr zusammen und sah ihn erschrocken an. »Woher wollen Sie wissen, dass ich dort war?«

»Passanten haben Sie gesehen, wie eine junge Frau aus einem Palazzo gestürzt ist, als würde sie kopflos die Flucht ergreifen. Die Beschreibung passt«, fuhr er betont sachlich fort. »Leugnen Sie, dass Sie dort waren?«

»Ich habe in der Via Giulia 4 einen Freund besucht, Rodolfo Kowalski. Wir hatten eine Auseinandersetzung. Ich habe etwas erfahren, das mich unangenehm berührt, ja … schockiert hat. Deshalb war ich tatsächlich außer mir, als ich das Haus verließ. Ich weiß nicht, warum David seinen Wagen ausgerechnet in der Via Giulia abgestellt hatte. Es war wahrscheinlich purer Zufall.«

»Wann haben Sie die Wohnung wieder verlassen?«, fragte Caselli.

Geraldine überlegte kurz. »Das war gegen … Mitternacht.«

»Gibt es außer Signor Kowalski noch Zeugen?«

»Dr. Friedbaum. Er ist war auch Davids Arzt. Ich glaube übrigens, dass David das Gift von ihm bekommen hat.«

Caselli nahm diese Information unbewegt zur Kenntnis. »In welcher Beziehung steht Dr. Friedbaum zu Signor Kowalski?«

»Er ist nicht nur Arzt, sondern auch Psychotherapeut. Kowalski und ich waren bei ihm in Behandlung, und ich glaube, dass die beiden ein Liebespaar sind.«

Commissario Caselli warf ihr einen kurzen Blick zu.

Nun hält er mich für unzurechnungsfähig und glaubt mir überhaupt nichts mehr, dachte Geraldine.

31

»Gibst du mir bitte meine Medikamentenbox, Darling?«

»Aber sicher, Richard.« Sie stand auf und ging ins Badezimmer, das in seiner Üppigkeit typisch war für das Hassler, eines der berühmtesten Hotels in Rom. Auf der Ablage neben dem Flakon mit englischem Rasierwasser, Penthaligon's Blenheim Bouquet, stand eine rechteckige Metallschachtel mit Deckel. Geraldine griff danach. Dann zögerte sie, stellte die Box auf der Kante des Waschbeckens ab und öffnete sie. In der rechten Ecke, unter verschiedenfarbigen Tablettenblistern, lag eine kleine, runde Pillendose mit eingravierten Initialen. Sie nahm sie heraus.

»Na, hast du gefunden, wonach du gesucht hast?«, fragte eine tiefe Stimme hinter ihr. Richard stand in der Tür. Er kam auf sie zu und umfasste mit beiden Händen ihre Schultern. Dann küsste er ihren Hals. Geraldine klappte die Dose auf. Sie war leer.

Sie drehte sich um und blickte ihm in die Augen. »Richard, was hast du damit gemacht?«

»Aha!«, sagte der Sänger, ließ sie los und ging zurück ins Zimmer. »Die Formulierung deiner Frage sagt mir, dass du mich immerhin nicht sofort als Mörder deines ehemaligen Liebhabers abstempelst.«

»Was hat das zu bedeuten, Richard? Wo ist die Kapsel, die du in der Pillendose aufbewahrt hast? Nun gib mir doch eine Antwort!« Geraldines Stimme schraubte sich höher.

»Du meinst meine Altersvorsorge?« Richard lachte bitter und goss sich einen Whisky ein. »Du traust mir zu, dass ich sie deinem heiß geliebten Franceschini einverleibt habe? Weil du mich verlassen und wieder zu ihm zurückgehen wolltest, nachdem er dich so würdelos hat fallen lassen. Welche Arroganz von dir, mir das zu unterstellen!«

»Ich unterstelle dir gar nichts, Richard. Sag mir einfach, wo die Zyankalikapsel geblieben ist«, antwortete Geraldine beherrscht.

»Ich habe sie nicht mehr. Nach Franceschinis Tod ist mir klar geworden, dass es zu einfach und zu billig ist, sich so aus dem Leben zu schleichen … und deshalb habe ich sie weggeworfen.«

»Weggeworfen? Man kann eine Zyankalikapsel doch nicht einfach in die Toilette werfen. Das ist Giftmüll.«

»In den Tiber …«, sagte er leise. Dann hob er sein Glas und prostete ihr mit einem zynischen Gesichtsausdruck zu. »*Sempre libera …*«, intonierte er und kippte seinen Whisky.

Was er damit andeuten wollte, war offensichtlich und verletzend. Geraldine nahm ihre Tasche und ihren Mantel und verließ wortlos Richard McFairschilds Hotelzimmer.

32

Das Telefon auf seinem Schreibtisch läutete, und Caselli nahm ab.

»Commissario? Ich muss Sie dringend sprechen.«

»Ich bin in der Questura, Sie können jederzeit …«, antwortete Caselli, der die Stimme mit Akzent erkannt kannte.

»Nein, nicht in der Questura … Villa Borghese. Am Haupteingang zum Museum, um zehn Uhr? Geht das?«

»Ich komme hin«, sagte Caselli, legte auf und rief nach der Sekretärin. »Signorina Flavia!«

Sie sah vom PC hoch und bequemte sich aufzustehen. »Ja, bitte?«, fragte sie in seiner Bürotür. Caselli zog schon seine Barbour-Jacke über und nahm einen Schal vom Kleiderständer. »Rufen Sie meinen Zahnarzt an und sagen Sie alle Termine ab. Sagen Sie, ich melde mich, wenn es bei mir zeitlich wieder passt. Dr. Lucchentini, Via Leoncino 14. Ist in der Nähe der Piazza San Lorenzo in Lucina. Suchen Sie die Nummer im Internet heraus. Ich muss weg.«

»Wird gemacht, Commissario«, erwiderte Signorina Flavia und trat zu Seite, um ihn vorbeizulassen.

Caselli nickte ihr zu und ließ sich seine Verwunderung nicht anmerken. Er hatte eigentlich damit gerechnet, sie werde schnippisch antworten, für seine Privattermine sei sie nicht zuständig.

*

Caselli wartete seit fünf Minuten vor dem Haupteingang des Museums, als er Geraldine Dvorsky von Weitem durch den Park auf ihn zukommen sah. Es war ein grauer Februarmorgen, Nieselregen hatte eingesetzt. Die junge Geigerin löste ihr Foulard vom Riemen ihrer Umhängetasche und benutzte es als Kopftuch.

Als Signorina Dvorsky ihn erreichte, wirkte sie ziemlich durchgefroren. Sie hielt die Arme vor dem Körper verschränkt und machte ein ernstes Gesicht. »*Buon giorno*, Commissario. Haben Sie einen Sonderausweis, oder was?«

»Wie bitte?«, fragte Caselli verdutzt.

»Wollen Sie hier stehenbleiben? Wir gehen natürlich hinein.« Sie durchschritt das Portal und stellte sich hinter einer koreanischen Touristengruppe an die Kasse. »Draußen regnet es, und hier ist es zugig.«

Caselli, der sich beeilte, ihr zu folgen, nickte. »Ja, natürlich, einen Moment.« Er ging zum Einlass, zeigte seinen Ausweis vor, und der Museumswächter ließ das Paar durch. Sie betraten den ersten Saal. So früh am Morgen schienen fast nur Schulklassen und Touristen hier zu sein. Gleißendes Licht flutete in breiten Streifen durch die hohen Fenster herein.

Caselli blieb vor einer Skulptur stehen. Das war ein recht ungewöhnliches Treffen, und er war sich nicht ganz sicher, wie er es einschätzen sollte. Offenbar lag Geraldine Dvorsky daran, die Regeln zu bestimmen. Nun, er würde sich darauf einlassen. Das Museum kannte er nicht. Nichts sprach dagegen, sich die Kunstschätze mit ihr anzusehen. Denn eilig hatte die junge Dame es offenbar nicht.

»Die ist bestimmt nicht freiwillig mit!«, scherzte er. »Das ist eine von Berninis Statuen, oder?« Er beugte sich hinunter, um das Messingschild zu lesen.

»Raub der Proserpina«, sagte Signorina Dvorsky.

Caselli beschloss, in Ruhe abzuwarten, bis sie von selber zu sprechen begann. Er ging weiter zu Paolina Bonaparte, von Canova in klassischer Pose verewigt, und fuhr mit den Fingern über den glatten Marmor der Liegebank. »Unglaublich, der Faltenwurf. Wie er das gemacht hat. Das Polster sieht so bequem aus«, stellte er fest und zuckte zurück, als er den strafenden Blick einer Dame des Aufsichtspersonals auffing. Sie stand neben einem Stuhl, die Arme hinter dem Rücken verschränkt.

»Bitte nichts anfassen!«, rief sie streng.

Caselli hob beschwichtigend die Hand.

Sie gingen in den kleinen Saal, der Apollo und Daphne gewidmet war. Caselli lächelte. Die Gruppe beschrieb eine Szene aus Ovids Metamorphosen und dominierte die Raummitte. Die vor Apollo fliehende Daphne wird von ihrem Vater, dem Flussgott Peneios in einen Lorbeerbaum verwandelt. Der schlanke Körper erstarrt zu Baumrinde, die erhobenen Hände und Finger werden Äste und Blattwerk. Er hatte diese Skulptur zum ersten Mal als kleiner Junge in einem Bildband seines Großvaters entdeckt und war fasziniert gewesen.

»Wunderschön, nicht?« Geraldine blieb stehen. »Früher hat mich diese Skulptur sehr berührt.«

Caselli nickte nur.

Dann straffte Geraldine Dvorsky plötzlich die Schultern, als müsse sie all ihren Mut zusammennehmen. Caselli sah sie gespannt an. Sie war nun offenbar so weit, auszusprechen, wofür sie ihn hergebeten hatte.

»Ich habe den Verdacht, dass Richard für Davids Tod verantwortlich ist.«

Das mochte Caselli an ihr. Sie brachte die Dinge immer gleich auf den Punkt. Eine deutsche Eigenschaft. Er musste auch nicht nachhaken. Sie sprach von selbst weiter.

»Richard bewahrte in einer Silberdose eine Zyankalikapsel auf. Er nennt das seine Altersvorsorge, wenn Sie wissen, was ich meine«, sagte sie, ohne zu lächeln.

Caselli konnte es sich vorstellen.

»Und die ist jetzt weg. Ich weiß, dass Richard das Gefühl hat, er sei zu alt für mich. Man erwartet das nicht von einem Briten, aber er ist besitzergreifend und eifersüchtig.

Ständig will er wissen, ob ich noch an David denke. In der letzten Zeit war es besonders schlimm. Für mich ist er ein guter Freund. Er sieht das anders. Ich glaube, es wäre für ihn unerträglich gewesen, mich ein zweites Mal an David zu verlieren. Ich weiß nicht ... ich bin ganz durcheinander ... jedenfalls ist die Kapsel weg.«

»Und, hat er denn recht?«

Sie antwortete nicht.

»Standen Sie wieder in Kontakt zu ihm?«, beharrte Caselli.

»Nein. Wir haben telefoniert und wollten uns treffen, aber dazu ist es nicht mehr gekommen.«

Caselli sah sie forschend von der Seite an und beschloss, ihr zu glauben. »Nun, jedenfalls haben Sie sich da eine Menge Gedanken gemacht«, sagte er.

Geraldine warf ihm einen missbilligenden Blick zu.

»Sie glauben, ich fantasiere mir da etwas zusammen?«

»Sie sprechen einen sehr schwerwiegenden Verdacht aus. Haben Sie Signore McFairshield gefragt, wo die Kapsel ist?«

»Ja.«

»Und?«

»Er sagt, durch Davids Tod sei ihm klar geworden, dass es zu billig sei, sich so einen Ausweg offenzuhalten, und er habe die Kapsel ...«

»Sie sagten, er bewahrte sie in einer Dose auf?«

»Ja.«

»Ist die Dose noch da?«

Geraldine bejahte.

»Es fehlt also nur die Kapsel?«

»Genau. Richard sagt, er habe sie weggeworfen, angeblich in den Tiber.«

»Und Sie denken nicht mehr, dass Franceschini das Zyankali von Dr. Friedbaum erhalten hat?«

Nun schwieg sie wieder.

Caselli überlegte. Warum erzählte sie ihm das alles? Wollte sie von sich ablenken und eine falsche Fährte legen? Oder war sie wirklich durcheinander und suchte bei ihm, dem Commissario, Hilfe? Wenn sie davon ausging, ihr Opernsänger-Exliebhaber sei ein Mörder, musste sie Angst haben; so große Angst, dass sie sich an die Polizei wandte. Oder sie log einfach nur gut.

Vielleicht konnte er etwas mehr aus ihr herauslocken, wenn er sie auf ihren melancholischen Freund im Trench ansprach. »Sie sind mit Signor Kowalski befreundet?«

Als sie seinen Namen hörte, sah sie auf.

»Ich habe Sie mit ihm in einer Trattoria gesehen«, fuhr er fort und registrierte, wie ihre Augen sich überrascht weiteten, »ein faszinierender Mann. Er hat eine so, wie soll ich sagen, geheimnisvolle Ausstrahlung.«

Geraldine lachte freudlos. »Ja, das kommt davon, dass er den Mond im Skorpion hat, sagt er jedenfalls.«

Caselli nickte etwas verwirrt. »Nun er ist schon ein … irgendwie mystisch wirkender Mensch.«

»Das stimmt«, sagte Geraldine. »Ich habe ihn sogar mal beichten sehen.«

Caselli horchte auf. »So? Wo denn?«

»Wir waren in Santa Maria Maggiore zur Lichtmessfeier.«

Das war nichts Ungewöhnliches. Caselli wusste, dass das Ereignis jedes Jahr Hunderte gläubiger Katholiken und Schaulustige in die größte und prachtvollste Marienkirche Roms zog. »Und, was wollte Dr. Friedbaum in jener Nacht bei Signor Kowalski? Hatten Sie eine Art Gruppentherapie, oder war das Zusammentreffen privater Natur? Sie deuteten an, dass Friedbaum und Kowalski … nun, ihrem eigenen Geschlecht nicht abgeneigt sind.«

Er sah, wie sich Geraldines Gesicht verdunkelte. Als sie sich ihm zuwandte, blitzten ihre Augen. »So kann man es auch ausdrücken, Commissario.«

Caselli ließ sich von ihrem mokanten Ton nicht aus dem Konzept bringen. »War es das, was Sie so schockiert hat und weshalb Sie kopflos aus der Wohnung stürzten? Sie hatten bis dahin nichts von Signor Kowalskis Tendenzen gewusst?«

Geraldine Dvorsky schwieg, aber plötzlich schien alle Kraft von ihr gewichen. Sie wirkte zutiefst mutlos und unglücklich. Caselli glaubte sogar, etwas wie Beschämung in ihrem verschlossenen Gesicht zu entdecken. Fast tat sie ihm leid. Was hatte sich zwischen ihr und diesem Kowalski nur abgespielt, wenn er doch homosexuell war? Ein unbestimmtes Gefühl der Ungeduld kam auf, ein Gefühl, dass ein wichtiges Mosaiksteinchen zur Lösung der beiden Fälle greifbar nah war, ohne dass er es zu fassen bekam.

*

Nachdenklich fuhr Caselli in die Questura zurück. Binnen weniger Monate hatte es drei Morde gegeben, deren Opfer alle aus dem Umkreis der römischen Musiker- und Opernwelt stammten. Vismara, der ehemalige Bratscher im Orchester Santa Cecilia, der Musikkritiker Federico Stronchetti und der Dirigent David Franceschini. In mindestens einem Fall hatten Drogen eine Rolle gespielt. Wo liefen da die Fäden zusammen? Was war der gemeinsame Nenner? Denn den gab es, das spürte Caselli immer deutlicher.

Als er sein Büro betrat, kam ihm Scurzi entgegen. »Es gibt was im Fall Franceschini. Die Spurensicherung hat angerufen. Halten Sie sich fest, Commissario.« Scurzi holte Luft. »Aus der Requisite von *Tosca* wurde ein orientalisches Messer entwendet. Scarpia zerlegt im zweiten Akt im Palazzo Farnese damit sein Huhn.«

»Ein Messer aus dem Opernfundus? Ich dachte auf der Bühne werden Attrappen verwendet.«

Scurzi zuckte die Schultern. »Da müssen wir den Ausstatter fragen. Hier.« Er hielt Caselli eine Notiz hin. »Er heißt Daniele Pozzo. Arbeitet seit dreißig Jahren im Opernhaus. Er hat sich bei uns gemeldet, nachdem die Zeitungen gebracht haben, dass der Stronchetti mit einem orientalischen Messer getötet wurde. Hier ...« Er deutete auf eine Ausgabe der *Repubblica*, die auf seinem Schreibtisch lag, und las vor: *»Musikkritiker von Fundamentalisten erdolcht? Mordwaffe ein Kumiat.«*

Caselli hob die Brauen. Wenn die Presse und die Medien sich einschalteten, war das meistens eher kontraproduktiv.

»Und Sie hatten mich gebeten, mich im Opernhaus in Florenz umzuhören. Der Inspizient, Janòs Kelenfy, er ist gebürtiger Ungar«, schob Scurzi ein, »hat ausgesagt, Zeuge eines heftigen Wortwechsels zwischen McFairshield und der Mezzosopranistin Ali-Zade geworden zu sein. Dabei ging es um den Maestro – und das wenige Stunden vor seinem Ableben.«

Es klopfte, und Signorina Flavia steckte den Kopf durch die geöffnete Tür. »Ihre Zahnarzttermine habe ich abgesagt, Commissario. Alles in Ordnung. Ist Signor Pozzo schon wieder weg?«

»Danke, Flavia … welcher Pozzo?« Caselli schaute auf.

»Der Requisiteur aus der Oper. Er hat im Gang gewartet und wollte eine Aussage machen zum Kritikermord.«

Scurzi brauste auf. »Was? Der war hier, und das sagen Sie uns erst jetzt?«

Signorina Flavia zog die Schultern hoch und verschwand.

Scurzi sah auf seine Uhr und stand abrupt auf.

»Lassen Sie mal, Scurzi. Ich übernehme das«, sagte Caselli. »Sie bleiben im Büro und warten auf meinen Anruf. Kann sein, dass wir heute noch eine Untersuchungsbeschluss brauchen.«

»Sie können mich doch jederzeit auf dem Handy erreichen, Commissario!«, setzte Scurzi an.

Caselli schnaufte. »In Ordnung, Scurzi. Gehen Sie zu Ihrer Frau. Ihr kleiner Sohn wird ja bald auf die Welt kommen. Und dann kehrt hier hoffentlich wieder Normalität ein.«

»Bestimmt, Commissario.«

*

Signor Pozzo war in seiner Werkstatt damit beschäftigt, allerlei Utensilien mit einem Lederlappen abzuwischen und in Kästen einzuordnen. Als er Caselli kommen sah, erhob er sich. »*Mi dispiace,* Commissario, ich konnte nicht länger warten, mein Dienst fing an. Commissario, wenn ich gewusst hätte, dass hier ein Mörder herumschleicht, hätte ich doch nie im Leben dieses Messer in die Ausstattung aufgenommen. Aber das konnte ja keiner ahnen!« Er starrte Caselli an, als erwarte er, sofort verhaftet zu werden.

»Aber, aber, Signor Pozzo«, sagte Caselli beschwichtigend, »niemand macht Ihnen einen Vorwurf.«

Pozzo schien sich augenblicklich etwas zu entspannen, aber der ängstliche Ausdruck auf seinem Gesicht blieb.

»Im Gegenteil, wir danken Ihnen, dass Sie sich gemeldet haben, obwohl Ihnen das doch bestimmt nicht leicht gefallen ist.«

Pozzo straffte die Schultern.

»Man kennt ja seine Pflicht als italienischer Staatsbürger, Commissario«, sagte er. »Der Dolch passte gut in die Szene und sollte noch dem Zuschauer in der letzten Reihe auffallen, während Tosca ihre Arie singt, verstehen Sie?«

Caselli sah ihn aufmerksam an.

»Es war mit Halbedelsteinen besetzt und wirkte sehr hochwertig«, fuhr der Requisiteur fort.

»Woher stammt der Dolch?«

Pozzo zuckte die Schultern. »Keine Ahnung. Eines Tages war er da. Wir haben viel Talmi im Fundus, da tauchen manchmal auch nach Jahren Dinge auf, die man nie zuvor gesehen hat. Selbst wenn man glaubt, mittlerweile jedes Stück zu kennen.«

»Aber dieser Dolch war, anders als gewöhnliche Requisiten, echt?«

Pozzo fingerte an seiner Schürze herum. »Ja, schon. Ich habe mich auch gewundert, aber ... ich dachte, solange man ihn für eine Essensszene verwendet, geht das. Scarpia sollte damit sein Huhn schneiden. Das sah nach was aus und passte stilistisch. In dem Jahrhundert, Sie wissen schon ... Koalitionskriege, Schlacht bei Marengo, Napoleon ... aß man in Rom meist nur mit einem Messer. Also habe ich es reingenommen.« Er ließ die Hände sinken. »Das Messer, mit dem Tosca auf Scarpia losgeht, ist eine Attrappe und liegt hinter dem Krug parat. Der Dolch steckt anfangs im gebratenen Huhn. Scarpia verwendet ihn, isst ein paar Happen und legt ihn weg, die Serviette leicht darüber. Tosca greift im entscheidenden Moment hinter den Krug und nimmt das Plastikrapier. Die Regie überlässt nichts dem Zufall. Jeder Ablauf wird x-Mal geprobt. Und nie, aber auch nie, ist etwas passiert, seit ich hier Dienst tue … na gut, die Caballé und Pavarotti haben sich auf der Bühne einmal gemeinsam auf einen Stuhl gesetzt, spontan bei einem Duett im Maskenball von Verdi. Der brach zusammen … der Stuhl … unter dem Gewicht, aber dafür konnte ich nun wirklich nichts …«

Caselli nickte verständnisvoll.

»Sang außer Signor McFairshield noch jemand den Scarpia?«

Pozzo schüttelte den Kopf.

»Und wer hätte den Dolch entwenden können?«

»Jeder. Die Requisitenkammer wird abgeschlossen, aber während der Proben liegt das Zeug den ganzen Tag auf der Bühne herum.«

»Wer wusste, dass es sich um einen echten Dolch handelte?«

»Natürlich alle, Commissario. Das gehört zu meiner Aufsichtspflicht, das Ensemble über Risiken und Gefahren im Umgang mit den Requisiten aufzuklären.«

»Wann ist Ihnen der Diebstahl aufgefallen?«

»Nach der zweiten oder dritten Aufführung war er weg, wie vom Erdboden verschluckt. Ich musste für die restlichen Vorstellungen einen anderen aus der Requisitenkammer holen. Natürlich habe ich mich geärgert, aber hier kommt öfter mal was weg. Ich habe die Sache dann vergessen, bis mir der Zeitungsartikel unterkam.«

Caselli hatte genug erfahren. Er bedankte sich und suchte sich seinen Weg durch die Gänge zum Künstlerausgang. Sobald er aus dem Opernhaus kam, nahm er sein Handy und rief in der Questura an. Scurzi meldete sich.

»Sie sind ja noch da, sehr gut. Wir brauchen eventuell einen Durchsuchungsbeschluss für McFairshield. Wo ist er gemeldet?«

»Er ist wohnhaft in London«, sagte Scurzi. »In Italien wohnt er ausschließlich Hotels … Wie machen wir das denn?«

»Gute Frage. Wo ist er jetzt?«

»Moment, ich habe das notiert … derzeit hält er sich in Neapel auf, Grand Hotel Vesuvio.«

»Sie können dann gehen. Ich komme heute nicht mehr rein. Ich fahre nach Neapel. Ich will McFairshield heute noch vernehmen. Dann sehen wir weiter.«

»In Ordnung, Commissario.«

33

Caselli nahm ein Taxi vom Bahnhof. »Zum Grand Hotel, bitte!« Das Lederpolster des Rücksitzes war bequem. Die Lichter des nächtlichen Neapel flimmerten an ihm vorbei.

Die Ermittlungen forderten ihm momentan einiges ab. Im Grunde war er froh darum. Caselli fasste in sein Jackett und holte einen Blister heraus. Er hatte sich in einer Apotheke ein Immunpräparat gekauft. Kautabletten. Irgendwie brachte er die Erkältung nicht weg, vielmehr fühlte es sich an, als sei die nächste schon im Anflug. Er drückte eine Tablette aus dem Blister. Zitronengeschmack. Er steckte die Packung weg. Dann rutschte er tiefer in den Sitz und schloss kurz die Augen.

Als sein Handy klingelte, schrak er hoch. Das Taxi stand gerade an einer Ampel. Caselli hielt das Handy ans Ohr und sah aus dem Seitenfenster auf die dunkle Festungsanlage. Castel dell'Ovo lag ruhig und massig im Meer. Was für ein Ort. Die Schlacht von Benevento, 1266. Das Ende der Staufer in Sizilien. Caselli versuchte, das Bild von Manfreds Sohn Heinrich aus dem Kopf zu bekommen, das ihn als Zehnjährigen im Geschichtsunterricht so schockiert hatte. Hier Neapel in der Festung, die vor seinen Augen lag, war Heinrich, von Karl I. Anjou in Haft gehalten, nach zweiundfünfzig Jahren Gefangenschaft gestorben.

*

In der großen Eingangshalle des Hotels herrschte gedämpfte Geschäftigkeit.

»Ich möchte zu Richard McFairshield. Commissario Caselli, Römische Questura. Er erwartet mich.«

»Signor McFairshield ist im Restaurant, durch die Halle und dann rechts.«

»Vielen Dank.«

»Nichts zu danken, Commissario«, antwortete der Portier mit einem freundlichen Lächeln.

Der rote Läufer führte Caselli geradewegs zum Speisesaal. Es war Dinner-Zeit, und alle Tische waren besetzt. Richard stand von seinem Tisch, der für zwei Personen gedeckt war, auf und legte die Serviette beiseite, als der Oberkellner Caselli an den Tisch führte. Caselli blickte in ein breites, bärtiges Gesicht mit einem herzlichen Lächeln. Er kannte dieses Lächeln von Zeitungsfotos. Er hatte die würdevolle, stattliche Erscheinung des Opernsängers schon mehr als einmal in der Zeitung gesehen. McFairshield wirkte imposant, aber sympathisch. Er hatte nichts Einschüchterndes.

»Commissario Caselli, nehme ich an … bitte, nehmen Sie doch Platz. Haben Sie schon gegessen?«

»Ja, danke. Ich nehme nur einen Cappuccino.«

»Sie sollten das Pollo à la Vesuvio probieren, es ist sehr schmackhaft.«

»Ich habe unterwegs ein Sandwich gehabt, vielen Dank.«

Der Kellner nahm das zweite Gedeck vom Tisch.

»Aber Sie gestatten doch …« Richard fuhr fort, sehr konzentriert sein Huhn zu zerlegen. Caselli sah ihm dabei wie gebannt zu. Es war ewig her, seit seinem letzten *Tosca*-Abend in Sizilien, aber er erinnerte sich dunkel, dass Scarpia ein recht skrupelloser Geselle war. Hatte McFairshield das Spiel zur Wirklichkeit werden lassen? Caselli riss sich vom Anblick des Tranchiermessers los. Es war das erste Mal, dass er einem leibhaftigen Opernstar gegenübersaß. Es war etwas Ungewöhnliches und ließ ihn nicht unberührt. Er mochte nicht gleich mit der Tür ins Haus fallen, sondern wollte noch eine anerkennende Bemerkung anbringen, bevor er zur Sache kam. »Walküre, 1992, Covent Garden …«, sagte er mit einem leisen Lächeln und wartete auf McFairshields Reaktion, die, wie Caselli vorhergesehen hatte, auch prompt kam.

Der Sänger sah ruckartig auf, und seine Augen leuchteten.

»Sie kennen meine Einspielung?«, rief er mit gut intoniertem Bass und vergaß die halbe Kartoffel, die auf seiner Gabel spießte. »Sagen Sie bloß! Das war meine beste Zeit … meine beste Zeit«, sinnierte er. »Sie lieben Wagner? Ungewöhnlich, den Italienern mit ihrem Verdi, Puccini und Rossini liegt das deutsche Fach eigentlich nicht. Selten, dass hier mal Wagner gespielt wird oder Mozart, ganz selten …«, meinte er und wandte sich wieder seinem Teller zu.

»Tja, ich bin gewissermaßen vorbelastet«, gestand Caselli entgegen seinen sonstigen Gewohnheiten. Er vermied eigentlich, Privates preiszugeben. »Mein deutscher Großvater lebte lange mit uns, mit der Familie, in Sizilien. Er war ein großer Verehrer deutscher Komponisten und eingefleischter Wagnerianer. Ich kenne den Ring praktisch auswendig«, gab Caselli zu, und in seiner Stimme schwang ein wenig Stolz.

»Verstehen Sie denn das Libretto?«, fragte McFairshield halbherzig.

»Ich spreche recht gut Deutsch«, schloss Caselli. Am reserviert höflichen Ton des Sängers hatte er gemerkt, dass seine Familiengeschichten McFairshield nicht sonderlich interessierten. Caselli räusperte sich und schwenkte um. »Sie wissen, dass es um den Tod des Dirigenten Franceschini geht«, begann er.

Richard nickte. »Selbstmord. Tragische Sache, ja.«

»Haben Sie ihn in der Nacht seines Todes noch gesehen?«

»Gesehen? Franceschini? Nein, wie kommen Sie darauf?«, sagte er und biss ein Stückchen vom Hühnerschenkel ab.

Der Kellner brachte den Cappuccino.

»*Grazie.*« Caselli betrachtete den Sänger aufmerksam. Er war ganz auf sein Essen konzentriert. Entweder war er ein auf sein leibliches Wohl versessener Genussmensch, für den jede Mahlzeit ein alles andere ausschließendes Ritual war, oder er vermied ganz einfach, ihm in die Augen zu schauen.

»Signor McFairshield, es ist kein Geheimnis, dass wegen Signorina Dvorsky eine offene Rivalität zwischen Ihnen beiden bestand. Sie hatten am Tag des … Selbstmords oder Mords, das wird sich noch herausstellen, ein Streitgespräch mit Ihrer Kollegin Signora Ali-Zade, dessen Inhalt mir bekannt ist.«

Richard legte den abgenagten Hähnchenschenkel auf den Teller und tupfte sich den Mund ab.

»Der Inspizient an der Oper in Florenz ist ein Mann mit Sinn fürs Detail«, fuhr Caselli fort, »mein Assistent, Sergente Scurzi, hat sich mit ihm unterhalten.«

»Was wollen Sie damit sagen, Commissario?«

»Nun«, Caselli nahm drei Stückchen Zucker, griff zum Löffel und begann, seinen Cappuccino umzurühren, »Maestro Franceschini war Ihr Rivale. Und die Todesursache ist eine Zyankalikapsel. Und Sie sind, oder waren, doch im Besitz einer solchen Kapsel.« Caselli sah ihn eindringlich an. »Wo ist sie?«

Richard blickte auf seinen noch halb gefüllten Teller, schob ihn von sich und legte die Serviette weg. Er schwitzte etwas.

»Entschuldigung«, er winkte dem Kellner, »bringen Sie mir bitte noch ein Glas Wasser! Das Huhn … es ist sehr scharf …« Er blickte Caselli verkrampft lächelnd an, der immer noch auf eine Antwort wartete.

»Hören Sie, Commissario«, er nahm einen Schluck Wein, »es ist nicht so, wie Sie vielleicht denken. Also gut, ich habe Franceschini an jenem Abend in Rom getroffen. Und ja, ich war eifersüchtig. Ich hatte Grund zur Befürchtung, dass er plötzlich wieder Interesse an Geraldine hatte.«

Caselli hörte aufmerksam zu.

»An jenem Premierenabend sagte mir Alyra, Geraldine habe sie gebeten, mir zu sagen, sie sei krank. Doch in Wahrheit sei sie bei Franceschini. Alyra, also Signora Ali-Zade, hatte mich und Geraldine in Rom wieder zusammengebracht. Aber beileibe nicht aus Altruismus. Sie hatte Geraldines Nachfolge beim Maestro angetreten und wollte freie Bahn, denn sie hatte in seiner Garderobe herumspioniert und Fotos gefunden, die darauf schließen ließen, dass er wieder den Kontakt zu Geraldine suchte.«

»Sie sagten *Signora* … ist Alyra Ali-Zade verheiratet?«

»Ja, ihr Mann ist Deutscher. Man sieht ihn selten. Ich glaube, die Ehe ist nicht glücklich. Die beiden haben wohl eher ein Arrangement.«

»Sie meinen eine offene Ehe?«

»Ja, das auch. Geraldine drückte an jenem Abend meine Nummer weg. Ich war außer mir und beschloss nach der Vorstellung sofort nach Rom zu fahren. Auf der Fahrt erreichte ich Franceschini. Ich wusste, dass er in Neapel Proben hatte, aber er fuhr meist noch in der Nacht nach Rom zurück. Ich wollte wissen, ob Geraldine bei ihm war. Und ich wollte ihm ins Gewissen reden und drängte ihn, mich noch auf einen Drink zu treffen.«

»War er dazu bereit?«

Richard nickte. »Als ich in der Via Giulia ankam …«

»Moment«, unterbrach ihn Caselli, »warum haben Sie sich denn gerade in der Via Giulia verabredet?«

»Nun, er meinte, in der Nähe gäbe es einen Nachtclub, der hervorragende Whiskysorten führe.«

»Gut, was passierte dann?«

»Als ich in der Via Giulia ankam, sah ich seinen Jaguar. Ich parkte, stieg aus und ging zu ihm hin. Er saß hinter dem Steuer. Ich klopfe an die Scheibe und er sah auf, reagierte aber nicht. Ich umrundete den Wagen und stieg zu ihm ein. Er krümmte sich zusammen. Er hatte offenbar starke Schmerzen. Ich war erstaunt, denn auf der Fahrt, als ich ihm im Wagen anrief, schien es ihm noch gut gegangen zu sein. Ich fragte, ob ich einen Arzt holen solle, er schüttelte den Kopf. ›Was hätte das noch für einen Sinn‹, sagte er.«

Der Opernsänger hielt einen Moment inne und blickte ins Nichts. »Und dann sagte der Maestro: ›Richard, von mir hast du nichts mehr zu befürchten.‹ Nichts mehr zu befürchten …«, wiederholte der Sänger und nahm noch einen Schluck Wasser. »Er bat mich, mich um Geraldine kümmern. Er wollte, dass ich ihm das verspreche. Ich kann Ihnen sagen, damit hatte ich nun wirklich nicht gerechnet. Natürlich versprach ich es, hoch und heilig sogar. Dann sagte er, er sei sehr müde und würde gleich nach Hause fahren. Den Drink würden wir verschieben. Ich sah, dass er in keiner guten Verfassung war, und fragte, ob ich etwas für ihn tun könne, aber er verneinte. Es sei nur der Kreislauf. Er werde noch ein paar Minuten im Auto sitzen bleiben und dann fahren. Ich wusste ja, dass er gesundheitliche Probleme hatte. Bei den Proben kam es vor, dass er zwischendurch pausieren musste. Ich dachte, er habe einfach wieder eine

Krise. Dann legte er kurz seine Hand auf meine und bat mich zu gehen. Das tat ich. Und ehrlich gesagt, Commissario Caselli, als ich in meinen Wagen stieg und wegfuhr, war ich unglaublich erleichtert. Ich kam gegen zwei Uhr im Hassler an. Ein Drink an der Bar, und dann war ich froh, ins Bett zu kommen. Ich habe erst einen Tag später von Franceschinis Tod erfahren, und es war ein Schock für mich. Und ja, ich besaß eine Zyankalikapsel. Doch der Schock darüber, wie schnell es vorbei sein kann, saß so tief, dass ich meine Kapsel in die Sondermüllbox einer Apotheke warf.« Richard sah auf. »Natürlich glauben Sie mir das nicht, Commissario. Wahrscheinlich werden Sie mir auch nicht glauben, wenn ich Ihnen jetzt sage, dass Franceschini seine private Quelle hatte, aus der er alles hätte beziehen können. Er hat zeitweise Morphium und Kokain konsumiert, um seine Schmerzen zu betäuben und sich aufzuputschen.«

Caselli führte seine Tasse zum Mund, der Cappuccino war kalt geworden. »Maestro Franceschini war drogensüchtig?«

Richard schnaufte. »Nein, aber bei den Ansprüchen, die er noch als schwer kranker Mann zu erfüllen versuchte …«

»Woher bezog er den Stoff?«

»Ich glaube, Jean war dafür zuständig … wider Willen.« McFairshield hob entschuldigend die Hände.

Casellis Verstand arbeitete fieberhaft. In Franceschinis engstem Umfeld hatten also Drogen eine Rolle gespielt. Jean Dubois, sein Assistent, hatte sie ihm beschafft. Wie war er an sie herangekommen? War seine Quelle dieselbe wie die von Riccardo Vismara gewesen? Und konnte es sein, dass auch Federico Stronchetti in den Drogenhandel verwickelt gewesen war? Caselli wusste, dass er das, was er jetzt ansprechen musste, nicht länger aufschieben konnte. »Kannten Sie den Musikkritiker Federico Stronchetti?«

McFairshield sah ihn überrascht an. »Selbstverständlich. Jeder kannte ihn.«

»Ich meine, kannten Sie ihn persönlich?«

»Nein.« McFairshield starrte ihn an, dann begriff er, und jede Farbe wich aus seinem Gesicht. »Sie werden mich doch nicht in gleich zwei Mordfällen verdächtigen, Commissario? Was wäre denn mein Motiv gewesen?«

»Stronchetti hat Sie mehrmals übel verrissen, zuletzt als Scarpia. Schlechte Kritiken sind im Opernbetrieb, und besonders in Ihrer Situation, der Karriere nicht zuträglich, da geben Sie mit sicher recht … und er hat Ihrer Freundin, Signorina Dvorsky, gewissermaßen die Karriere zerstört, da er diesen Autounfall verschuldete, oder etwa nicht?«

Der Sänger blickte betreten auf die Tischdecke und drehte das Obstmesser hin und her. »Was soll das heißen *in meiner Situation*?«

»Wir haben Ihre Finanzen überprüft, und mit Engagements für die nächste Spielzeit sieht es eher, nun …«

Der Opernsänger hob abwehrend die Hand.

»Ich weiß … mein Gott, ich weiß das«, flüsterte er. Aus seiner mächtigen Bassstimme schien alle Kraft entwichen. »Commissario, ich habe mit den Morden nichts zu tun.«

»Wo waren Sie am sechsten Januar?«

Richard sah ihn verwirrt an. »Als Stronchetti ermordet wurde? Ich weiß es nicht, ich müsste nachschauen … aber ich vermute …« Er unterbrach sich. »Moment, das war doch die Nacht vor dem Muti-Konzert, nicht wahr? Nun …«, er überlegte angestrengt, und sein Gesicht verriet ängstliche Anspannung, »da war ich allein.«

Caselli sah ihn an. Er glaubte ihm.

»Werden Sie mich jetzt verhaften?« Der Schweiß stand Richard auf der Stirn. »Übermorgen findet hier in Neapel die *Don Carlos*-Gala zu Ehren von Ranconi statt. Sie kennen den Namen sicher«, schob er ein. »Ich singe den Philipp. Commissario, das Ganze ist eine Verkettung dummer Zufälle. Ich habe weder mit dem Mord an dem Kritiker, noch mit dem Tod des Maestro auch nur das Geringste zu tun! Das schwöre ich Ihnen!» McFairshield presste die Faust gegen seine Lippen. »Was für ein Albtraum. Ich mache mir entsetzliche Sorgen.»

»Wir ermitteln in alle Richtungen, dessen können Sie gewiss sein», sagte Caselli.

Er würde mit allem bis nach der *Don Carlos*-Gala warten. Dort hatte er alle Tatverdächtigen beisammen und konnte einige Fäden, deren Enden jetzt noch lose herabhingen, miteinander verknüpfen. Doch vorher musste er noch jemanden vernehmen. Signora Ludovica hatte ihm gesagt, Dr. Friedbaum habe als Freund der Familie Franceschini eine Klinik in der Schweiz empfohlen. Den obskuren Reigen, den Geraldine Dvorsky, dieser Kowalski und der sonderbare Arzt aufführten, wollte Caselli unter die Lupe nehmen.

»Haben Sie erst mal vielen Dank für Ihre Aussage. Bitte halten Sie sich zu unserer Verfügung«, sagte er noch und stand auf. »Auf Wiedersehen, Signor McFairshield.«

Beim Händedruck bemerkte Caselli die Erleichterung in Richards Gesicht. Als er das inzwischen fast leere Restaurant verließ, konnte er den Blick des Sängers im Rücken spüren.

Caselli nahm ein Taxi zum Bahnhof, um noch den Nachtzug nach Rom zu erreichen.

34

Durch die hohen Renaissancefenster schienen die letzten Strahlen der Abendsonne. Das Telefon läutete. Er strich sich durch das dunkle Haar, ging zur langen Konsole, auf der der Apparat stand, und nahm den Hörer ab.

»Pronto?«

»Rodolfo! Hast du schon gehört? Was soll ich denn machen, jetzt!«

Kowalski blickte auf das Titelblatt der Zeitung, die neben dem Telefon auf der Konsole lag.

»Jetzt wirst du dir wohl einen anderen Dirigenten suchen müssen, der dich *fördert*.«

»Erspare mir zynische Bemerkungen! Ist ja typisch … mehr du hast nicht zu sagen, mein Karriere dir ist egal und meine Glück, er war so wundervolle Dirigent und …«

»Liebhaber«, setzte Kowalski hinzu und kritzelte Kreuze auf einen Notizblock mit Silberunterlage.

»Ja, und? Du kümmerst dir ja nicht um mich … von sogenannte ehelicher Pflichte ganz zu schweigen. Du hast mir nur wegen Geld geheiratet.«

»Du wolltest die Staatsbürgerschaft und hast sie bekommen, mehr war nicht abgemacht, somit kein Grund zur Klage, liebste Alyra.«

»Und du schließlich findest jede Monat zwei Tausend Euro auf deine Konto.«

»Womit wir uns ja einig wären.« Kowalski riss das Blatt vom Block, zerknüllte es und zielte damit auf den Papierkorb. »Da ich über Franceschinis Tod bereits informiert bin, können wir unser Gespräch beenden … toi, toi, toi für die Gala morgen, wer dirigiert?«

»Maestro Gavazzoni.«

»Na bitte, ein Routinier mit Gespür für die Sänger. Mit ihm wirst du keine Schwierigkeiten haben. Er nimmt die richtigen Tempi. Also, dann.«

»Warte!«, hielt ihn die Stimme am anderen Ende des Telefons davon zurück, aufzulegen.

»Was ist denn noch?«

»Du musst kommen. Ich brauche morgen meine Ehemann an Seite.«

Kowalski seufzte. Repräsentieren gehörte zu seinen vertraglichen Pflichtübungen.

»Also gut.«

Er legte auf und wählte hastig eine Nummer. Es läutete ins Leere. Er stieß halblaut einen Fluch aus und blickte auf die Uhr. Dann rief er ein Taxi. Er ging ins Schlafzimmer, öffnete den Kleiderschrank, holte eine Reisetasche heraus und packte. Ein paar Minuten später hupte ein Wagen vor dem Haus. Als er, den Trenchcoat unter dem Arm, die Wohnungsschlüssel suchte, klingelte das Telefon wieder.

»Signor Kowalski?« Die Stimme war ihm unbekannt.

»Ja … aber mein Taxi wartet, wenn Sie mich bitte entschuldigen. Ich habe im Moment keine Zeit.«

»Sie wollen verreisen?«

»Mit wem spreche ich?«, fragte Kowalski ungehalten.

»Commissario Caselli, Mordkommission. Ich muss Sie bitten, hierzubleiben und sich bis auf Weiteres zu unserer Verfügung zu halten«, insistierte Caselli.

»Ich muss morgen in Neapel sein, Commissario. Wenn Sie Fragen an mich haben, komme ich gern nächste Woche in die Questura.« Ohne eine Antwort abzuwarten legte Kowalski auf und fluchte halblaut. Dann hob er den Hörer wieder ab und wählte eine Nummer. »Mach dich so schnell wie möglich aus dem Staub«, sagte er, als sich am anderen Ende der Leitung eine Männerstimme meldete. »Ich halte hier die Stellung. Mir kann man nichts nachweisen.«

*

Caselli legte den Hörer auf und starrte blicklos auf den Schreibtisch des Sergente. An Selbstbewusstsein mangelte es Signor Kowalski nicht. Caselli beschloss, es dabei zu belassen. Er würde selbst nach Neapel zur Gala fahren, und dort würde er sich dann Kowalski vornehmen.

Vor dem Anruf hatte er ein Gespräch mit dem Drogendezernat geführt. Der Kollege hatte ihn unter dem Siegel der Vertraulichkeit über den Stand der Ermittlungen in der Galeonen-Sache in Kenntnis gesetzt. Es gab wenig Neues. Caselli ließ sich ein paar Details durch den Kopf gehen. Alyra Ali-Zade … sie war offenbar eine Meisterin im Intrigen spinnen. Er hatte so eine Ahnung, als ob sie viel tiefer in das Geschehen involviert wäre, als er bislang wusste. Sie war verheiratet. Mit wem eigentlich? McFairshield hatte einen Deutschen erwähnt … doch nicht etwa …? Er würde Scurzi anweisen, den Ehemann ausfindig zu machen. Irgendwann blickte er auf die Uhr. Es war Viertel nach vier. Dr. Friedbaum war sicher noch in der Praxis. Caselli nahm den Zettel, auf dem er die Adresse notiert hatte. Die Via dei Pellegrini lag kaum drei Minuten von Via Giulia entfernt. Er würde seinen Wagen dort parken und zu Fuß hingehen. Er verließ die Questura und lief eilig zu seinem Fiat Punto.

Dr. Friedbaum schien ihn schon erwartet zu haben.

»Ja, viel kann ich Ihnen nicht dazu sagen. Die Sache hat mich natürlich sehr schockiert, immerhin kannte ich Franceschini seit seiner Kindheit.«

»Er war Ihr Patient?«

»Ja, ich kenne seine Stiefmutter sehr gut, Ludovica. Sie ist eine alte Freundin unserer Familie, seit Generationen«, schmunzelte Dr. Friedbaum und steckte einen Bleistift in den automatischen Spitzer. Die Maschine gab ein sirrendes Geräusch von sich.

Caselli beobachtete ihn fasziniert.

»Stimmt es, dass Franceschini schwer krank war?«

Dr. Friedbaum nickte. »Krebs. Tragisch, das Ganze, denn eigentlich galt er schon als geheilt. Aber letzte Woche war er zu einer Nachuntersuchung in der Schweiz, und es wurde festgestellt, dass der Krebs neue Metastasen gebildet hatte. Franceschini war klar, dass das das Ende bedeutete.«

»Hat er Sie kontaktiert?«

»Ja, er rief mich noch am selben Abend an. Er war ziemlich niedergeschlagen.« Friedbaum prüfte befriedigt die exakt geformte Bleistiftspitze.

»Waren starke Schmerzen zu erwarten?«

Friedbaum nickte schweigend.

»Halten Sie es für möglich, dass er aus Verzweiflung und Angst vor dem, was in der terminalen Phase auf ihn zukommen würde, Selbstmord begangen hat?«

Friedbaum fuhr mit dem Bleistift auf seiner Schreibtischunterlage hin und her, immer dieselbe Linie. »Ja, es ist durchaus möglich, dass David das Ganze … schnell hinter sich bringen wollte. Es deutet doch auch alles darauf hin, nicht wahr? Oder gab es Einwirkungen äußerer Gewalt?«

»Nun, es gibt ein paar Ungereimtheiten, zum Beispiel die Zyankalikapsel. Woher hatte er sie?«

»Von mir nicht«, antwortete Dr. Friedbaum ohne Umschweife.

Caselli hatte keine andere Antwort erwartet. Welcher Arzt würde sich schon selbst bezichtigen.

»Eine weitere Sache, die nicht ganz klar ist«, fuhr er fort, »ist es wirklich ein Zufall, dass er seinen Wagen in der Via Giulia, und zwar in der Nähe von Signor Kowalskis Wohnung parkte, wo sich in dieser Nacht seine ehemalige Geliebte, Geraldine Dvorsky, aufhielt?«

Friedbaums Miene verriet nichts. Caselli wartete ab, aber der Arzt machte keine Anstalten, sein Schweigen zu brechen. Also gut, dachte Caselli. »Sie waren ja ebenfalls in der Wohnung von Signor Kowalski«, sagte er und schaute Dr. Friedbaum fest in die Augen. »Was wollten Sie denn bei den beiden?«

Diesmal zuckte Dr. Friedbaum zusammen. Er legte den Bleistift weg, schob seinen Stuhl zurück und erhob sich.

»Was heißt denn da *den beiden*«, echauffierte er sich, während er zum Fenster ging. »Soweit mir bekannt ist, sind die Signorina und Rudolf nicht liiert.«

»Und in welchem Verhältnis stehen Sie zu … Rudolf?«

»Er ist mein Patient.«

Caselli ließ ihn keinen Augenblick aus den Augen.

»Signorina Dvorsky hat angedeutet, dass Ihre Beziehung nicht nur rein professioneller Natur ist.«

»Wir kennen uns schon seit vielen Jahren und haben ein sehr freundschaftliches Verhältnis. Ab und zu gehe ich auf einen Drink zu ihm … er hat immer ausgezeichneten Cognac im Haus«, sagte Friedbaum jovial und lachte ein wenig. »Das gestaltet das Verhältnis Therapeut-Patient ungezwungener, verstehen Sie, eine Art vertrauensbildende Maßnahme.«

Caselli spürte hinter seinem jovialen Gehabe die aufsteigende Nervosität. »Und Geraldine Dvorsky?«

Friedbaum lehnte sich an die Fensterbank. »Die beiden haben sich in meiner Praxis kennengelernt und angefreundet, harmlose Sache. Obwohl ich Signorina Dvorsky einen netten jungen Mann wünschen würde, bei den ganzen Aggressionen und Sexualstörungen, die sie hat, das arme Ding.«

»Aggressionen? Sie meinen ...«

Friedbaum nickte bedächtig. »Nun, ich würde in Anbetracht von Signorina Dvorskys psychischer Instabilität keine Aussage über ihre Gewaltbereitschaft wagen, Commissario, zumal sie auch noch bewusstseinsverändernde Medikamente nimmt.«

Er ließ seine Worte bedeutungsschwer im Raum hängen. Caselli ließ sie einen Moment auf sich wirken und entschied, nicht weiter auf sie einzugehen. Ihm war die herablassende Art des Psychiaters zuwider. Er wünschte sich, diesen weiß gekalkten Raum mit der schwarzledernen Corbusier-Liege, den exquisit gebundenen Büchern in den Stahlregalen und diesem glatten, kalt wirkenden Mann schnell verlassen zu können.

»Nun, vielleicht konzentrieren wir uns dann besser auf die greifbaren Fakten«, sagte er kühl. »Wann hat Signorina Dvorsky das Haus verlassen?«

»Das war ... gegen Mitternacht.«

Bei Franceschini war der Tod gegen halb zwei eingetreten. Caselli lehnte sich auf seinem Stuhl zurück. Obwohl er die Antwort wusste, konnte er sich eine gewisse Frage nicht verkneifen. Er setzte seine schäfchenweiße Unschuldsmiene auf. »Und Sie? Wann sind Sie gegangen?«

»Das geht Sie nichts an.«

Caselli triumphierte im Stillen. Dann fiel ihm noch etwas ein. »Dottore, wie war noch der Mädchenname von Signora della Torre?«

»Goldberg«, sagte Dr. Friedbaum überrascht. »Ludovica war mit Franceschinis Vater nur kurz verheiratet«, erläuterte er, »danach hat sie den Namen ihres ersten Mannes wieder angenommen. Sie verwaltet seinen künstlerischen Nachlass. Er war Regisseur.

»Und die Frau Mutter der Signora, hieß sie mit Vornamen … Anna?«

»Adele«, berichtigte der Arzt. »Ihr Bruder war übrigens der Metaphysiker Nathan Goldberg. Er ist in Kunstkreisen ein Begriff, hier in Italien. Er starb im KZ mit einem bis zum Oberschenkel brandigen Bein. Ein Aufseher hatte ihm bei der Zwangsarbeit im Steinbruch im Streit die Spitzhacke hineingeschlagen. Schreckliche Geschichte.« Er blickte auf die Uhr. »In zehn Minuten kommt mein nächster Patient. Ich fürchte, Sie müssen mich jetzt entschuldigen«, sagte er mit einem aufgesetzten Lächeln.

»Aber selbstverständlich«, beeilte sich Caselli einzuwerfen und stand auf. Dr. Friedbaum begleitete ihn zur Tür. »Tut mir leid, dass ich Ihnen nicht weiterhelfen konnte, Commissario. Vielleicht konnte David sich das Zyankali in der Schweiz beschaffen«, lächelte er. »*Buona sera!*«

Vor der Praxis holte Caselli einen Gegenstand aus seiner Manteltasche, ein Silberdöschen. Es war in Franceschinis Jaguar sichergestellt worden. Die Zyankalikapsel hatte sich darin befunden, das hatte das Labor eindeutig festgestellt. Caselli interessierte der Deckel. Inmitten reich verzierter Ornamentik bildeten zwei verschlungene Lettern die Initialen eines Vor- und Familiennamens.

35

Caselli lief die Via dei Cappellari entlang. Achtlos gestapelte Louis-seize-Stuhlgerippe lagerten vor der Bottega des Restaurators. Ein schnörkeliger Holzrahmen mit Blattgoldauflage stand abholbereit neben der Tür. Es roch nach Leim und Terpentin. Caselli betrat die Werkstatt und eine altmodische Klingel über der Tür produzierte einen scheppernden Klang. Er blickte zu Boden und sah, dass seine frisch geputzten Schuhe in einer Wolke frisch gehobelter Sägespäne standen. Sein Freund Tiberio kam aus den hinteren Werkräumen nach vorn.

»Ja, wen haben wir da!«, rief er. »Alessandro, *come stai*! Was verschlägt dich in diese Gefilde zu einem armen Tischler? Kann ich etwas für dich tun?«, fragte er und begrüßte seinen Freund mit Handschlag.

»Ja, Tiberio, das kannst du«, antwortete Caselli, bemüht, den Holzstaub von seinen Schuhen zu klopfen. »Du verstehst doch etwas von Antiquitäten, schau dir bitte mal diese Dose an«, sagte er und holte sie aus seiner Manteltasche. Tiberio nahm die kleine Dose entgegen, warf einen Blick darauf und drehte sie um. Dann ging er zu einem Werkzeugschrank, nahm eine Lupe heraus und betrachtete den winzigen Stempel.

»Englische Arbeit, Ende letzten Jahrhunderts«, sagte er und gab sie Caselli zurück. »Schönes Stück, ziemlich verkratzt, kaum mehr als hundert Euro wert. Die gibt es oft als Satz, eine größere und eine kleinere. Gehört sie zu einem Fall?«

»Ja«, antwortete Caselli. »Ich nehme an, man kann heutzutage so eine Dose überall kaufen, oder?«

»Ja, in jedem mittelprächtigen Antiquitätenladen. Bringt dich nicht weiter, was?«, fügte er hinzu.

Caselli lachte. »War eh nur ein Vorwand, um mal wieder bei dir vorbeizuschauen, Tiberio«, sagte er. »Grüß Giuseppina von mir, ja?« Er wandte sich zum Gehen.

»Kommst du heute Abend in die Trattoria? Du warst lange nicht mehr da. Alles in Ordnung mit dir?«

»Ich habe im Moment ziemlich viel um die Ohren«, antwortete Caselli zögernd. »Wie geht's eigentlich Fulvio?«, setzte er dann hinzu.

»Wenn sein Rotschopf ihn aus den Fängen lässt, taucht er hin und wieder mal bei uns auf«, antwortete der Restaurator. »Du willst erst den Mord an seinem Sohn aufklären, vorher möchtest du ihm nicht begegnen, stimmt's?«

Caselli überlegte, ob es Sinn hätte, zu widersprechen, aber Tibero hatte mit dem gesunden Menschenverstand eines römischen Handwerkers den Nagel auf den Kopf getroffen.

»Dir kann man auch nichts vormachen, hm?«, sagte er und klopfte seinem Freund auf die Schulter. Tiberio lächelte verlegen.

»Unter Freunden …«, meinte er und setzte hinzu: »Kommst du voran?«

Doch die metallene Glocke über der Tür schepperte, und Caselli war bereits auf der Straße.

36

Das Opernhaus San Carlo di Napoli leuchtete im Lichterglanz. Kugelförmig geschnittene Buchsbäumchen flankierten den Aufgang. Flache Öllichter flackerten am Rand des roten Teppichs auf den Stufen zum Foyer. Eine Limousine hielt, der Chauffeur stieg aus und öffnete einem Paar in Abendgarderobe die Wagentür, Gala-Abend-Publikum. Nach der Oper war ein illustrer Kreis von Gästen zu Ranconis Geburtstagsfeier ins renommierte Grand Hotel geladen. Geraldine lächelte zaghaft. Wie schön das alles war! Dann lief sie den Aufgang hinauf, ihre Karte krampfhaft in der Hand. Richard hatte ihr beim Hotelportier ein Kuvert hinterlegt. Am Eingang verteilten Hostessen kleine Buketts aus weißen Blüten an die Damen. Geraldine gab an der Garderobe ihren Mantel ab, kaufte das Programmheft und suchte ihren Platz. Die Brüstungen der Logen schmückten weiße Nelken, Gardenien und Orchideen. Im Parkett herrschte Stimmengewirr. Man sah Pelze und Operngläser. Der Orchestergraben füllte sich, die Lichter wurden gedimmt.

»Schreckliche Sache … das mit dem Dirigenten«, zischelte die ältere Dame neben Geraldine ihrer Freundin mit Nerz-Cape und silbrig-lilafarbener Frisur zu und wedelte wissend mit dem Elfenbeinfächer. »Er hat sich umgebracht. Ich kannte ihn aus der Philharmonie, immer wunderbar!« Sie kramte in ihrem Abendtäschchen nach einem Bonbon. »Ach, halten Sie doch bitte mal!«, forderte sie Geraldine auf, die mechanisch den Fächer entgegennahm. »*Grazie, cara*«, sagte die ältere Dame und wickelte einen Eukalyptusdrops aus.

Der Dramaturg trat vor den Vorhang aus schwerem rotem Samt mit Goldbroderie. »Sie haben sicher aus der Presse von dem schrecklichen Unglücksfall erfahren. Maestro Franceschini ist aus dem Leben geschieden. Wir sind alle tief betroffen und untröstlich über diesen schweren Verlust. Maestro Gavazzoni ist eingesprungen, sodass der Gala-Abend dennoch stattfinden kann. Herzlichen Dank, Maestro!«

Es wurde applaudiert. Der Dirigent verbeugte sich im Spotlicht eines Scheinwerfers. Der Applaus verstummte. Er gab den Einsatz zur Ouvertüre, der wappenbestickte Vorhang hob sich zum ersten Akt.

Alyra brillierte in der Partie der intriganten Prinzessin Eboli. Ihr Kostüm mit Halskrause und perlenbestickter Haube stand ihr ausgezeichnet. Gefesselt verfolgte Geraldine, wie sie im zweiten Akt, nach der Zurückweisung des Infanten im Park, tobte und Rache schwor. Ihr Furor füllte die ganze Bühne. Geraldine musste daran denken, wie beeindruckt sie an jenem Abend nach der Tosca, von Alyra gewesen war. Ihre geheimnisvolle Art hatte sie fasziniert. Und obwohl sie sie mittlerweile schon etwas besser kannte, hatte sie das Gefühl, eine Fremde vor sich zu haben, wenn sie in ihre dunklen Augen blickte. In der Pause nach dem zweiten Akt strömte alles zum Getränkebüfett. Geraldine blieb sitzen und drehte geistesabwesend das kleine Bukett in den Händen. Sie fühlte sich beobachtet und sah immer wieder zu den Logen hoch. Doch sie erkannte niemanden und kam zu dem Schluss, dass sie wohl einfach nur ein bisschen überdreht war.

Aus dem dritten Rang blickte ein Mann ins Parkett. Er strich sich nervös durch seine dunklen, welligen Haare, als er sie im meerblauen schulterfreien Abendkleid allein zwischen den leeren Bankreihen entdeckte. Jemand sprach sie an. Der Mann erkannte den Commissario und lachte sarkastisch auf. Es würde ein interessanter Abend werden.

»Commissario, ich bin … Guten Abend.« Geraldine reichte Caselli die Hand. »Sie interessieren sich für Oper? Oder ist es dienstlich?«

»Beides«, lächelte Caselli. »Und Sie?«

»Ich bin mit … König Philipp, also ich meine, mit Richard … mit Herrn McFairshield hier«, antwortete sie.

»Wo sitzen Sie denn?«

»Ein paar Reihen hinter Ihnen.«

»Wie steht es mit Ihren Ermittlungen?«

»Ich habe mit Dr. Friedbaum gesprochen«, antwortete Caselli. »Er bestätigt Ihre Angaben. Das Rätsel um die Via Giulia ist auch gelöst. Signor Franceschini hatte seinen Wagen dort wohl geparkt, weil er einen Nachtclub in der Nähe der Piazza Farnese aufsuchen wollte … mit Signor McFairshield«, sagte Caselli und schob sich zwei Finger zwischen Hals und Hemd, um den Kragen etwas zu lockern. »Aber das wissen Sie ja dann bestimmt schon.«

Geraldine erinnerte sich tatsächlich nur zu gut an den Abend, an dem Richard ihr gestanden hatte, sich in jener Nacht mit David in der Via Giulia getroffen zu haben. Sie schämte sich inzwischen, dass sie Caselli von Richards Altersvorsorge erzählt hatte. Nachdem die erste Aufregung verflogen war, hatte sie sich eingestehen müssen, dass sie Richard mehr Vertrauen und Loyalität hätte entgegenbringen sollen. Von ihrer Auseinandersetzung im Badezimmer war ein kleiner, kalter Stachel geblieben.

Caselli ließ sich nicht davon beirren, dass Geraldine sich mehr für ihr Programmheft zu interessieren schien als für seine Anwesenheit. »Und es gibt einen neuen Anhaltspunkt«, fügte er hinzu, gespannt wie sie auf die Information, die Sergente Scurzis Recherchen ergeben hatte, reagieren würde.

»So?«, fragte sie blätternd.

»Signora Kowalski hatte ein Verhältnis mit dem Dirigenten.«

Ihr Kopf fuhr hoch. »Rodolfo ist verheiratet?«

»Wussten Sie das nicht?«, fragte Caselli, der ihr diese offene Bestürzung nicht so recht abnahm.

»Mit wem?«, fragte Geraldine knapp.

»Mit einer Sängerin, einer Altistin ...«, begann Caselli. »Sie tritt unter ihrem Mädchennamen auf: Alyra Ali-Zade.«

Geraldine starrte ihn an, dann lachte sie nervös auf. Caselli sah, wie bleich sie unter ihrem Make-up geworden war.

»Und Alyra war Davids Geliebte?«

Caselli nickte.

Geraldine Dvorsky atmete durch. »Ich muss was trinken, Commissario, begleiten Sie mich zur Bar?«

»Ich entnehme Ihrer Reaktion, dass Sie nicht wussten, dass Signora Ali-Zade mit Signor Kowalski verheiratet ist und sie die Geliebte Franceschinis war«, folgerte Caselli, als sie sich durch die Menschenmenge im Foyer drängten.

Sie nickte, ging kerzengerade und machte einen abwesenden Eindruck.

Beide Nachrichten auf einmal sind wohl zu viel, dachte Caselli. Geraldine bestellte sich ein Glas Champagner.

»Was möchten Sie, Commissario?« Geraldine kramte in ihrer Handtasche nach Scheinen. Caselli blickte auf ihr linkes Handgelenk, das recht unbeweglich schien, und um das sie ein Seideneinstecktuch gebunden hatte, wohl um die Narben zu verstecken. »Einen Kaffee, bitte«, rief Caselli dem Kellner hinter dem Tresen zu. »Erlauben Sie mir, dass ich Sie einlade … geht auf Staatskosten«, sagte er und lächelte zuvorkommend.

»Danke«, sagte sie kurz.

»Sie haben Signora Ali-Zade durch Ihre Opernkontakte kennengelernt, nehme ich an«, setzte Caselli seine Überlegungen fort.

»Ja, durch einen gemeinsamen Freund, Jean Dubois«, erklärte Geraldine. »Er hat mich auch dazu überredet, zu dieser *Tosca*-Vorstellung zu gehen, bei der ich Richard wiedersah. Er hatte Alyra dabei. Sie singt in der laufenden Spielzeit in zwei Produktionen mit ihm, dadurch sind die Kontakte enger geworden.«

»Und Sie waren nicht im Bilde von ihrem Verhältnis mit David Franceschini?«

Geraldine schüttelte den Kopf, und Caselli wusste ihren Blick nicht zu deuten. Bevor er noch etwas sagen konnte, stellte sie brüsk ihr Glas ab und drängte sich grußlos durch die Menge gut gelaunter Opernbesucher.

Als Caselli Geraldine Dvorsky auf ihren Platz zurückkehren sah, dimmte sich bereits die Beleuchtung. Er beobachtete, wie sich die zwei älteren Damen pikiert erhoben, als Geraldine sie bat, aufzustehen, um auf ihren Platz zu gelangen. Die Lichter gingen aus.

Richard McFairshield hatte seine große Arie. Caselli ließ sich von seinem warmen, klagenden Bass, der den ganzen Opernsaal erfüllte, davontragen. Er war ergriffen von der Stimmgewalt und der dramatischen Präsenz des alternden Königs Philipp. Ein von Eifersucht und Einsamkeit gequälter Mann, der den Verrat der Menschen wittert, denen er vertraut hat. Ironie des Schicksals, dass Richard McFairshield gerade in dieser Spielzeit diese Figur verkörpert, dachte Caselli. Kein Wunder, dass er seine Seele in diese Arie zu legen schien. Es folgte das Duett mit dem Großinquisitor, das Duett mit Elisabeth und schließlich das Quartett. Dann traten alle vor den Vorhang, die Sänger, Gavazzoni und Ranconi. Das Publikum applaudierte über zwanzig Minuten lang.

*

Geraldine saß reglos in der Menge und versuchte, das Chaos in ihrem Kopf zu ordnen. Der letzte Vorhang fiel. Alles drängte nach draußen. Sie ging nicht hinter die Bühne. Sie wollte weder Alyra noch dem Commissario begegnen.

Die Nachtluft war kalt. Es würde dreißig Minuten dauern, bis Richard abgeschminkt und umgezogen war. Geraldine lief eine Seitenstraße entlang, blickte in hell erleuchtete Auslagen. Aus dem Bühnenausgang kam ein Paar. Geraldine erkannte Kowalskis Stimme und Alyras silbernes Lachen und trat hinter eine Litfaßsäule.

Was für ein dummer Zufall, dachte sie. *Tutto il mondo è paese*. Die ganze Welt ist ein Dorf. Warum nur mussten sich die alten Lebensweisheiten immer so frappierend bewahrheiten?

Sie überquerte die Straße.

Richard kam aus dem Bühnenausgang. Er trug Sneakers und hatte seine Notentasche über der Schulter. »Warum wartest du hier denn in der Kälte, *Darling*?« Er lächelte und hakte sich bei ihr unter. »Ich stehe da drüben … Gavazzoni hat gehetzt wie der Teufel, hast du das gemerkt? Fast hätte er das Quartett geschmissen. Ist aber trotzdem gut gelaufen, nicht? Hat dir das *Giammai* gefallen?«

Richard zupfte Geraldine sorgsam den Schal höher, damit sie nicht fror. Geraldine schwieg und zog ihren

Mantel um sich zusammen. Die Vorstellung war grandios gewesen. Ranconi hatte seinem Ruf alle Ehre gemacht, und Richard hatte überzeugt. »Es war wirklich wunderbar, ganz großartig … du hast es doch nicht etwa für mich gesungen?«, scherzte sie matt.

»Würde es denn zutreffen?«, fragte McFairshield plötzlich aufrichtig bekümmert und suchte verzweifelt seine Autoschlüssel.

Geraldine hielt seine Tasche und wartete. »Irgendwo werden sie schon sein«, sagte sie und machte keine Anstalten, ihm zu helfen.

*

»Wo findet die Party denn statt?«

»Im Grand Hotel.« Richard steuerte seinen Wagen durch das nächtliche Chaos Neapels.

»Da wohnen wir ja.«

»Praktisch, nicht? So, *I can drink a bottle of whisky* und dann wie ein Toter ins Bett fallen und schnarchen.«

Geraldine lachte kurz auf. Eigentlich hatte sie schon genug Tote gehabt in der letzten Zeit.

*

Kellner boten Sekt und Häppchen an. Richard wurde von Gästen angesprochen, und man gratulierte ihm. Geraldine sah Alyra an einem der langen, mit weißen Tischtüchern eingedeckten Büfetttische. Sie trug einen engen Hosenanzug und silberne Sandaletten. Ihr langes, braunes Haar hatte sie zu einer kunstvollen Hochfrisur zusammengesteckt, die ihre orientalischen Gesichtszüge vorteilhaft zur Geltung brachte. Bei ihr stand Kowalski. Alyra machte ein unglückliches Gesicht. Sie zeigte auf das Büfett, und Geraldine hörte sie laut jammern: »Ich habe so eine Hunger, aber was soll ich hier essen? Ich bin doch Vegetarier. Ich esse weder Fisch noch Fleisch.« Sie deutete auf Lachs im Teigmantel und Roastbeef. »Rodolfo … und? Gibt es auf diese ganze Büfett keine Salatblatt oder Tomate!«

Kowalski sah sich suchend um. Geraldines und sein Blick kreuzten sich. Er legte den Finger auf den Mund und ging an ihr vorbei in Richtung Küche. Geraldine entdeckte Richard in der Menge und drängte sich zu ihm durch. Er zog sie stürmisch an sich. »Aha! Da ist sie ja! *My girlfriend!*«, rief er stolz. Geraldine schüttelte Hände, stand neben ihm und lächelte.

»*Buona sera*«, sagte Caselli.

»Sie sind auch hier?« Sie wirkte überrascht. »Entschuldigen Sie bitte wegen vorhin«, setzte sie hinzu. Er lächelte nachsichtig, und sein Blick ruhte auf Richard.

»Guten Abend, Maestro«, rief McFairshield überschwänglich, kippte seinen Whisky und stellte das Glas auf das Tablett eines Kellners.

Gavazzoni war gerade hereingetreten. Er kam auf ihn zu und begrüßte den Sänger mit Handschlag. »Bisschen schleppend, das *Giammai*, hm? Gar so greis ist der gute Filippo dann auch wieder nicht, mein Bester«, lächelte er. »Man sollte die Interpretation nicht zu realistisch ansetzen, oder liegt das am Regiekonzept?« Dann lachte er und klopfte Richard kameradschaftlich auf die Schulter. »Nichts für ungut, McFairshield, mein Kompliment!«

Richards Gesichtsausdruck verriet, was er von seinem Gegenüber dachte. Kowalski nickte dem Commissario zu.

Geraldine nahm all ihren Mut zusammen und ging zu Alyra, die sie beim Flügel entdeckt hatte. »Hallo, Alyra«, sagte sie.

»Geraldine, meine Schatz!« Alyra streckte die Arme aus, zog sie an sich und küsste sie. »Wie geht es dir?«

»Gut«, sagte Geraldine. »Reizend, dein Gemahl«, setzte sie hinzu. Alyra überhörte es.

»Was für eine furchtbare Party«, nörgelte sie, und ihre dunklen Mandelaugen blitzten. Dann wandte sie sich an Kowalski, der nun wieder zu ihr trat. »Und? Ich sterbe von Hunger!«

»Die Hotelküche bereitet dir etwas zu. Gleich bekommst du ein Omelett und ein paar Gurken«, beschwichtigte er sie.

Jetzt, wo ihr diese Sorge abgenommen war, fasste Alyra Geraldine näher ins Auge. »Toll siehst du aus heute Abend, Geraldine, findest du nicht auch, Rodolfo?« Sie betrachtete Geraldines Kleid. »Das ist ja prachtvoll, wo hast du das bloß her?«

»Aus Paris.«

»Paris?«, fragte Alyra missmutig.

»Dior?« Kowalski setzte eine Kennermiene auf.

»Und ich Arme muss meine ganze Geld für mittellose Mann opfern«, bemerkte Alyra bissig. »Hol mir wenigstens noch eine Sekt, Rodolfo!«

Kowalski verschwand.

Alyra schenkte Geraldine ein gequältes Lächeln. »Ach, und wenn ich nicht vor Hunger sterbe, bringen mich sicher mein Schuhe um. Aber was tun wir Frauen nicht alles, um sexy auszusehen?« Sie zwinkerte Geraldine verschwörerisch zu.

»Du siehst auch so sexy aus«, sagte Geraldine. Im selben Moment hätte sie sich dafür ohrfeigen können. Schließlich hatte sie die Frau vor sich, die ihre Nachfolge bei David angetreten hatte. Wäre sie nicht gewesen, hätte er sich sicherlich um sie gekümmert, damals, nach dem Unfall.

Alyra lächelte geschmeichelt, und Geraldine holte tief Luft. »Ist Franceschinis Tod schlimm für dich?«

Alyra sah sie misstrauisch an. »Er hat mir gefördert«, wich sie aus.

In diesem Moment trat Commissario Caselli hinzu. »Ich störe ungern, aber darf ich Ihnen, Signora Ali-Zade, ein paar Fragen stellen?«

Alyra riss erschrocken ihre lang bewimperten schwarzen Augen auf. »Aber, Signore, warum denn?«

Caselli versank fast in den Tiefen dieser beiden dunklen Seen. »Keine Angst, Signora«, stotterte er, »reine Routine. Wenn Sie wüssten, wo wir ein paar Minuten allein sein könnten?«

Alyra warf ihm einen koketten Blick zu, der Caselli bis unter die Haarwurzeln erröten ließ. Sie seufzte und ging, die in feuerroten Satin gehüllten Hüften schwenkend, voran. Caselli folgte ihr und bemühte sich, den Blick nicht wie hypnotisiert auf die Bewegung ihrer femininen Kurven zu heften.

*

In Alyras Hotelzimmer setzte sich Caselli auf den Stuhl vor dem Schreibsekretär. Alyra streifte mit einem Seufzer der Erleichterung ihre silbernen Riemchensandaletten ab und legte sich malerisch auf das Bett. »Nun, Commissario«, sagte sie lächelnd.

»Ich habe nur ein paar kurze Fragen an Sie, Signora …«, sagte Caselli betont sachlich. Sie ist eine Schönheit, dachte er. So habe ich mir immer die Prinzessin aus Tausendundeiner Nacht vorgestellt. »Sie sprechen und verstehen Italienisch?«

»Spreche Usbekisch mit Brüder und Familie, Italienisch mit Geliebter«, sagte Alyra und blickte ihn herausfordernd an.

»Ihr Mann, Kowalski, stammt aus Deutschland?«

»Vater von meine Mann war deutsch, bei Militär.«

»Nun, da treffen ja sehr unterschiedliche Mentalitäten aufeinander«, bemerkte Caselli.

»Ja«, Alyra und sah ihn mit ihrem rätselhaften Lächeln unverwandt an. »Wir haben wenig ähnlich. Manchemal wir sprechen über Wüste und Sterne, weiß viel von Sterne. In Samarkand, wo ich bin geboren, Wüste ist nicht weit. Kysylkum, dort, wo große See austrocknet. Erst kommt viele flache Land, Tiefland von Turan mit Amurdarja-Fluss. Wächst dort Wermut und Akazien, und man sieht Hissar-Alai-Berge. Meine Mutter ist echte Tartarin, zu vier Viertels. Wir oft gingen auf Markt, da waren viele Nationalitäten, sind so viele Völker um Usbekistan herum. Sie wusste genau, bei wem sie kaufte, welche Sache. Kirgisen haben feineste Wolle. Seide sie hat gekauft nur bei der Persern. Safran, Kardamom und Pfeffer bei Tadschiken. Als Kind ich habe gesprochen die alte asiatische Sprachen mit der andere Kinder bei Spiel, in Schule Russisch, Tartarisch mit Mutter. Jetzt ich habe ganz leicht gelernt Italienisch für Opera.«

Caselli war von ihrer säuselnden Stimme und den Bildern, die sie heraufbeschwor, wie gebannt. Er brauchte einen Moment, um sich in die Realität zurückzuholen.

»Hm, interessant. Und, der italienische Geliebte, den Sie gerade erwähnten, war … David Franceschini?«

Zu Casellis Schrecken verwandelte sich die lächelnde Alyra blitzschnell in ein Bild herzzerreißenden Kummers. Die dunklen Augen schwammen auf einmal in Tränen. Eilig zog Caselli ein Papiertaschentuch hervor und reichte es ihr. Sie riss es ihm beinah aus der Hand.

»War alles so wunderschön …«, schluchzte sie. »Wir haben uns geliebt, Maestro und ich. Er hätte sich scheiden gelassen … für mich, wissen Sie!«, sagte sie weinerlich und hob den Kopf, um dem Commissario aus ihren mandelförmigen Augen einen herzzerreißenden Blick zuzuwerfen. »Ich habe wirklich genug von Rodolfo. Meine Cachets sind auch nicht so hoch. Ich arbeite, und er tut nichts, nichts … schlimmer als in Orient … und er liebt nicht mal mit mir, weil er ist homosexuell.«

Caselli zog eine Augenbraue hoch und sog die Luft etwas schneller durch die Nase, doch hütete er sich, die junge Frau zu unterbrechen, jetzt, wo sie angefangen hatte, ihm ihr Herz auszuschütten.

»Es gibt da Vertrag. Als ich kam aus Usbekistan, erhielt kein Aufenthaltsschein. Meine Vater hat arrangiert über befreundete, westliche Arzt. Onkel von ihm ist Nervenarzt in Rom. Sie haben mir italienische Ehemann besorgt. Rodolfo hat mir geheiratet, und ich bezahle seine Unterhalt. Er kann keine Geld verdienen, ist krank … hat kranke Seele. Meine Vater hat getan am Anfang, meine Familie ist mit von wohlhabendste in Samarkand. Vor eine Jahr meine Vater starb. Er immer wollte mein Bestes. Er hat meine Karriere unterstützt. Ich hatte immer schöne Stimme und habe schon als Kind gesungen vor viele Leute. Ich habe ihm gesagt, ich will scheiden lassen, weil Rodolfo keine richtige Mann, aber meine Vater immer dagegen. Ich lernte Maestro kennen, und wir liebten uns. War wie in eine Märchen. Ich habe Rodolfo gesagt, ich verlasse ihm.«

»Und wie hat er reagiert?«, schaltete sich Caselli ein.

»Hat Nerven verloren und mir geschlagt«, jammerte Alyra. »Aus Angst … weil sonst er hat noch nie gemacht. Er hat keine Existenz ohne mich. Aber ich will nicht mehr«, sagte sie trotzig. »Ich will ihm nicht mehr und nicht mehr zahlen. Ich habe ihn gesagt, er soll verschwinden und nie mehr blicken lassen.«

»Sie sind Muslimin, und ihr Mann ist Katholik?«

Sie nickte.

»Ist er streng gläubig?«

Alyra lachte hell auf. »Glaubt an Geld und seine Gott, der Psychiater, ja. Von mir aus, Heinz kann Rodolfo haben. Hat Geld genug für ihn. Natürlich ich bin meine Mann dankbar, tief in meine Herzen, für was getan hat für mich. Deshalb ich habe Heinz alles gesagt, von Geraldine und Rodolfo.«

Caselli spitzte die Ohren. Jetzt wurde es interessant, und die Mosaiksteinchen setzten sich nach und nach zusammen.

»Signorina Dvorsky ist nicht die Richtige, nicht wahr? Sie wünschen Ihrem Mann eine bessere Partie.«

»Ja, Sie verstehen mich! Karriere von Geraldine ist kaputt, keine Geld, keine Leben. Aber wenn Rodolfo geht zu Heinz, ich bin frei. Heinz hat mir sehr gedankt und gesagt, dass ich ihm Augen geöffnet. Geraldine hat geredet von Rodolfo, wenn wir haben getroffen. Ich habe gemerkt, sie verliebt und würde ihn in Unglück stürzen.«

»Und deshalb haben Sie Dr. Friedbaum vorgewarnt«, fasste Caselli zusammen.

Alyra nickte. »Er hat gesagt, ich brauche nicht Sorgen machen. Er werde kümmern um Sache. Und nach Scheidung um Rodolfo auch. Und Geraldine würde bald sein weg aus Leben von uns alle drei.«

Caselli sah für eine Sekunde Dr. Friedbaum vor sich, wie er selbstzufrieden die Spitze seines Bleistifts prüfte, und dann hörte er Geraldine Dvorskys Stimme: ›Ich glaube, dass er das Gift von Dr. Friedbaum hatte.‹ Er sah ihr Gesicht vor sich, als sie in die Questura gekommen war. Erschöpft, totenbleich und mit verlaufener Maskara. Blitzartig schoss ihm durch den Kopf, dass der Arzt auch der jungen Geigerin Medikamente verschrieb.

»Signora Ali-Zade«, wandte er sich erneut an die Sängerin, »der Inspizient hat zu Protokoll gegeben, am Tag des Todes des Maestro sei es zu einem Streit zwischen Ihnen und Richard McFairshield gekommen. Stimmt das?«

Alyra schien nicht überrascht. »Ja«, murmelte sie.

»Es ging dabei um Franceschini und Signorina Dvorsky?«

Sie nickte beinah trotzig. Dann brach es aus ihr heraus. »Hat Anruf gemacht, dass nicht kommt zu Premiere. Ich sollte lügen zu Richard, sagen, sie schlechte Gesundheit hat. Verstehen Sie, Signor Commissario! In Wahrheit sie war mit David! Ich weiß, dass er hat probiert, sie wiederhaben. Aber sollte mich heiraten, mich! Wir haben uns geliebt!« Sie blickte Caselli so wild an, dass er auf seinem Stuhl unwillkürlich ein wenig zurückrutschte. Einzelne Strähnen hatten sich aus ihrer kunstvollen Frisur gelöst und standen in wirren Locken von ihrem Kopf ab, sodass sie ihm wie das leibhaftige Bild der Medusa erschien. Caselli schluckte und versuchte, einen stoischen Gesichtsausdruck zu wahren.

»Es wundert mich, dass Signorina Dvorsky so offen war. Es hätte doch gereicht, vorzugeben sie sei erkrankt. Dass sie vorhatte, den Abend mit Maestro Franceschini zu verbringen, hätte sie unerwähnt lassen können. Und warum hat Signorina Dvorsky gerade Sie angerufen und gebeten, ihrem Freund eine Nachricht auszurichten? Sie hätte das doch selbst tun können, oder?«

Alyra starrte ihn an. »Ich weiß nicht … Jean hat gesagt, sie hat Richard nicht erreichen können.«

»Jean?«

»Ja. Jean hat mir gesagt.«

»Moment Sie sagten doch gerade, Signorina Dvorsky habe Sie angerufen.«

Alyra wedelte energisch mit der Hand. »Nein, nein, gar nicht! Gar nicht gesprochen haben wir! Jean hat mir angeruft und alles ausgerichtet!«

Caselli nickte. Dann sprach er es einfach aus: »Haben Sie Franceschini aus Eifersucht getötet?«

Alyra wurde unter dem goldenen Bronzeton ihrer Haut blass.

»Nein!«, schrie sie. »Richard muss gewesen sein! Das kommt alles nur, weil du nix tust, du erbärmliche, langeweiliges, britisches Bass! Ich habe zu ihm gesagt. Und er hat große Wut, dass David ihm Geraldine wieder wegnehmt. Große Wut, und nächste Tag David ist tot! Ach, ich hätte das nicht sagen sollen!« Sie sank in sich zusammen und starrte trübselig vor sich hin.

»Warum haben Sie nicht sofort nach dem Tod des Dirigenten die Polizei von diesem Vorfall benachrichtigt?«

Alyra schwieg.

Casellis Stimme nahm eine ungewohnte Schärfe an. »Weil Sie sich sicher sein konnten, dass der Inspizient das schon übernehmen würde, und Sie sich genau überlegen, wo Sie in Erscheinung treten und wo sie anderen Leuten die schmutzige Arbeit überlassen?«

Alyra starrte ihn jetzt geradezu hasserfüllt an. Entweder er war einen Schritt zu weit gegangen, oder er hatte genau ins Schwarze getroffen.

In diesem Moment riss jemand die Hotelzimmertür auf.

»Ah, Signor Kowalski.« Caselli richtete sich auf. »Sie suchen Ihre Frau, nicht wahr? Kommen Sie nur, es ist alles gesagt.«

Caselli hatte es eilig, zurück in den Saal zu kommen. Er musste Signorina Dvorsky finden. Es gibt keine falschen Antworten, es gibt nur die falschen Fragen, dachte er.

Er hoffte, die richtige Frage endlich gefunden zu haben.

37

Zwei Tage nach der Gala suchte Caselli Rodolfo Kowalski in der Via Giulia auf. Auf Neapel war ein Wochenende gefolgt, und Caselli hatte Zeit genug gehabt, Mosaiksteinchen zusammenzusetzen. Ein paar fehlten noch, die aber würde ihm, da war er sich sicher, Kowalski liefern. Wie er vorgehen würde, um den Deutschen aus der Reserve zu locken, konnte er noch nicht recht abschätzen.

»Es tut mir leid, wenn ich Sie so früh stören muss, Signor Kowalski«, sagte Caselli im Treppenhaus.

»Das macht nichts, kommen Sie nur herein.« Kowalski klemmte die eben erstandene Tageszeitung unter den Arm, um seine Wohnungstür aufzuschließen. »Wie Sie sehen, wecken Sie mich ja nicht aus dem Tiefschlaf«, fügte er hinzu und hielt eine Tüte mit Cornetti hoch. »Setzen Sie sich, ich werfe nur schnell die Espressomaschine an.«

Caselli sah sich eine Weile um, dann ging er zu Kowalski in die Küche. »Schön haben Sie es hier«, sagte er. »Diese hohen Fenster und der Blick auf die Via Giulia. Eine ausgezeichnete Wohnlage.«

»Ich habe das Apartment von meinem Großvater geerbt. Es interessiert Sie doch, wieso ich mir so eine Wohnung leisten kann, nicht wahr«, sagte Kowalski. »Bedienen Sie sich, wenn Sie möchten.« Er deutete auf die Espressomaschine. »Tassen sind da drüben.« Er biss in ein Hörnchen.

»Sehr freundlich, aber ich habe gerade gefrühstückt«, lehnte Caselli ab. Ein Tablett mit arabischen Teegläsern stach ihm ins Auge. »Ihre Frau und Sie sind richtige Kosmopoliten, nicht?«, tastete er sich vor.

»Sie wissen sicher schon, dass ich in Marokko gelebt habe«, antwortete Kowalski. »Und meine Frau stammt aus Usbekistan.« Der Espresso lief durch.

»Ihr Vater war Deutscher?«

Kowalski nickte. Er lehnte an der Anrichte und trank zügig seine Espressotasse leer. »Worauf wollen Sie hinaus?«, fragte er direkt.

»Warum erzählen Sie mir nicht ein wenig von sich«, fuhr Caselli fort.

»Was wollen Sie denn hören? Kommen Sie, gehen wir in den Salon.« Kowalski ging voraus.

»Nun, sehen Sie, Signor Kowalski ...« Caselli sackte in die tiefen Polster. Er versuchte, sich respektierlicher hinzusetzen und schlug die Beine übereinander. »Beide Mordfälle sind, sagen wir mal, noch ein Stück von der Aufklärung entfernt«, begann er. »Was Maestro Franceschini betrifft, deutet vieles auf Selbstmord, aber es bleiben Fragen. Im Mordfall an dem Kritiker Stronchetti kann ich den in die Angelegenheit verwickelten Verdächtigen nichts Konkretes nachweisen, bislang jedenfalls. Ich bin jedoch zu einer schlüssigen Theorie gelangt, privat sozusagen ... oder vielmehr, weil meine Aufgabe im Staatsdienst und meine Berufsehre es mir abverlangen. Ein paar Mosaiksteinchen fehlen mir allerdings noch.«

»Ihre Ehre?«, fragte Kowalski nach und lächelte. »Das Wort habe ich lange nicht mehr gehört.« Er setzte sich Caselli gegenüber und legte seinen Arm locker über die Couchlehne.

»Ich nehme an, Sie denken dabei in erster Linie an Ihren Herrn Vater, nicht wahr?«, ging Caselli auf ihn ein. »Er war beim Militär, nicht? Wo genau?«

»Mein Vater diente in der Armee König Hassans des Zweiten in Marokko«, erklärte Kowalski. »Er war Offizier bei der deutschen Luftwaffe, aber ein interner Vorfall setzte seiner Karriere ein Ende. Er musste gehen, und Marokko suchte gerade Ausbilder. Meine Mutter hatte er auf einer Reise kennengelernt, sie war Ärztin. Sie begleitete ihn nach Marokko. Als ich zwei Jahre alt war, ging sie zurück nach Italien. Wir haben hier bei meinem Großvater gewohnt. Platz genug hatte er ja. Sie starb, als ich fünfundzwanzig war. Großvater fühlte sich nun für mich verantwortlich. Ich hatte die ständige Bevormundung satt, schmiss mein Studium und ging nach Marokko. Mein Vater hat sich gefreut, mich zu sehen, der Kontakt war nie ganz abgerissen. Mittlerweile hatte er es zum General gebracht. Die marokkanische Armee war am Anfang seiner Militärzeit dort in den Saharakrieg verwickelt gewesen. Es ging damals um die Polisario-Front. Ich weiß nicht, ob Sie schon einmal davon gehört haben …«, stellte Kowalski indirekt seine Frage.

Casellis Gesichtsausdruck war eindeutig.

»Das war die selbst ernannte Volksfront für die Befreiung von Saqiya al-Hamra und Río de Oro. Sie hatten die Kolonie Spanisch-Sahara zurückerobert, aber 1975 erhob Marokko Anspruch auf das Gebiet. 1976 rief die Polisario-Front die Demokratische Arabische Republik Sahara, DARS, aus. Sie beanspruchte die Regierungsgewalt des Staates, der neunundsiebzig von Marokko annektiert wurde. Das ist alles sehr lange her, aber die Polisario-Front hörte nie auf zu existieren, zeitweise im Untergrund, dann wieder ganz offen. Die Organisation führte einen Guerillakrieg gegen Marokko. Mein Vater sollte die immer wieder aufflackernden Gefechte beenden und den Widerstand von Polisario niederschlagen. Bei der Gelegenheit hatte er ein paar ihrer Kämpfer erschießen lassen, es waren Beduinen. Der Rest klingt ziemlich abenteuerlich«, sagte Kowalski und strich sich durch das wellige Haar. Dann fuhr er fort: »Mein Vater und ich wurden aufgegriffen. Sie haben uns in ihr Zeltlager verschleppt und massakriert. Mein Vater wurde gefesselt und musste zusehen, was sie mit mir machten.« Kowalski blickte Caselli angestrengt an, dann lächelte er. »Ich werde Ihnen die Details ersparen … sie übersteigen, den Rahmen Ihrer Mosaiksteinchen.«

Caselli räusperte sich.

»Um es kurz zu machen: Sie haben meinen Vater ermordet. Mich ließen sie in der Wüste liegen«, berichtete Kowalski. »Irgendwann kam eine Karawane vorbei. Das Nächste, was ich weiß, ist, dass ich im Haus eines Geschäftsmannes in Agadir aufwachte. Ich konnte mich an nichts erinnern, aber das änderte sich schnell, und ich erinnerte mich nur zu gut an alles, was vorgefallen war. Ich blieb ungefähr ein Jahr bei Mohadir und seiner Familie. Ich werde ihm nie vergessen, was er für mich getan hat«, sagte Kowalski und drehte den matt glänzenden Elfenbeinring an seiner Hand. »Mein Großvater starb bald nach meiner Rückkehr. Das war vor zehn Jahren. Ich schrieb mich wieder an der Universität ein, doch war es mir nicht möglich, etwas aufzunehmen und Kontakte zu Kommilitonen herzustellen. Ich merkte, dass mit mir etwas nicht stimmte, und suchte einen Therapeuten auf. Das war dann Dr. Friedbaum. Den Rest überspringe ich.« Kowalski lächelte gezwungen. »Er tut nichts zur Sache. Meine Frau habe ich übrigens ihm zu verdanken«, sagte er ironisch. »Sie suchte jemand, der es ihr ermöglichte, die italienische Staatsbürgerschaft zu erwerben. Ich habe die meiner Mutter.«

Caselli nickte. Das wusste er bereits. »Ja, Signora Ali-Zade hat mir die Geschichte erzählt.«

»Nun ja«, fuhr Kowalski fort. »Alyra stammt aus einer sehr reichen Familie Samarkands. Heinz regelte das Ganze. Alyra ist auf dem Papier meine Frau, singt in Europa mit italienischem Pass, und ich hebe jeden Monat eine nette Summe von meinem Bankkonto ab. Ich gehe keiner Arbeit nach, und das Vermögen meines Großvaters schwindet. Alles lief gut, bis vor einem Jahr. Alyras Vater erlag einem Infarkt, und ihre Brüder drehten den Geldhahn zu. Sie muss mich nun von ihren Cachets bezahlen, und das passt ihr nicht. Sie will sich scheiden lassen, und ich habe im ersten Moment ein wenig überreagiert. Das hat sie Ihnen ja sicher berichtet, aber ich werde wohl in die Scheidung einwilligen.«

»Ist Ihnen bekannt, dass Ihre Frau von Ihnen und Signorina Dvorsky wusste … dass Sie beide sich ab und an sahen? Die Signorina scheint ihrer Frau vertraut zu haben.« Caselli legte eine Pause ein und sah Kowalski abwartend an. Der runzelte die Stirn. »Vertraut? Na, ich weiß nicht, ob Alyra die Person ist, zu der man so schnell Vertrauen fasst. Geraldine schien von ihr fasziniert. Ich glaube, sie sind ein paarmal zusammen essen gegangen. Allerdings wäre es Alyra ziemlich gleichgültig gewesen, wenn sie von Geraldine und mir erfahren hätte. Sie weiß nur zu gut, dass ich mit Frauen nichts anfangen kann, sexuell … meine ich. Alyra wusste Bescheid, sagen Sie? Davon hat sie nie etwas erwähnt.«

»Und welches Verhältnis hatte Ihre Frau zu Richard McFairshield?«

»Er kam ihr bei ihren Plänen gerade recht. Sie hat schon öfter mit ihm zusammengearbeitet, aber es war nie etwas zwischen ihnen. Er ist nicht Alyras Typ, zu weich. Ich kenne Richard, wir waren ein paarmal essen, früher. Ich mag ihn. Er ist ein sehr netter Mann, sehr herzlich, auch zu mir, aufrichtig herzlich. Soviel ich weiß, hatte er stets Pech mit Frauen. Alyra hat da einige boshafte Bemerkungen fallen lassen.«

»Welche Pläne hatte denn Ihre Frau?«

»Soweit ich weiß, versuchte sie, Richard und Geraldine zu verkuppeln. Sie hat eingefädelt, dass die beiden sich nach einer *Tosca*-Aufführung sahen und den ganzen Abend zusammen an einem Tisch saßen. Um Weihnachten war das. Geraldine sollte wieder zu Richard zurück, so hätte Alyra freie Bahn bei Franceschini gehabt. Franceschini dachte natürlich nicht daran, sich scheiden zu lassen, aber machen Sie das mal einer Frau wie Alyra klar.«

»Signor Kowalski, Ihre Frau hat in Rom oft gesungen, und sie kennt McFairshield gut. Sie konnte in der Oper ein und aus gehen, hatte also auch Zugang zur Bühne und den Requisiten. Sie hätte den Dolch jederzeit mitnehmen können. Trauen Sie ihr zu, Stronchetti in der Nähe der Engelsburg ermordet zu haben, um den Verdacht auf Geraldine Dvorsky zu lenken?«

»Nein, das glaube ich nicht. Alyra ist impulsiv und kann intrigant sein, ja … aber sie liebt ihr Leben und ihre Karriere über alles. Sie würde das, was sie hat, niemals durch einen Mord zerstören.«

Caselli nickte. »Fällt Ihnen noch irgendetwas ein, das für den Fall Maestro Franceschini von Belang sein könnte?«, wechselte er das Thema.

»Rein gar nichts. Ich habe nicht die geringste Ahnung, worum es bei diesem Fall geht, Commissario«, sagte Kowalski und hob den Deckel einer Holzschatulle auf dem Beistelltisch, um sich eine Zigarette anzuzünden.

»Wie stehen Sie eigentlich zu Signorina Dvorsky?«, fragte Caselli weiter und behielt die Holzschatulle im Auge. Ihm entging aber nicht, dass Kowalski zum ersten Mal einen Anflug von Unsicherheit zeigte.

»Wenn ich mich in eine Frau verlieben könnte, dann in sie«, sagte er schließlich und blickte Caselli unverwandt an. »Als ich sie bei Dr. Friedbaum im Wartezimmer sitzen sah, empfand ich zum ersten Mal seit langer Zeit wieder … so etwas wie Interesse.« Sein Blick war offen. »Mir liegt nicht viel an Menschen, Commissario. Bei Geraldine war das anders. Ich dachte sogar einen Moment … aber es war unmöglich. Da ist nichts mehr zu machen.«

»Deshalb haben Sie ein Liebesverhältnis mit Ihrem Analytiker«, resümierte Caselli.

»Das übersteigt Ihre Kompetenzen, Commissario«, antwortete Kowalski kühl.

»Geraldine Dvorsky hat mir erzählt, Sie hätten sie nachdrücklich vor Dr. Friedbaum gewarnt. Warum? Vielleicht wegen der Medikamente, die er ihr verschrieb?«

Kowalski starrte ihn schweigend an.

Caselli beschloss, nun seinen Trumpf auszuspielen. »Ich habe Signorina Dvorskys Tabletten im gerichtsmedizinischen Labor analysieren lassen. Es handelt sich dabei um kein handelsübliches Medikament. Das bedeutet die Tabletten wurden von Dr. Friedbaum eigenhändig hergestellt oder in Auftrag gegeben. Und absolut nicht in der Absicht, einen Heilungserfolg zu erzielen, denn sie enthielten in kleinen, aber nicht wirkungslose Dosen Arsen.«

Caselli registrierte, dass Kowalski Mühe hatte, das Wechselspiel der Gefühle zu verbergen. Er schien erschüttert über diese Information. Die junge Geigerin bedeute ihm offenbar mehr, als er zugeben wollte. Allem Anschein nach hatte er von den Machenschaften seines Arztes und Liebhabers tatsächlich nichts gewusst. Dann wich der Ausdruck der Bestürzung von Kowalskis Gesicht, aber der Schock saß tief. Caselli sah ihm an, dass in ihm nun einiges vorging. Er war also auf dem richtigen Weg. Nun musste er Kowalski nur noch zu Reden bringen. Dann käme, was noch im Dunkeln lag, doch noch ans Licht. »Verzeihen Sie«, sagte Caselli und zog die Schatulle zu sich heran. »Sie sind mir im Grunde sehr sympathisch, wissen Sie?« Er blickte Kowalski in die Augen. »Wir haben übrigens eine Gemeinsamkeit«, sprach er weiter und wusste selber nicht so recht, auf welches Terrain er sich begab. Kowalski beobachtete ihn. »Wir haben beide ein Elternteil deutscher Nationalität. Ihr Vater war Deutscher.«

Kowalski nickte und stippte die Asche seiner Zigarette auf einen arabisch anmutenden Metallaschenbecher.

»Sehen Sie, bei mir ist es umgekehrt, meine Mutter war Deutsche, das verbindet uns doch in gewisser Weise, nicht?«

»Wollen Sie mir einen Antrag machen, Commissario? Ich weiß wirklich nicht, worauf Sie hinauswollen.«

»Ich möchte, dass Sie mit mir zusammenarbeiten«, sagte Caselli forsch. »Signorina Dvorsky ist fasziniert von Ihnen, vor allem von Ihrer … mystischen Ader. Sie hat auch erwähnt, dass Sie in Santa Maria di Maggiore zur Beichte gehen.« Kowalskis Miene blieb unbewegt. »Ich wette, auf Portugiesisch. Ist das richtig, Signor Kowalski? Und sicher erteilt Ihnen der Priester die Absolution mit ein paar netten Briefchen, Ablassbriefchen sozusagen, die Sie auf direktem Weg in den Himmel führen. Wenn Sie sich von einem irdischen Gericht Ablass erhoffen, dann werden Sie mir jetzt alles sagen, was Sie wissen, ansonsten kann es verdammt unangenehm für Sie werden!« Kowalski starrte ihn immer noch völlig ungerührt an. »Sie sind sehr sensibel, lieber Rodolfo …«, Caselli kniff finster die Augen zusammen, »eine Woche Untersuchungshaft in Rebibbia und Sie sind ein seelisches Wrack, ganz zu schweigen von Ihrer körperlichen Verfassung. Die Burschen dort sind kräftig«, erprobte er einen ihm wenig geläufigen Tonfall.

»Commissario«, sagte Kowalski unangenehm berührt. »Ich versichere Ihnen, ich kann Ihnen beim besten Willen nicht weiterhelfen. Ich habe Ihnen gesagt, was ich weiß.«

»Es geht jetzt auch um etwas anderes«, sagte Caselli und kippte abrupt den Inhalt der Schatulle auf den Couchtisch. Zwischen den Zigaretten kam ein quadratisch gefaltetes Papierchen mit rotem Stempelaufdruck zum Vorschein. Caselli beugte sich vor und ließ ein Paar Handschellen um Kowalskis Handgelenke klicken. »Ich bin seit Monaten an dieser Galeonen-Sache dran, Kowalski. Und Sie kommen hier nicht eher wieder raus, als bis Sie mir die ganze Wahrheit erzählt haben!«

Kowalski hob die gefesselten Hände und nahm gelassen einen weiteren Zug.

»Aber Commissario, Sie enttäuschen mich«, sagte er süffisant. »Was für ein platter psychologischer Ansatz. Haben Sie das auf Ihrer Polizeischule in Catania gelernt? Glauben Sie wirklich, hier sitzt ein mimosenhafter Schwuler vor Ihnen, den Sie mit ungehobelten Polizeischikanen beeindrucken können? Hören Sie mir nicht zu, Caselli? Habe ich Ihnen nicht gerade von meiner Militärzeit in Marokko erzählt? Sie machen sich keine Vorstellung von dem, was ich überlebt habe. Wollen Sie mich mit der Drohung schrecken, die kleinen Gauner, die in Rebibbia einsitzen, weil sie erwischt wurden, wie sie bei einer Contessa silberne Löffel mitgehen ließen, könnten sich an mir vergreifen? Wir sind hier in Rom, nicht in der Bronx. Ich rate Ihnen dringend, Ihren Konsum amerikanischer Polizeiserien einzuschränken. Und jetzt nehmen Sie mir die Handschellen ab, sonst hetze ich Ihnen eine Dienstaufsichtsbeschwerde an den Hals, dass Sie sich nur noch auf Knien Ihrem Vorgesetzten nähern werden. Im Übrigen sollten Sie wissen, dass ich das Wort Mafiamethoden bewusst vermeide. Da liegt doch Ihr Schwachpunkt, Caselli, nicht wahr? Doch keine Sorge, Commissario. Wir teilen eine weitere Gemeinsamkeit, nämlich die vehemente Abneigung gegen jede Form billiger, vorurteilsbeladener Diskriminierung verfemter Randgruppen wie Homosexuellen und Sizilianern.«

Es kam unerwartet, und Caselli wusste einen Augenblick tatsächlich nicht, wie er reagieren sollte. Er schluckte schwer an der Tatsache, dass Homosexuelle und Sizilianer in einem Satz genannt worden waren, und zögerte.

»Na, kommen Sie schon, Caselli. Ja, ich habe mich über Sie informiert, meine Mutter entstammt einer Patrizierfamilie. Großvater kannte eine Menge einflussreicher Leute. Da genügt ein Anruf, das wissen Sie doch«, sagte Kowalski. »Sie nehmen mir jetzt die Handschellen ab, wir reden ein wenig über Ihre Mutter, und Sie versprechen mir, dass Sie mich unbehelligt lassen. Ich werde Ihnen das glauben, denn das Wort eines Sizilianers ist ein absolutes Ehrenwort … und dann erzähle ich Ihnen von der Galeonen-Sache und dem portugiesischen Beichtstuhl.« Kowalski hob die gefesselten Hände zu einer auffordernden Geste, und Caselli griff nach dem Schlüssel. Er musste zugeben, der Psychologiekursus zur Weiterbildung höherer Polizeibeamter hatte hier versagt. Die Handschellen fielen, und Kowalski stand auf.

»Ich mache uns noch einen Kaffee.«

*

»Sind Sie drogenabhängig?«, fragte Caselli etwas später.

»Davon kann doch keine Rede sein«, antwortete Kowalski. »Ich hatte in Marokko ... diesen Unfall. Danach habe ich eine Zeit lang Opium genommen. Es wird dort als Schmerzmittel verwendet. Ich brauche jetzt ab und zu mal was, aber keine harten Drogen.« Er zögerte, dann fuhr er fort: »Hier in Rom geht das auch ohne die einschlägige Szene. Es gibt eine Kontaktperson, in Santa Maria Maggiore, auf hohem Niveau. Die Kunden sind meist Kreative. Das Ganze ist bekannt. Man kann sich nur wundern, doch niemand schreitet ein. Caselli, hüten Sie sich davor, mit bloßen Händen in dieses Schlangennest zu greifen. Das alles läuft unbehelligt von den Behörden schon über Jahre hinweg. Es gibt da bestimmte Mächte, gegen die kommen Sie nicht an. Sie können davon ausgehen, dass die Sache gedeckt wird. Sie kennen die italienischen Staatsaffären, die Geheimloge P2, Gladio, den Mord an Calvi, den Skandal um die Banca Ambrosiana. Wenn einzelne Vertreter des Vatikan ihre schützende Hand über eine Sache halten ...«

»Wollen Sie damit sagen ...?«

»Mein bester Caselli, ich will gar nichts sagen. Aber da mit laizistischen Methoden Recht und Ordnung herstellen zu wollen, kann Sie Ihren Kopf kosten, sowohl *de lavoro* wie *de facto.* Überlegen Sie es sich gut, bevor Sie da etwas tun. Im Übrigen genießt eine Kirche – und Santa Maria Maggiore ist eine Kirche – Immunität. Sie können da nicht hinein und den portugiesischen Geistlichen festnehmen. Das ist Ihnen doch wohl klar, oder? Es erfordert ein subtileres Vorgehen auf diplomatischer Ebene.«

Caselli lächelte. Er spürte, dass Kowalski ihm das nicht zutraute und fand es nicht notwendig, ihm zu widersprechen. »Was haben die Worte auf den Papierchen zu bedeuten?«, forschte er weiter.

»Es gibt immer wieder ein neues Codewort, zur Sicherheit. Es garantiert den Abnehmern, dass die Ware sauber ist. Das ist die Garantie in Santa Maria Maggiore. Exzellenter Stoff. Die Abnehmer brauchen sich nicht zu sorgen. Das neue Codewort wird regelmäßig durch Mittelsmänner weitergegeben, denn selbstverständlich wurde die Galeone schon kopiert. So mancher Dealer hätte gern mit abgesahnt. Es sind hin und wieder Kopien davon im Umlauf, von lebensbedrohlich schlechter Qualität. Riccardo Vismara ist an so einen Verschnitt geraten.«

»Wie funktioniert das Ganze?«, fragte Caselli.

»Das System ist dreifach gesichert. Sagen wir mal, Sie wollten Stoff kaufen. Am vierzehnten jeden Monats erhalten Sie einen Anruf. Danach wählen Sie eine Nummer, sagen Ihr Passwort, und das Codewort wird bestätigt. Das letzte Mal fällt es im Beichtstuhl, bevor Ihnen die Ware ausgehändigt wird.«

»Ist Alyra Ali-Zade auch in diese Geschäfte verwickelt?«

Kowalski schüttelte den Kopf. »Nein, sie hat nichts damit zu tun. Bei so was braucht man einen kühlen Kopf und gute Nerven ...« Er lächelte provozierend.

Caselli musste zugeben, Nerven hatte sein Gegenüber zweifellos. Er betrachtete Kowalski, der, die Ruhe selbst, lässig auf der Couch hing.

»Und wenn Sie gerade meinen, ich hätte gute Nerven, dann muss ich Sie enttäuschen. Ich bin ein Wrack, Caselli. Ich sagte ... bei so was braucht man einen kühlen Kopf und gute Nerven. Beides hat Dr. Friedbaum. Alyras Vater war der Kopf«, fuhr Kowalski fort. »Er war in seinem Land eine wichtige Persönlichkeit, deren Machtstellung von keiner Institution angefochten wurde. Nach seinem Tod haben seine Söhne das Geschäft übernommen und die Bedingungen geändert. Heinz agiert jetzt nur noch am Rande. Er erhält immer weniger Stoff, aber das stört ihn nicht. Er erhöht einfach den Preis. Seine Abnehmer sind aus den besten Kreisen: Manager, Geldadel, Kreative.«

»Vor allem Musiker, nicht wahr?« Caselli beugte sich vor und sah Kowalski eindringlich an. »Auch aus dem Orchester Santa Cecilia.«

»Nein, Sie haben da eine vollkommen falsche Vorstellung. Kein Instrumentalist kann sich erlauben, Drogen zu nehmen und zittrig zu werden. Ich sage da nur: Riccardo Vismara. Er war sehr bald beruflich erledigt. Orchestermusiker sind keine Rockstars. Die brauchen keine Drogen, die werden von ganz allein high. Das sind die Nebenwirkungen von Musik und Kunst. Seit ich Alyra kenne, kann ich ein Lied davon singen. Sie, und das gilt für Sänger generell, braucht nach einem Auftritt Stunden, bis sie wieder runterkommt. Bei jeder Vorstellung findet ein wirklich nettes Feuerwerk in ihrer Körperchemie statt, wenn Sie verstehen, was ich meine.« Kowalski blies Rauch durch die Nase und drückte dann die Zigarette im Ascher aus. »Jean hat immer nur Franceschini Aufputschmittel und Morphin besorgt.«

»Jean Dubois ist also der Mittelsmann und Dr. Friedbaum der Drahtzieher«, resümierte Caselli.

»Denkbar», sagte Kowalski.

»Und was ist mit Stronchetti? Geriet er zwischen die Fronten? Was lief da? Er war intelligent, scharfsinnig, und er lebte über seine Verhältnisse. War er ein Trittbrettfahrer?«

»Soll ich jetzt Ihren Job machen, Commissario?«

»Wer hat für Dr. Friedbaum die Drecksarbeit erledigt? Jean Dubois? Sie wissen genauso gut wie ich, dass es eine Person gewesen sein muss, die gut informiert war über die Scharade zwischen Signorina Dvorsky, Ihrer Frau, McFairshield und dem Maestro und diese für eigene Zwecke zu nutzen wusste.«

»Die Liebesbeziehungen waren ein offenes Geheimnis«, winkte Kowalski ab. »Jeder wusste Bescheid.«

»Ja, aber nicht jeder hatte die Möglichkeit, die Protagonisten zu manipulieren, weil er sie alle gut kannte und sie ihm alle vertrauten.«

»Sie scheinen ja langsam im Bilde zu sein«, unterbrach ihn Kowalski mokant.

»Jean Dubois hat die Möglichkeit, sich an den Geschäften Dr. Friedbaums in großem Stil zu bereichern.«

»Im großen Stil nun nicht. Aber ganz anständig. Und man gewöhnt sich leider schnell an einen gehobenen Lebensstil. Den will Jean natürlich nicht mehr missen. Heinz verlangt Höchstpreise, dafür bekommen die Abnehmer alles, was sie wollen, und das ist es ihnen wert. Aber es ist ein kleiner Kreis«, erklärte Kowalski.

»Alles, was Sie wollen … auch Zyankali?«, fragte Caselli dazwischen.

Kowalski sah Caselli an, als tariere er das Für und Wider seiner Antwort aus. »Theoretisch kann alles beschafft werden«, antwortete er dann. »Und was nicht importiert wird, kann auch synthetisch hergestellt werden, wie Sie schon ganz richtig bemerkt hatten.«

Caselli erinnerte sich, dass Kowalski Chemiker war. »Ich vermute mal, das ist dann Ihr Part.«

»Heinz kann brutal einfordern, was er will, oder sagen wir, ich lasse das zu. Ab und zu braucht er also mal eine läppische Formel. Die bastle ich ihm dann zusammen. Aber mir kann das niemand nachweisen. Ich deale nicht und habe nie selbst etwas hergestellt.«

Caselli versuchte ruhig und tief zu atmen. Was nützte es, wenn er sich aufregte. Kowalski hatte recht. Hier war er, der Vertreter der Staatsmacht, machtlos. Er brauchte handfeste Beweise, die nicht vom Tisch zu wischen waren. Casellis Mund war plötzlich trocken. »Wo?«, fragte er nur.

Kowalski schaute Caselli unverwandt an. »Ich denke, es ist Zeit, dass das alles aufhört und Heinz seine Nebengeschäfte lässt. Mir ist mein Leben scheißegal, aber auf Knast habe ich nun auch keine Lust. Also, wie sieht es aus, Commissario: Wir haben doch einen Deal?«

Caselli nickte. »Ja, Sie haben mein Wort. Also?«

»In einem unterirdischen Gewölbe unter Friedbaums Praxis. Man gelangt dorthin durch eine quadratische Falltür unter seiner Waschmaschine.« Kowalski stand auf. »So, jetzt wissen Sie es.«

Caselli stand ebenfalls auf. »Danke, ich finde allein hinaus.«

Etwas benommen trat er auf die Via Giulia. Die Sonne war hinter den Wolken hervorgekommen und schien den Frühling anzukündigen.

Caselli beschleunigte seinen Schritt.

38

Als Caselli wenige Tage später in die Questura zum Dienst kam, wartete Scurzi bereits. »Wir haben auch Jean Dubois«, rief er und wedelte mit einem Blatt Papier in der Hand. »Er wurde letzte Nacht geschnappt. Wollte sich nach Frankreich absetzen. Unsere Leute sind unterwegs, um ihn vom Flugplatz abzuholen.«

»Sehr gut. Dr. Friedbaum hat ihn ja schwer belastet. Der Haftbefehl ist durch?«, fragte Caselli.

»Ja«, antwortete Scurzi. »Hier ist das Protokoll der Kollegen von der Drogenfahndung.«

Caselli nahm es entgegen.

»Friedbaum hat alles gestanden«, fuhr der Sergente fort. »Blieb ihm gar nichts anderes übrig bei dem, was sich unter seiner Waschmaschine verbarg. Die Drogenfahndung hat das Labor unter seiner Praxis ausgehoben. Das Beweismaterial ist erschlagend.«

Caselli überflog das Protokoll. »Stronchetti hat Jean Dubois und Dr. Friedbaum also erpresst, dachte ich es mir doch.«

»Ja«, sagte Scurzi. »Ein Trittbrettfahrer. Meinen Sie, Franceschini hat von Dubois' Geschäften gewusst?«

Caselli schüttelte den Kopf. »Nein, ich glaube, er war froh, dass sein Assistent ihm die Drogen beschaffte, wo er sie herbekam, wollte er gar nicht wissen.«

Sie sahen sich einige Augenblicke an. In ihr Schweigen platzte ein Beamter, der den Kopf zur Tür hereinsteckte: »Soeben ist Jean Dubois in der Questura eingetroffen.«

»Lassen Sie ihn hochbringen«, wies ihn Caselli an.

*

Wenig später saß Dubois vor ihm. Ein blonder junger Mann mit zarten, sensiblen Gesichtszügen, aber Augen, deren scharfer Blick ihr unschuldiges Blau Lügen strafte. Er wusste seine Erschöpfung hinter einer untadeligen Haltung und einem Flair von Gleichgültigkeit zu verbergen.

»Wie sind Sie mir auf die Spur gekommen, Commissario?« Diese Frage schien Dubois umstandslos loswerden zu wollen.

Caselli stand auf. Es roch muffig in dem kleinen Büro, er öffnete das Fenster.

»Nun, Alyra Ali-Zade hatte mir erzählt, dass Geraldine Dvorsky am Abend vor Franceschinis Tod gar nicht mit ihr persönlich gesprochen hatte. Das hat mich misstrauisch gemacht.«

»Ja, ich gebe zu, es war ein Fehler, Alyras Eifersucht anzustacheln. Erst ihre und dann die von McFairshield, eine Kettenreaktion, sozusagen. Kleines Ablenkungsmanöver.«

Caselli rückte seinen Stuhl zurecht, um sich wieder hinter seinen Schreibtisch zu setzen. »Wie kamen Sie an den Dolch, und warum haben Sie Stronchetti vor der Engelsburg umgebracht, in der Nacht, in der Geraldine Dvorsky sich ebenfalls dort aufhielt?«

Jean blickte in die Innenflächen seiner Hände. »Nun, nach der *Tosca*, in der auch Geraldine und Alyra waren, bin ich hinter die Bühne, um Richard zu gratulieren. Franceschini bat mich darum. Ich sollte gut Wetter bei ihm machen. Die beiden hatten eine heftige Auseinandersetzung gehabt und sich seither nicht mehr gesprochen. Franceschini wollte sichergehen, dass McFairshield für die *Don Carlos*-Wiederaufnahme in Neapel nicht absprang. An dem Gala-Abend hingen hohe Sponsorengelder. Er wollte Richard bei der Stange halten. Der Dolch fiel mir auf. Er lag auf dem wuchtigen Schreibtisch neben dem Huhn. Seine Klinge blitzte, und die Halbedelsteine funkelten unter einem Spot, den der Beleuchter noch nicht ausgeschaltet hatte. Er hat mich magisch angezogen. Da habe ich ihn in meine Notenmappe gesteckt und mitgenommen. Dieser Stronchetti hatte mich bereits am Wickel. Er war gierig und bekam den Hals nicht voll, obwohl ich schon große Summen lockergemacht hatte. Ich glaube, mir kam bereits unterschwellig der Gedanke, wozu ich den Dolch gebrauchen könnte. Dann sollte wieder eine Geldübergabe stattfinden. Es war immer Stronchetti, der bestimmte, wo wir uns trafen. Am Tag vor *Epiphanie* rief er mich an und bestellte mich für drei Uhr nachts zur Engelsburg … und dann setzte er noch eins drauf: Diesmal verlangte er das Doppelte. Den Rest kennen Sie, und der Dolch liegt auf dem Grund des Tibers. Dass Geraldine in der Nähe war, war Zufall. Wer hat mich verraten?«, wollte er wissen.

Caselli zögerte und vergrub die Hände in den Hosentaschen. »Die Person, bei der Sie es sicher am wenigsten erwartet hätten.«

Jean war blass geworden. Zwischen zusammengebissenen Zähnen knirschte er: »Kowalski, dieser Idiot …«

Caselli gab den Polizisten hinter der Glasfront ein Zeichen, Jean Dubois abzuführen.

*

Caselli ging in Di Verdacchianos Büro. Signorina Flavia saß mit einer Pobacke auf dem Schreibtisch des Vice-

Questore. »Alles erledigt, Caselli«, rief der Vice-Questore aus seinem Ledersessel. Er hatte die Arme hinter dem Kopf verschränkt und lächelte selbstgefällig. »Das hat gedauert, bis Sie dann mal in die Gänge kamen. Bei Ihnen da unten in Sizilien spielt Zeit ja keine Rolle ... bei uns läuft es ein wenig anders. Na, Dubois wurde ja jetzt festgenommen. Sie sehen, kaum bin ich wieder da ... ich muss eben alles selbst in die Hand nehmen, nicht wahr?«

Signorina Flavia lächelte.

Caselli mochte sich nicht vorstellen, worauf sich diese Bemerkung sonst noch bezog. Er nickte nur äußerlich ruhig und wandte sich zum Gehen.

»Ah, Caselli!«, rief Di Verdacchiano ihm nach.

»Ja?«

»Schauen Sie, dass Sie endlich die Dirigentensache abschließen. Ich kann hier schließlich nicht alles machen.«

Caselli zog die Tür zu.

Scurzi erwartete ihn auf der Schwelle zu seinem Büro und ließ den Kopf hängen.

Caselli atmete durch, dann kam er seiner Führungspflicht als Vorgesetzter nach und legte seinem Sergente die Hand auf die Schulter. »Na, kommen Sie, Scurzi, wir haben unser Bestes getan. Das ist entscheidend.«

39

Nach dem Gespräch mit dem Vice-Questore nahm Caselli ein Taxi und fuhr in die Via Canova 22.

»Ich dachte mir, dass Sie das gern wiederhätten.« Er legte eine Pillendose auf den runden Empiretisch. In einer Kristallvase standen roséfarbene Rosen. »Die duften aber gut«, bemerkte er.

»Geraldine war gestern hier … sie ist ein Schatz, das arme Kind«, sagte Ludovica della Torre und goss sich Tee nach. Ihre ausgemergelte Hand zitterte leicht. »Sie möchten wirklich nichts … Commissario, vielleicht einen Brandy?«

Caselli lehnte dankend ab.

»Ich verstehe«, lächelte die alte Dame. »Sie sind im Dienst.« Sie setzte die Teekanne ab. »Werden Sie mich jetzt verhaften?«, fragte sie geradeheraus.

»Aber, Signora …« Caselli fühlte sich der Situation nicht ganz gewachsen. »Haben Sie etwas getan, was eine Verhaftung rechtfertigen würde?«, fragte er dann.

»Sie wissen genau, was ich getan habe, Commissario«, antwortete Ludovica.

»Nun ja«, Caselli sog die Luft durch die Nase. »Ich stelle mal eine Vermutung an. Ihre Frau Mutter … hatte Ihnen als junge Frau diese kleine Dose hier ausgehändigt, während der Kriegswirren. Sie war zu ihrem Schutz bestimmt, als letzte Rettung, falls Sie in eine ausweglose Situation geraten sollten, die Faschisten Sie aufgespürt hätten. Sie haben diese Dose all die Jahre aufbewahrt, vielleicht in einer Schatulle, zusammen mit den wenigen Familienandenken, die Ihnen geblieben sind, einem Medaillon Ihrer Mutter, den Briefen Ihres Bruders …«

Ludovicas wache Augen waren auf Caselli gerichtet.

»Ihr Stiefsohn wusste davon, Sie hatten ihm irgendwann einmal davon erzählt. Es muss schrecklich für Sie gewesen sein, als Sie an dem Abend, an dem ich Ihnen die Nachricht vom Ableben des Maestro mitteilte, in der Schatulle nachsahen und feststellen mussten, dass die Dose fehlte«, sagte Caselli. »Nicht wahr, Signora?«, fügte er eindringlich hinzu.

Im Raum war es still. Man hörte nur das Ticken der hohen Standuhr im Korridor. »Nicht wahr … Signora?«, wiederholte er.

Ludovica della Torre nickte, und ein schwaches Lächeln huschte über ihre faltigen Gesichtszüge. »Ja«, sagte sie.

»Aber warum haben Sie uns das nicht erzählt? Sie trifft doch keine Schuld.«

Ludovica della Torre schaute auf ihre faltigen Hände. »Ich habe es erst spät entdeckt … das heißt, als ich erfuhr, wie er gestorben ist, habe ich lange gezögert, nachzusehen, ob die Dose noch da ist. Ich hatte Angst. Und als ich dann gesehen habe, dass sie tatsächlich verschwunden war …«, sie zögerte, »befürchtete ich, sie kämen auf die Idee, Geraldine hätte sie an sich genommen.«

»Sie wollten sie schützen.«

Ludovica nickte.

»Das habe ich mir gedacht, Signora delle Torre«, sagte Caselli freundlich. »Der Verdacht gegen Geraldine ist vollständig ausgeräumt. David Franceschini hat Selbstmord begangen. Er muss die Dose eigenhändig an sich genommen haben, als er Sie zum letzten Mal besuchte, nach seiner Rückkehr aus der Schweiz.«

Ludovica nickte, ohne ihn anzusehen, ihr Atem ging regelmäßig. Sie wirkte wie jemand, von dem eine Last genommen worden war, die ihm wochenlang die Luft abgeschnürt hatte.

»Ich werde ein Protokoll unseres Gesprächs aufsetzen und meinen Assistenten vorbeischicken, so müssen Sie sich zur Unterschrift nicht in die Questura bemühen, Signora«, sagte Caselli freundlich. »Und ich glaube, ich würde nun doch gern einen Brandy trinken«, fügte er hinzu und lächelte.

40

Caselli hatte den Abschlussbericht des Falls Franceschini fertig und las ihn ein letztes Mal durch. Er wollte ihn Di Verdacchiano reinreichen, dazu musste er noch das Protokoll zu Signora della Torres Befragung beifügen. Er stand auf und trat an den Aktenschrank. Das Protokoll war nicht da. Caselli ging zurück an seinen Schreibtisch und zog eine Schublade auf. Irgendwo musste der Zettel doch sein, auf dem er Scurzis Telefonnummern notiert hatte, für dringende Fälle. Ah, da war er. Caselli setzte sich und griff zum Hörer. Er blickte auf den Zettel und dann auf die Uhr. Es war kurz nach zehn Uhr. Ein ungünstiger Zeitpunkt. Scurzi war sicher bei der Verwaltung der städtischen Müllabfuhr schon gegangen, aber wahrscheinlich noch nicht in der Bar des Cousins eingetroffen. Caselli versuchte es in der Bar.

»*Pronto? Buon giorno, sono Caselli, mi passi Scurzi, per favore.*«

»Der kommt heute nicht«, sagte eine männliche Stimme am anderen Ende. »Irgendwas mit seinem Wagen, soll ich was ausrichten?«

»Nein, schon in Ordnung.« Caselli wählte die Nummer der Verwaltung der städtischen Müllabfuhr.

»Scurzi? Vor zehn Minuten gegangen«, sagte eine tiefe Frauenstimme.

»Danke.« Caselli knallte den Hörer auf. »Das ist doch lächerlich«, murmelte er. Er stand auf, vergrub die Hände in den Hosentaschen und ging ans Fenster. Er war schlecht gelaunt und hatte unruhig geschlafen. Albträume hatten ihn gequält. Das arrogante Verhalten des Vice-Questore, das er vorgeblich unbeeindruckt wegsteckte, setzte ihm unterbewusst zu. Ähnliches hatte er schon einmal erlebt. Und letzte Nacht war das wieder hochgekommen. In der Anfangszeit in Syrakus hatte ein Vorgesetzter ihn schikaniert. Im Spätherbst war er morgens einmal auf dem Weg zum Dienst in einen dieser Wolkenbrüche geraten, die für Sizilien typisch waren. Binnen fünf Minuten wurde aus der abschüssigen, einsamen Landstraße auf der er fuhr, ein reißender Bach aus Schlammmassen. Die Räder hatten blockiert, der Wagen sich wie ein leichtes Papierschiffchen um die eigene Achse gedreht, und Caselli hatte noch geschafft in den Straßengraben zu steuern, statt eine steile Böschung hinunter. Gegen Mittag, als ihn die Feuerwehr aus dem Graben gezogen hatte, war er verdreckt und durchnässt in der Questura erschienen und hatte sich für die Fehlzeit entschuldigt. Sein Vorgesetzter erteilte ihm dennoch einen dienstlichen Verweis. Die Fürsprache des Feuerwehrmanns, den Caselli zu seiner Verteidigung anrufen ließ, half auch nichts, vielmehr verschlechterte sich seine Position dadurch nur noch. Er galt als Rebell, der es wagte, die Entscheidung seines Vorgesetzten anzufechten. Die sechs Monate bis zu seiner Versetzung nach Catania waren die schlimmsten seiner Karriere gewesen. Er drehte sich um, griff nach dem Blatt und wählte die Nummer der Pförtnerloge in der Via Paisiello.

»Ja, Caselli, Commissario Caselli«, sagte er, als abgenommen wurde. »Ich muss Sergente Scurzi sprechen, sofort!«, rief er in unbeherrschter Wut. »Wenn Sie mir freundlicherweise mitteilen würden, wo ich ihn gerade erreichen kann«, setzte er zynisch hinzu.

Marcella war am Apparat. »Guten Morgen, Commissario, mein Mann bringt den Wagen zur Werkstatt meines Cousins in der Via Tuscolana, ich werde dort gleich anrufen, Commissario … und Bescheid sagen, es scheint ja wirklich dringend zu sein.«

Caselli hörte ihre melodische Stimme. »Danke, Signora«, sagte er und lächelte gezwungen. Plötzlich hatte er das goldene Medaillon vor Augen, das Marcella um den Hals trug. Er ging um seinen Schreibtisch herum und lehnte sich gegen die Kante der Tischplatte. »Wie geht es Ihnen denn?«, fragte er nach.

»Ach, ich muss mich fast jeden Morgen übergeben. Ich verstehe das gar nicht, als ich mit meinen anderen dreien schwanger war, war ich immer putzmunter«, sagte sie.

»Hm«, meinte Caselli und betrachtete das vergilbte Porträt des ehemaligen Staatspräsidenten Saragat an der Wand über Scurzis leerem Schreibtisch.

»Und dann habe ich so arg zugenommen, also, das ist wirklich schlimm«, seufzte Marcella. »Besonders … na ja, besonders oben rum«, fügte sie hinzu.

Caselli rieb sich die Schläfen und versuchte, sich auf die Amtszeit von Saragat zu konzentrieren, war es 1954 bis 1960?

»Also, ich werde Raffaele jetzt anrufen«, sagte sie. »Soll er gleich zu Ihnen kommen?«

»Ja, bitte … und er soll das Aussageprotokoll della Torre mitbringen.« Caselli legte auf. Er ließ die Hand noch einen Augenblick auf dem Hörer. Das reichte jetzt. Er ging schnurstracks hinaus und ließ sich von Signorina Flavia beim Vice-Questore anmelden. In kurzen, prägnanten Worten lobte er Scurzis Diensteifer, seine gute Arbeit und vergaß auch nicht zu erwähnen, dass Scurzi bald zum vierten Mal Vater werde. Er insistierte zwanzig Minuten und als er das Büro verließ, hatte er dem Vice-Questore die Zusage abgerungen, Scurzis Monatsgehalt werde um hundertfünfzig Euro erhöht.

*

»Na, da sind Sie ja …«, grüßte ihn Caselli, als Scurzi durch die Tür kam. Er saß im Halbdunkeln, hatte seinen Stuhl etwas zurückgeschoben und spielte mit seinem Füller, den er quer hielt und hin und her wippen ließ. Scurzi sah abgehetzt aus. »Wie haben Sie das denn jetzt so schnell geschafft, in einer halben Stunde von der Via Tuscolana hierher? Das ist ja wirklich eine Meisterleistung«, bemerkte er düster hinter seinem Schreibtisch.

»Der Mechaniker hat mir sein Moped geliehen«, antwortete Scurzi und schluckte schwer. »Ich hatte das Protokoll Gott sei Dank bei mir, sodass ich nicht erst zu Hause vorbeimusste. Ich war ja gestern Nachmittag bei Signora della Torre.« Mit einem tiefen Seufzer stellte er seine Aktentasche auf seinen Schreibtisch, zog seinen Parka aus und hängte ihn an den Kleiderständer.

»Wann war eigentlich die Amtszeit von Saragat?«, wollte Caselli wissen.

»Vierundsechzig bis einundsiebzig, oder?«, antwortete Scurzi verdutzt.

»Stimmt. Ich habe es nachgeschlagen, als ich hier auf Sie gewartet habe. Zeit genug hatte ich ja«, setzte er hinzu.

»Commissario …«, begann Scurzi.

»Schon gut, Scurzi, ich verstehe Ihre Situation.« Caselli hob die Mineralwasserflasche an und stand auf.

»Ja, danke.« Scurzi nahm ihm die Flasche ab und schenkte sich ein Glas ein.

»Aber setzen Sie sich doch erst mal hin«, sagte Caselli und klopfte Scurzi hart auf die Schulter.

Scurzi verschluckte sich und fing an zu husten.

Caselli atmete tief durch. »Wie gesagt, ich kenne Ihre Lage und habe über eine Lösung nachgedacht. Schließlich ist Ihre Mitarbeit hier wichtig. Vice-Questore Di Verdacchiano sieht das genauso. Ich denke, es wird in Zukunft möglich sein, dass Sie sich mehr einbringen und wir besser Hand in Hand arbeiten können …«

Sobald er seinem Assistenten die gute Nachricht mitgeteilt hatte, sprang dieser vom Stuhl, verbreitete die Neuigkeit lauthals und stürmte mit Tränen in den Augen an Signorina Flavia vorbei ins Büro des Vice-Questore, um ihn zu umarmen.

Caselli stellte beim Hinausgehen mit Genugtuung fest, dass Di Verdacchiano sich nicht rechtzeitig zu retten vermochte und peinlichst berührt über Scurzis breite Schulter lugte.

*

Am Abend machte sich Caselli auf den Weg in die Trattoria. Er wartete einen Moment, dann drückte er die Tür auf und ging hinein.

»Alessandro, *finalmente*!«, hallte es vierstimmig im Männerchor. Giovanni sah vom Pizzateigkneten auf und lachte. Caselli schüttelte Hände, klopfte Schultern, und als er sich schließlich zu seinen Freunden an den Tisch setzte, war er seit Langem wieder ein wenig glücklich.

Fine

Lesen Sie auch die weiteren Fälle von Commissario Caselli!

Römisches Vermächtnis
Römische Verwicklungen
Römische Verdächtigungen
von Bianca Palma